今年冬天没有雪

王宝存◎著

中国文史出版社

CONTENTS 目 录

哥 俩 好

一

最近，曲靖文像吃了迷药似的，成天晕乎乎的。昨天出门时，妻子刘晓霞叮咛他中午回家时买点肉馅包饺子吃，结果，他倒好，一进超市就给忘了。

他拍了拍脑瓜，又在超市里走了一圈，试图通过某一件商品或某一个人刺激一下来打开记忆，可记忆像上了一把大锁，死活无法打开。嗨，活人能叫尿憋死，打个电话问一下老婆不就得了。于是，他下意识地把手伸进口袋，咦，该死，手机怎么不在身上，肯定是忘到办公室了。屋漏偏逢连夜雨，没办法，他只好买了点青菜和西红柿拎了回去。

家里，刘晓霞正在厨房杀韭菜，见老公从门里进来迫不及待地问："这回买的绞肉咋样？应该不错吧，我给你说过，买肉馅是有讲究的，不能太瘦也不能太肥，太瘦了包的饺子不香，太肥了吃起来太腻，只有五花肉做的馅儿最好。"

曲靖文把装菜的塑料袋往案板上一搁，说："没有了，肥的瘦的都没有了。"

"不可能吧，那么大的超市能把肉馅卖完？我不信。"

"不信你自己去买！"

"那咱们吃啥？"

"蒸米饭呗。"曲靖文指着案板上的塑料袋子说，"菜我都买好了，西红柿炒鸡蛋，再弄个大蒜烧青菜，既绿色环保，又健康营养，这不挺好！"

刘晓霞拿他没办法，只好把和好的面和剁好的韭菜塞进冰箱，然后，按照他的意思去做。

今天，曲靖文和往常一样，进了办公室先用抹布把桌凳擦了一遍，又用拖把拖了地面。接下来，把杯子里残留的茶叶倒掉，泡上了新茶，最后，才把屁股安顿到凳子上翻开了当天的报纸。他是个追求完美的人，对任何事情都要求很高，特别是对自己单位主办的《渭阳日报》格外尽心。所以，在阅读中，他总是左手盯着字，右手握着笔，对报纸上的文字一个一个地读，一个一个地看，满意处做个标记，不满意处打一个问号，有时候要打两个甚至三个问号。二十多年的新闻工作生涯，让曲靖文学会了认真、谨慎，更具责任心。

"不错，今天的报纸信息量大、阅读性强、版面设计也有特点，需要坚持。"曲靖文对自己说。

他看完自己的报纸，又开始看别的报纸：世界杯足球赛亚洲赛区预选赛复赛即将打响，这回有中国队参加，得好好关注。

曲靖文关心国家大事、也喜欢足球比赛，尽管中国足球让他失望，甚至伤心，但他还是非常关注，但凡有重大赛事，他再忙也要抽时间看电视直播。年轻时，国足来西安比赛，他和一帮球迷还专门从渭阳跑到西安现场加油助威。现在，他虽然岁数不小了，也没那么多激情了，但牵挂还在，情结还在。洋教练水平高，但不懂中国国情，他们的先进理念、先进经验在中国行不通。高洪波这小子看着柔弱、单薄，但点子多、手腕硬，相信他能把中国队从死亡的边沿拉回来。不过，曲靖文认为，中国队要想再进一步，还得把主场选好，最好还选在西安。西安是什么地方啊？大西北中心，十三朝古都，不仅有上百万的铁杆球迷，更重要的是一块难得的风水宝地。

"曲总编，你还没去啊？"办公室小李敲开门进来。

"去哪儿？"

"开会呀，九点钟，会议室，你忘啦？"

曲靖文一怔，恍然想起昨天下午的通知。咦，瞧这记性，他在脑瓜上拍了一把，赶忙朝会议室走去。

这时候，会议已经开始，社长杜山峰坐正在做重要讲话。曲靖文坐在杜山峰的旁边，他下意识地环顾了一下四周，目光所到之处，都是点头和微笑。

和以往没有区别，杜山峰除了象征性总结了一下前一段的工作，口头肯定了几个科室和个人的成绩外，主要的话题还是经营。他正在给大家施压、上螺丝："目前，工业市场疲软、商业市场僵化，尤其是网络媒体和新媒体对我们冲击很大，大到什么程度呢，我想，在座的各位都比我清楚！这里，我就不多说了，我们的形势很严峻啊，同志们，希望大家要有忧患意识，紧迫意识，要始终保持清醒的头脑，多拿策划，多出点子，多提建议，争取更多的广告客户，使我们的风险最低化，效益最大化。"

在曲靖文看来，这样的会议很无聊也没有意义，但作为报社的副总编辑，他还是坚持参加。他常常想，如果把这种一人高谈阔论众人闭目养神的会议变成一种业务交流会议、稿件研讨的会议该多好啊。

作为一家地市级党报，不在专业上下功夫，总是强调经营、创收、效益，还算党报吗？更何况，要让客户投放广告，首先得把自己的报纸办好是不是？只有把报纸办好了，读者的数量上去了，广告客户自然就上门来了！

曲靖文看不惯那种把报纸当企业办的做法，他多次在会上提出了政治家办报、为人民服务的观点，但都没有得到社委会，特别是杜山峰的认同。为此，两个人有几回还争吵了起来，但都被身边的人劝住了。他讨厌这种会议，更讨厌那些没有立场光会拍马屁的人，领导在上边讲，他们在下边记，领导在前面走，他们在后面追。表决时把手抬得老高，鼓掌时把手拍得发红，根本不分析领导的做法对不对，就盲目地、不折不扣地去执行，这些人的脑袋里装的全是水。曲靖文还发现，报社里大部分的人都是这样，只有自己和少数几个人坚持不同的观点，维护着自己的正义。

由于这次会议没有和编前会放在一起，曲靖文没有发言，回办公室后继续浏览报纸。

大学期间，曲靖文曾是新闻系一名优秀的学生。他记得进校后第一个堂课上，老师就向他们提问：什么是新闻？新闻的基本要素是什么？当时，教室里很安静，大家都睁大眼睛却没人回答。老师便用粉笔在黑板上写了大大的一行字：新闻就是新近发生或刚刚发生的具有社会影响力的事情，它的基本要求是客观和真实。到现在，曲靖文还把这些字牢牢地记在心里，就连当时老师的声音、表情以及在黑板上写的字形字体也记在了脑海里，从没有抹去。

也正因如此，他从走向工作岗位的那天起，一直把这句话作为新闻工作者的方向和实践标准，不断地用来审视自己，鞭策自己。

杜山峰，外号"杜先锋"。行伍出身，军转干部。曾和曲靖文同在社会新闻部共事五年，当时，曲靖文任科室主任、杜山峰任副主任。在曲靖文的印象里，杜山峰性情豪爽，敢说敢干，口才也不错，他曾去前线当过战地记者，转业前在某步兵团宣传处任副处长，来报社后虽然只当了个科室副主任，但从没怨言。这人还有个特点是表面平静、内心丰富，特别在人多的地方爱讲军营里的故事，爱开男女之间的玩笑。

论年龄，曲靖文长杜山峰两岁，论工龄，杜山峰比曲靖文多了一年，俩人因此结拜成了哥们，并且以兄弟相称。

记得有一次，辖区内的某煤矿发生透水事故，造成多名矿工遇难，矿上为了隐瞒事故真相，采用各种手段阻止记者采访。面对这起重大事故，报社成立了五人组成的报道小组，任命曲靖文为组长、杜山峰为副组长，前往矿山进行调查，"一定要把事故的真相采访清楚，给遇难者家属和政府一个交代！"这是前任社长对他们的指令。

五人到达矿区后，发现整个矿区有三道大门，他们在第一道门前就被保安拦住了，保安什么也不说，就是不让他们进去。当时，赶来采访的还有几家新闻单位的记者，他们联系不上煤矿领导，又和保安没法沟通，只能干着急、发牢骚。曲靖文环顾了一下，见矿区的围墙很高，根本不可能进去，先安排两名记者前往医院，试图从别的渠道探寻点突破，自己和杜山峰待在门前等机会。就在这时，杜山峰建议曲靖文和另一名记者在此等候，他一转身消失在人群之中。谁知道，这一去两天没了音讯，报社领导吓坏了，以为他出了事或者被软禁了。到了第三天晚上，一篇长达三千多字的调查报告传到了报社，大家这才松了一口气，知道这家伙打入了内部。这篇报道见报后，一下子获得了轰动，也让其他的媒体极为叹服。后来，他又不断地写，不断地追踪，他把事故发生的原因、过程、真相以及最新进展动态原原本本地报道出来，不仅还原了事故的真相，也对有关部门妥善处理起到了积极的作用。

杜山峰回报社后，大家争先恐后地看望他，仿佛看一位从战场上下来的士兵。

有人问："你是怎么进入矿区的？"

杜山峰嘿嘿一笑："变成苍蝇飞进去的呗。"

有人说："忽悠谁呢？把当大家是三岁小孩呀？"

杜山峰继续笑："孙悟空是我师傅，我当兵时就拜他为师，不信，在我部队打听打听。"

"哼，骗子，十足的大骗子。"

"骗子就骗子，反正我能进去，你们进去不了，哈哈！"

这件事情对曲靖文触动很大。当时，矿区的三道大门确实把得很严，门口有保安，院内巡逻，杜山峰到底怎样进去的呢？他反复琢磨过几次，总是找不到答案。更何况，自己和他一块去的，怎么没能进去呢？

报社领导向来不关心过程，只注重结果。当然，值得肯定的是，这次的采访任务完成得很出色，报道很及时很扎实，让领导有足够的理由在众多的同行面前昂首挺胸，傲立群雄。

正是杜山峰有这样的经历，加上他军人的身份，大家都称他为"杜先锋"。

两年后，《渭阳日报》从八个版增加到了十二个版，记者和其他员工也由原来的一百多人发展到二百多人。曲靖文资历高、文笔好，且处事谨慎、责任心强，被调到时政要闻部当主任。杜山峰勇于创新，果断干练，被提拔为社会新闻部主任。两个科室一个为党的思想路线服务，一个反映群众的意愿和心声，可谓是人尽其才，物尽其用，他们珠联璧合，轮番上演新闻大戏，一度把这个地方党报搞得风生水起，名声大振，连年荣获全国优秀地市级报刊奖、优秀新闻作品奖，特别是曲靖文，还荣获了中国记协主办的全国综合性年度优秀新闻作品最高奖——"中国新闻奖"。

再后来，两个人同时被提拔为副总编辑。曲靖文分管采编工作，杜山峰分管报纸经营和发行。

然而，谁也没有料到，两个并肩工作多年且亲如兄弟的朋友，随着年龄的增大、官位的上升，居然成了一个槽里的两匹马，一个山上的两只虎，你争我斗，互不相让，发展到一种水火不容的地步。

二

一年冬天，老社长突患中风，虽及时治疗，但留下了行动不便、口斜眼歪的后遗症。

半年后的一个上午，阳光水汪汪地洒了下来，让城市一片光明。

老社长若有所思地在办公室里走了几圈，又在窗口望望对面的秦岭，然后提起电话，把曲靖文叫了过来。

"这是最新的西湖龙井，你尝尝。"老社长亲自从柜子里拿出玻璃水杯，泡上茶，递到了曲靖文的手里。

"谢谢社长！"曲靖文受宠若惊。他发现老社长有点异常，更有点特别。以前，他也经常也来老社长办公室，每次来都是自己放茶叶，自己倒水，更多的时候不倒水，也不喝水，偶尔还要给老社长泡茶、倒水。往往在这个时候，老社长总是坐在高背椅子上，认真地审阅着手头的文件，头也不抬地从嘴角里挤出一句："什么事啊？"

曲靖文则习惯性地走过去，把手中的材料轻轻地放在老社长的面前，然后，才做汇报和请示，完了转身走人，从不多留。更不曾享受过今天这样的待遇。他忽然感觉老社长变了，和以前不一样了，雕塑般的面孔不见了，取而代之的是一脸的温暖和祥云。他感觉他不像在召见下属，倒好像接待一位首长或者多年未见的朋友。这样的异常之举，反倒让曲靖文不太适应。

曲靖文接过茶，嗅了嗅，立马感到一种浓郁的清香扑鼻而来。再看杯子里边，翠绿的芽尖在水中自由舒展，犹如一群无忧无虑的小鱼快活游荡，不一会儿又变成了雀舌的形状，慢慢地沉入了杯底。

"其实，泡西湖龙井是有讲究的，你知道这些讲究吗？"

"不知道。"

"你是个爱钻业务的人，心思没在这上面，当然不关心生活上的琐事了。"老社长给自己也泡了一杯，深情地坐在曲靖文的身边说，"这种茶叶不能在纸杯和陶瓷杯子里泡，一定要在玻璃杯子里泡，另外，还要把水的温度掌握好，不能太高，也不能太低，太高了会把茶叶烫坏，影响口感，太低了又泡不开，喝不出香味，所以，一般在八十度左右最好。"

"没想到泡茶还有这么多讲究啊？"

"说实话，我虽然知道怎样泡，却没有条件去泡，因为，我根本不知道这饮水机里水的是多少温度。"

曲靖文点了点头，轻轻地喝了一口，放下杯子说："真是好茶呀！"

"哈哈，那是当然，给领导送礼，能送劣质的吗？"

"那倒是！"

"知道这茶叶谁送的吗？"老社长又看了曲靖文一眼，诡秘地一笑说。

"不知道！"

"杜山峰。"

曲靖文觉得社长话里有话，或者说有一种暗示和埋怨，顿觉脸上火辣辣的。忽然，他似乎记起了什么，思绪一下子回到了半年以前。

那是老社长生病住院的期间，全报社的人几乎都看了老社长一次，有些甚至看了两次甚至三次，有人还抓住机会，名义上看望病人，暗地里送钱送礼。当然，曲靖文也去看过，但他什么也没买，什么也没带，进病房时，两个手吊着像一对秤锤。为此，被刘晓霞知道后骂了几次。

"你简直就是个水泥脑袋，跟夯打的一样！"

"人家啥都不缺。"

"我知道不缺，可这是礼节，礼节你懂不懂？"

"你没见当时人连嘴都合不严，能吃啥呀？"

"病人不能吃，家人也不能吃吗？再说了，不能吃还不能喝吗？不能喝还不能戴吗？"

"关键他是社长，我提着东西不好看，人会说闲话的。"

"正因为是社长，你才更应该积极一点主动一点，至于别的根本不用想，你是去医院看病人，又没去他家送礼，有谁说的啥呢？"

曲靖文说不过妻子，干脆不吭声了，他屁股一拧进到了书房，刘晓霞只能叹气，没有办法。猛然，她朝曲靖文喊道："下次去，我陪你，不信礼送不到人家手里。"

曲靖文正回想着，老社长突然站了起来，他添了点水，活动了一下脖子，又回到曲靖文跟前说："靖文啊，知道我今天叫你来是啥事吗？

"喝茶呀！"

"是喝茶，不过，我还有件别的事情和你聊聊。"

"什么事，您吩咐。"

"主要想和你谈谈以后的事情。"

"以后，以后什么事情？"

"以后工作上的事情啊！"

"咋啦？社长，我有哪里做错了吗？"

"哎哟，你很优秀，各方面都很突出，是咱报社不可多得的人才。"

"谢谢社长，我知道自己做得还不够，愿听您的指教。"

"不是这样的。"老社长拍了拍曲靖文的肩膀认真地说，"我给你打开窗户说亮话吧，自从生了这场病后，我明显感觉自己的身体不太行了，加上年龄也大了，有点力不从心了，我已经给市委组织部打过了报告，准备辞去社长职务，组织原则上已经同意，但让我物色个合适的人选。"

"您才五十三啊！"

"五十三岁已经不小了，也该让位了。"

"哦！我明白了，以后，不管您当不当这个社长，我还会像现在一样干好本职工作的，您放心。"

"你是真糊涂还是装糊涂啊？"老社长瞪了曲靖文一眼，提高嗓音说，"我说的是在咱们报社里，我最看重的是你，你要知识有知识、要素养有素养，不仅这样，性格温和、办事稳当，政治敏锐性也强。"

曲靖文若有所悟，他低下头想了一会儿后说："感谢社长的厚爱和信任，我暂时还没有这方面的考虑。"

"说说理由？"

"社长您知道，我的儿子还在大学读书，明年就要考研了，另外，我还想静下心来搞一些学术方面的研究，练一练自己的字画。"

"真这么想的？"

"最主要的是我怕社长这个位置不胜任，太复杂，也太烦恼。"

老社长没有再说什么，他点了一支烟抽了两口，然后，走向了窗台，把目光投向了窗外。

此时，蓝天、白云和高楼之间，一只鸟上下穿梭，表面看得意、自在，也很潇洒，但其实很累、很疲惫。

三

一个月后，上级一纸文件，老社长卸任，杜山峰成为报社新一任社长兼总编。

当天晚上，杜山峰在酒店设宴，专程为老社长送行，渭阳日报社中层以上干部也悉数参加。当然，作为宴会的主角，老社长理所当然地坐在了主宾位置，杜山峰则陪在老社长身边，曲靖文被安排在老社长的另外一边。

杜山峰首先发言，他举起酒杯站了起来，深情地说："今天，咱们的老社长因身体原因辞去了职务，我的心很沉重，也很难过，回想过去，我们在老社长的带领下克服了重重困难，取得了辉煌成绩，同时，大家还享受到了丰厚的福利和待遇，所有的这些都是老社长英明领导、不断努力的结果，我相信，在座的每一位都很清楚。多余话我就不说了，让我们先敬老社长一杯！

老社长也缓缓地站了起来，他目光凝重，没有微笑，他把到场的每个人都看了一下，轻轻地举起酒杯说："自从我生病后，医生坚决不让我喝酒，但今天我得破例，我得喝，一来感谢大家多年对我的支持，二来祝贺山峰同志当选为新的社长，来，干杯！"

大家未动，纷纷劝老社长不要喝酒，但他还是喝了。杜山峰见劝阻无用，吩咐服务员把老社长的酒杯撤下，换成了乳品，他亲自打开，亲自倒在了杯子里，双手递到老社长面前。

"是我安排不周，把这事疏忽了，您喝这个。"杜山峰说。

"你们不用劝我，我没事的。"老社长从服务员手里要回酒杯，并把酒添上，"这些年，大家跟着我没少出力、没少吃苦，但我给大家的太少了，我很惭愧，我对不起大家。"说着，又一饮而尽。

现场一片安静，大家默默地站立着，谁也不知道该说些什么。

老社长转过身子，语重心长对杜山峰说："山峰啊，你是个很能干事的同志，我很欣赏你，在座的都是我一手带出来的，都给咱们的报社做了很多贡献，今天，我把他们交给你，你一定要善待他们！"

杜山峰爽快地回答："我记住了，您放心吧！"

老社长把另一只手又搭在曲靖文的肩膀上，继续对杜山峰说："靖文是个好人，有才华，也有主见，凡事多和他商量，多听听他的意见。"

杜山峰说："靖文是我哥，我们早是兄弟，比亲兄弟还亲，您一百个放心。"

"那就好，那就好！"老社长又喝下了第三杯。

人常说，新官上任三把火，这话一点不假。杜山峰上任后，对报社原有的机构和管理方法进行了一系列调整和改革。比如，他首先在全报社推行底薪加绩效工资制，把全员工资与成绩挂起钩来，谁完成任务多，谁的奖金就多。其次，成立了驻外事业部，在辖内各县区都设立工作站，派驻一名记者专门负责当地新闻采写和业务。同时，把原来的社会新闻两个版面扩成四个版面，改名叫"新闻晨刊"，规定记者要在完成自己稿件分值，还要完成一定的广告创收任务；增设旅游专刊、房产专刊、法治专刊、汽车专刊、教育专刊等栏目，把广告部改名为广告经营中心，分设了策划部、企管部、财务部，并且从社会上招聘了一些擅长商业运营的人员，把原来报纸广告经营范围拓宽到户外广告代理、地方特产营销、汽车房产中介等多种服务领域，还与当地一家有名的酿酒企业合作，开发了一种自销内供酒，专门进行内部销售……

这一系列的改革措施在报社引起了很大的震动，以至于让许多人有点措手不及。

第一个提出反对意见的就是曲靖文。他敲开杜山峰的办公室，于是，两个人便有了下面的对话。

"你改革我支持，但不能胡折腾，这哪是党报呀？简直就是贸易市场。"曲靖文单刀直入。

"老兄，你不要冲动，凡事都要用发展的眼光去看待，现在什么时代了，如果还按原来的路子去走，肯定走不下去了。"杜山峰把曲靖文拉在沙发上，一边泡茶，一边说，"现在是经济时代，谁有钱谁就是爷，谁没钱谁就是孙子，我的目的很清楚，就是要让咱们当爷，不当孙子。"

"咱们是财政供养单位，办公经费和人员工资都是财政拨付，你这样做不是在违反政策吗？"

"你说得不错，咱们确实吃的是财政饭，但你想想，财政给的那一点钱够吃还是够喝呢？除了能填个肚子，改善一次生活都很难，更别说小康了。"

　　"这样干会出问题的！"

　　"要发展，总得冒点风险，如果我们像过去一样四平八稳地坐在办公室里，能发展吗？"

　　"总之，让记者搞创收是不对的。"

　　"是，我也知道不对，但可以变通啊！"

　　"怎么变通？"

　　"非常简单，记者可以谈业务，但不签合同，合同让经营人员去签不就得了嘛。"

　　杜山峰嘴上的功夫是报社有名的，在某种程度上，他能把黑的说成白的，把扁的说成圆的。他之所以敢这样做，都是经过多次考虑，可以说把可能遇到的问题都预计到了，所以，不管曲靖文怎么问，怎样反对，他始终胸有成竹，对答如流。

　　尽管如此，曲靖文还是对杜山峰的做法无法理解，还想劝，还想拦，还是没有起到任何的作用，反而杜山峰抓住机会，做起了他的工作。

　　杜山峰拉住曲靖文的手，意味深长地说："老兄啊，我很清楚地记得，我第一天进咱报社的大门就和你坐在一个办公室里，咱们相处十多年了，我很了解你的为人，也很敬重你的才华，我一直把你当我的亲哥对待。现在，上面把我放在这个位置，我也是身不由己啊！你想，全报社二百多号人都用眼睛盯着我，都把希望寄托我，我能不想点办法，有点作为吗？不然，我怎么能站稳脚跟，怎样能赢得大家的信任呢？现在，我的压力很大，我多么希望你能在这个节骨眼上站出来，帮帮我，支持我啊！"

　　杜山峰的一番感慨之词终于把曲靖文的嘴堵住了。曲靖文虽然很理解杜山峰的处境，但并没有改变自己的立场态度，他把话暂时咽下了肚子，准备让杜山峰先冷静几天再找合适的机会去劝。

四

　　一个晚上，曲靖文应邀参加一次同学聚会，当他忙完手头的事情赶到现场时，其他同学都到齐了，但酒宴一直没有开始。曲靖文很感动，他和同学们一一握手，一一表达自己的歉意。

在同学看来，曲靖文是他们中的佼佼者，虽然社会地位和职务不算太高，但他的为人、他的修养是大家最公认的。

酒过三轮，大家完全放开了，嘴巴也收不住了，所有稀奇古怪的事情迫不及待地溜了出来，其中包括一些黄段子和酸故事。就连几个女同学也一改往日的腼腆、羞涩，毫无顾忌地加入了这样的队伍。有一位叫董小俊的同学还把自己如何征服女人，如何让女人给自己开房，跟自己睡觉的风流韵事一五一十地抖了出来，惹得大家捧腹大笑。

有人提议为董小俊干杯。大家"哈哈哈"端起酒，高兴地灌进了肚子，仿佛每个人都有同样的经历一样开心。

这下，董小俊更得意了，他给自己酒杯里添上酒，喝完后"啪"地一声往桌子上一蹲，细声细气地说："你们说，人活世上是为了啥？"

这问题一下子把大家问住了，酒桌上刹那间鸦雀无声，瞬间又爆炸起来。

有同学说为理想，有同学说为孩子，还有同学说为生活。

"错！"董小俊慢慢地站起来，左脚放在凳子上，右手向上一扬，厉声说："你们都说得不对，依我看，人活着就该为自己。"

大家你看我，我看你没有说话。

董小俊继续说："前些年，在中央电视台的春节晚会上，赵本山的弟子小沈阳不是说过吗？'人这辈子，眼睛一闭睁开了，一天过去了；眼睛一闭睁不开了，一辈子过去了。'这话太经典，太精辟了，所以，大家一定要想开点，想明白点，时光短暂，生命无常啊，咱们都是快要奔五的人了，该吃就吃，该喝就喝，该胡弄就胡弄，千万不要惜疼手里的那些臭钱，要不，当你闭上眼睛睁不开的时候，后悔就来不及了。"

"说得好。"不知谁说了一声，饭桌上立马响起了欢快的掌声。

掌声刚落，段刚站起来说："小俊说得太对了，咱们这一代人磨难多，经历也多，从最初的一无所有到如今的小富小康，简直就像做梦一样。过去，咱们想吃没啥吃，想穿没啥穿，想爱不敢爱，想恨不敢恨。我大概算了一下，和咱们一个班读书的同学有几个已经不在了，咱们能活到今天已经很不容易了，也可以说是万幸。现在，我们活一天少一天，吃一顿少一顿，所以，我们更应该抓住这为时不多的时光，把以前的失去弥补回来。"

有同学问："咋弥补哩？"

段刚说："小俊不是说了吗，该吃就吃，该喝就喝，该玩就玩，该乐就乐呗！"

大家又一次拍手鼓掌。

曲靖文很重视同学间的友情，但凡有这样的活动他几乎全部参加，虽然每一次的同学不尽相同，但形式和享受快乐的过程大体一样，毕竟，同学是没有血缘关系的兄弟，只有在这种地方、这种场所才能让自己放松下来，释放出来，才能把自己想说的话说出来，做一次真正的自己。

突然，有同学对曲靖文说："靖文，我是你们报的真实读者，但最近我发现你们的报纸变化很大，能提点我个人的意见吗？"

"行啊，哈哈，咱们是同学，有啥话只管说。"曲靖文笑了笑。

"我发现你们的报纸越办越没意思了，每天登的不是书记市长的讲话，就是一些乱七八糟的文章和广告，根本看不到新鲜的内容。我建议你们应该到下面去跑一跑，多关注老百姓的生活，多了解群众的心声，多问一问他们想看什么，想读什么，想要的是什么，你说我说得对不对？"

曲靖文的脸"唰"一下红了，而且红到了耳根。他万万没有想到，一直让自己引以为豪的《渭阳日报》在读者的眼里竟然是这么一种样子，作为主管采编工作的副总编，他感到非常扫兴也非常耻辱……

回到家里，曲靖文翻来覆去睡不着。有那么一阵子，他似乎睡着了，又好像还醒着，迷迷糊糊地跟梦幻里一样。是啊，是心态出了问题吧？不是，他的心态一向很好，也很少有烦心困扰。是饮酒导致的兴奋所致吧？也不可能，因为，他的酒量是经得住考验的，一般的酒宴根本不会放倒，更何况，这次的聚会中他没有喝多少。那么，为什么失眠呢？他突然想起一位医生说的话，人进入中年后，随着年龄的增加会出现脑萎缩，脑萎缩的基本特征是失眠、健忘、记忆力下降。曲靖文又驳倒了这一结论，因为，他才四十八岁啊，按照艺术界对年龄的划分，他刚刚进入中年，既没糊涂也没痴呆，可以说是挂在青年的尾巴上，骑在中年的头上。那么，究竟是什么原因呢？曲靖文翻来覆去找不出答案，只能打开灯光，摸了一份报纸消磨时光，正巧，他摸到的是一份《渭阳日报》。就在他翻开报纸的那一瞬间，同学说的一段话又回荡在了他的耳边，他的脸上又一次燃烧了起来。

窗外，月光将深夜越放越大。一个人无论多么辛苦，多么悲欢，到了这样的时刻总会是一个终结而醒着的人，不但没有得到宁静，反而让一些事物更显得明亮和生动，越是这样的时刻，越容易触动内心里的伤疤和疼痛。

曲靖文索性把报纸放在一边，从书柜取来了一本书，回到床上，他的大脑依然处在游离的状态，任凭怎样也无法笃定，书上的文字一个也读不下去。

就这样，失眠将他折腾了一夜。

五

有一天，曲靖文从朋友口中了解到距离渭阳市一百公里外一个山村小学只有一名教师和二十一名孩子，这个教师是个女的，三十七岁了还没有成家，为了让山区的孩子能够读书，坚守大山十八年，每天给孩子按时上课，从未耽误过一天时间，留下了许多感人肺腑、扣人心弦的故事。

曲靖文觉得这样的事迹太深刻，太典型了，值得社会关注，更值得媒体宣传，所以，就安排了两名记者前去采访，并写回了一篇五千多字的通讯稿件。正准备刊发，却被杜山峰拦下了。

"老曲啊！你不觉得这稿子太长了吗？"

"是有点长，但事迹很典型、很感人。"

"你打算怎样处理？"

"用一个版面重点推出。"

"有这个必要吗？"

"绝对有。"

"我看还是节省点版面吧，不就是一个女教师嘛，用得着那样大张旗鼓地宣传吗？"

"我们是党报，党报就应该弘扬正气、宣传典型，这是我们的宗旨啊！"

"你说得不假，但优秀教师咱们以前报道过。"

"这回不同，她的事迹太感人了，你看看稿子就知道了。"

"我的事情那么多，哪有时间啊。不说了，稿子你把关吧，让记者压一压，压到千字以内。"

"两个记者为完成这篇稿子费了许多周折，在山里待了整整两天。"

"这两天广告多，没有版面。"

"推迟两天也可以。"

"老曲啊，以后就不要在这样的事情上下功夫了，要多采写党政部门，多做一些经营铺垫性的稿件，最近有时间你安排个文笔好的记者到凤阳县给县委书记做个访谈，并配上照片，人家可是给了咱三十万元的支持啊！"

"这恐怕不合适吧，我们的报纸是党的喉舌，是人民群众的后盾，我们要时刻想着为人民服务、为社会主义服务，只有这样，才能在人民中树立信誉，才能受到群众的欢迎，确立它应有的权威性和指导性，如果老盯着效益、盯着经营，不但会把报纸的性质变了，也会把为人民服务的宗旨变了，大大地降低报纸的公信度。"

"你不用给我上课了，我什么都懂，没时间和你辩论，你就按我说的去办！"杜山峰不耐烦了，第一次用命令式的口气对曲靖文说。

曲靖文摔门而去。

年终，报社给员工发奖金。广告经营中心和其他涉及经营的科室每人发了两万多元，而跑一线的记者和编辑只得到了一万元。消息传开，报社一片哗然。有不少科室负责人跑到曲靖文的办公室诉苦，大有路见不平之意。

在一次全报社副主任以上的干部会议上，曲靖文对报社现行的一些制度发表了自己的观点，提出了不同意见，对现行的办报理念也提出了质疑。杜山峰不但没有接受，反而当场进行了反驳。

"老曲啊，改革开放这么多年了，你的思想怎么还停留在过去那种吃大锅饭的年代，咱们应该紧扣时代的脉搏，解放思想，转变观念，不断创新，与时俱进啊。我看，你应该好好地洗一下自己的头脑了，多跑几步，尽快跟上时代发展的需要，不然，总有一天你会被时代的潮流淘汰的。"

曲靖文原以为自己挺身而出把"导火索"点燃，随后会有更多的人站起来为自己声援，甚至一齐向杜山峰发难。没想到他的话说完后，会场上一片寂静，咳嗽的声音都没有。他环视了一下四周，发现多数人把头低着，恨不得塞进裤裆里，就连平日经常往自己办公室跑，声称要抱打不平的编委、部门主任也灰溜溜的，屁都不敢放。更让他不能理解的是旁边一个副总编还用指头一个劲地在他的身上戳，暗示他不要再说了。就这样，曲靖文的满腔热血一下被浇灭，比热血更凉的还有他一颗忠诚的心。

自那次会后，曲靖文对社会有了一种新的认识，他发现人这个东西太难琢磨了，明明是杜山峰做得不对，却没有一个人站出来和他争论。明明说好要讨说法，关键时却都蔫了。唉，这社会怎么把人都弄成了这个样子，真话不敢讲，正事不敢做，人人自危，个个怕领导，都怕树上的叶子下来把头砸了。

与此同时，杜山峰对曲靖文的态度也变了。他原来称曲靖文为"老兄"，现在变成了"老曲"，连接曲靖文的目光也由原来的亲近、自然、敬慕变成现在疑惑、厌恶和反感了。

六

"是不是又和老杜闹别扭了？"

"你听谁说的？"

"还用问吗？都写在脸上了。"

刘晓霞把饭菜端到桌子上，曲靖文才从书房出来，他坐在凳子上不声不响，闷头就吃。他佩服妻子的观察力，结婚二十多年了，他的一言一行、一举一动都被刘晓霞看得一清二楚，就连影子也被她分辨出来。

"不要自找苦吃了，那么大年纪了，较那劲干啥？"

"这人太过分，太以为是了，为所欲为，专横跋扈，根本不把别人放在眼里。"

"你想开点，别和人家过不去，这样，吃亏的只能是你。"

"我就是看不惯他那种德行。"

"看惯也得看，看不惯也得看，谁叫你当初不识抬举，你要是当了社长，能是这样的结果吗？"

曲靖文无语了。他停下了手中的筷子，像是一根木头桩子钉在座位上，一动不动。

是啊，这是曲靖文一生最大的失误和败笔，可后悔又有什么用呢？人就是这样，老天爷永远是公平的，给谁都安排了空间和机会，就看你抓住抓不住，抓住了平步青云，抓不住了一落千丈。

刘晓霞和曲靖文虽不在同一单位工作，但她对曲靖文的单位了如指掌，曲靖文那边无论有任何风吹草动，都会通过各种渠道很快传到她的耳里。她不仅是一位优秀的内科大夫，更是一位善解人意、知冷知热的贤妻良母。结婚这么多年，他对曲靖文相敬如宾、百依百顺。但是，自从曲靖文放弃了当渭阳日报社社长的机会后，她变了，心里总感觉不太舒服。不是说她这人重权势、好面子，而是他觉得曲靖文太笨、太傻了，根本不具备一个做男人的本真。刘晓霞清楚地记得，在他们新婚的晚上，客人都走完了，曲靖文却坐在沙发上不肯上床，直到半夜，刘晓霞已经睡了一觉，曲靖文还坐在沙发上看书，并且一直看到了天亮。第二天早晨刘晓霞起床后，曲靖文却一个人钻进被窝睡了一天。此后的一个多月时间里，曲靖文虽然和刘晓霞同床共枕，却始终不过夫妻生活，刘晓霞非常困惑，曾一度怀疑曲靖文有病，结果，她连拉带扯把曲靖文带到医院做检查，医生说一切正常。最后，她才得知曲靖文就是个书生呆子，根本不知道男女之间的那种事情。曲靖文甚至以为男人娶媳妇就是给自己做饭、洗衣服、看家门，至于女人为什么会生孩子，他从来没有考虑过，更没有研究过，他甚至以为女人天生就是生孩子的，如同一棵树木，一株庄稼，长到一定的时间自然会开花结果，不知道树木和庄稼也需要传花授粉，阴阳交配。咦，太丢人也可笑了。直到后来，他虽然明白了这方面的事情，但还是没有情趣，用另一种话说："不懂得生活！"白天，曲靖文在单位里干啥，晚上在家里照样干啥，除此之外，就是习字作画。偶尔心血来潮了趴在妻子肚子上发泄一通，完事后滚到一边呼呼大睡。他直来直去，没有花样，从不添加附带的程序。妻子想什么，他不知道，妻子需要什么，他也不知道，为此，刘晓霞不知唠叨过多少次，但他就是听不到耳朵里。不过，时间长了刘晓霞也就习惯了，习惯也就自然了，她再不唠叨了、不埋怨了，他就是那种人，那种德行，再唠叨也不顶用，也没有办法。尽管如此，刘晓霞依然很心疼曲靖文，她认为，人都有自己的缺点，曲靖文在生活方面有所欠缺，不够多彩，但他对工作、对家庭的责任和态度却很认真，这一点是许多男人无法做到的。这话确实不假，对于曲靖文来说，他每天的出行路线只有一个轨迹，一头是家，另一头是单位，也就是说早晨从那里出发，晚上又返回到那里。多少年了，他从不绕弯弯、走曲线，也不在半途逗留，甚至连自己的工资和奖金也一个不留交到刘晓霞手里。如今社会，有些男人稍微有点金钱和地位，成天在外边花天酒地、拈花惹草，把家当成宾馆，把宾馆当成家，妻子辛辛苦苦做好了饭，却等不到男人回来，想说话，看不见影子，有需要，摸不着身子。曲靖文不是这样，他虽然长得挺拔魁伟、阳光帅气，但从不干那些乱七八糟的事。另外，在这个人口不到百万人的城市里，曲靖文还是一个颇有影响的人物，他不光是机关党报的副总编辑，也是一位书画艺术界的大腕，他的书画多次参加过全国性的大赛大展，获得了不少荣誉，并多次被国家级档案馆、艺术馆收藏。按照当下的行情，曲靖文一幅四尺大的字画最少能卖到五千元。但曲靖文从来不卖，也没有卖过。他认为艺术就是艺术，不能用金钱来衡量它的价值，它的存在取决于人对艺术的热爱和欣赏，可以用于交流、探讨和研究，不能演变为商品，如果真的变成商品，就会失去它应有的价值，也是艺术的悲哀。所以，对懂艺术的人、有艺术研究的人，他宁愿赠送也不卖钱，更不愿让自己的作品成为拉拢关系、纵容腐败的纽带和桥梁，因此，尽管他名气很大，但他的作品很少有人见到，多少达官贵人、社会名流曾带着重金上门索求，都被他一一拒绝。

有一年，本单位一位清洁女工的孩子找不到工作，家长发愁、孩子着急。一天，孩子参加了一次用人招聘，企业老板在他的表格里发现他的母亲在渭阳日报社工作，眼睛一亮，就快乐起来。

"你妈妈认识曲总编吗？"

"应该认识。"

"这样吧，你不用应聘了，回去让你妈妈给我求一幅曲总编的字画，你就可以上班了。"

孩子回家后把企业老板的话告诉了当清洁工的妈妈。当妈妈的为难了，她对儿子说："我在报社上班不假，但只是个打扫卫生的临时工，和报社的人根本不搭话，特别像曲总编这样的大领导更没有说过，也不可能说过，人家那么大的官，整天又那么忙，怎么可能和清洁工说话呢？更重要的还不是这些，我听说曲总编的字画从来不卖，掏多少钱也不卖，那些当官的、有钱的都买不到，我根本不可能弄到。"

"去试试吧，曲总编是个好人，说不定能帮咱呢。"清洁工的丈夫买了两瓶西凤酒和一条中华烟装进袋子，塞给妻子说。

"事到如今，也没有办法，只能去试试了！"清洁工说。

次日上午，清洁工干完自己工作，鼓足勇气敲开了曲靖文的办公室，她把装有香烟和酒的袋子放在地上，又把儿子为找工作遇到的难题给曲靖文说了一遍。

"曲总编，我实在没有办法才来求您的，请您一定要帮帮我们！"

"孩子的工作是大事，不要说要我的一幅字画，就是十幅字画也没有问题。"曲靖文让清洁工坐下，倒了一杯水递给她，然后，若有所思地问，"不知那老板对字画的内容有什么要求没？"

"应该没有吧，能得到您的墨宝他已经很高兴了，不可能有什么更高的要求。"清洁工非常激动。

"好吧，明天一早你过来拿吧。"曲靖文把清洁工送来的烟和酒原封不动地还给她说，"把这些带回去，留着给儿子办别的事用，你们不容易。"

清洁工当即流下了泪水，她颤抖着手，不知说什么才好！

企业老板得到曲靖文的字画后没有食言，很快把清洁工孩子的工作安排了，这件事后来才被人知道，大家都夸赞曲总编是个大好人。

话说回来，曲靖文吃过晚饭径直回到了书房，他的情绪依然停留在烦恼和愤怒之中。他给自己泡了一杯茶，然后打开一本杂志，想用读书来摆脱内心的苦闷，但怎么也读不下去，刷几笔吧，又没有心情。他索性躺在沙发上，把双手枕在头下，把眼睛轻轻地闭上，一边强迫自己唱歌，一边让大脑安静下来。过去，曲靖文在练字画、写文章遇到思路堵塞或心情不畅的时候常常用这种方法来振作精神，安慰自己，效果一直不错，他最喜欢《莫斯科郊外的晚上》这首歌了，没事的时候就一个人哼哼。只要连续哼上两遍，他就会心潮澎湃、激情大发，随之而来的便是随心所欲，行云流水。可是，这一夜，他把这首哼了几遍，一点动静也没有。

七

中央八项规定要求广大党员干部求真务实、密切联系群众，将行为准则和规范固化为制度，从源头上遏制腐败。作为党的喉舌，《渭阳日报》当然不会怜惜自己的版面，在大力宣传党中央规定的同时，社长杜山峰要求全体员工严格遵守、认真执行。同时，结合规定在报纸上开设专栏，对全市各级党政机关单位的执行情况进行一次暗访，对执行好的单位进行表扬，对一些违纪违规行为公开曝光。

决定下达之后，大家便议论起来，有人说：杜社长的确有魄力，对那些腐败行为、社会蛀虫早都应该曝光了，只有这样才能树立起咱们报纸的威信。有的说：就咱们这么一座小城市，大家抬头不见低头见，特别是那些当领导的，哪一个后边没有根基啊？杜社长也只是见风使舵，做做样子罢了，他真能把谁怎么样？不信走着瞧。"

曲靖文对这个决定表示赞同，毕竟党中央的规定是严肃的、认真的，应该重视和关注。

第一篇稿子是社会新闻部转来的，主要内容是反映某县市民中心的公共服务大厅上班时间人员到岗不齐，导致群众长时间等候，甚至白跑路，跑冤枉路的问题。曲靖文觉得这个稿子有一定的代表性，对于改变机关工作作风能起到积极作用，所以，在下午的编前会上，他把稿子特意送到杜山峰手里。杜山峰很高兴，当即让曲靖文给予签发。

次日上午，被曝光的县委宣传部部长就带着他们人社局、民政局、市场局、卫健局等相关单位的领导赶到报社，要求给报社进行当面解释和汇报。杜山峰没有出面，让对方用书面形式写一个整改的意见留下就可以了。

与此同时，渭阳市纪委也对曝光的单位展开了调查，并对相关责任人进行了问责处理。《渭阳日报》审时度势，又及时将纪委的处理决定进行刊发，在读者中产生了不小震动。

接下来，报社又安排记者深入机关单位采访，接连刊登多篇相关的文章，一下子让读者产生了兴趣。

有一天，报社的热线电话接到群众反映，称该市某局局长驾驶公车经常在上班时间出入娱乐场所，进行高档消费。因为电话是匿名电话，曲靖文对线索的可信度把握不准，所以，经过反复考虑，决定让社长决定。

"去，这么好的线索为什么不去？最好能拍些照片回来。"杜山峰非常果断。

于是，两名记者进行了两天的暗访调查，证实了这位局长确有在上班时间开公车旅游、喝酒、唱歌、跳舞、洗澡等行为。让记者更为惊讶的是，这位局长每次消费后都不是自己结账，而由一家民营企业进行结算，最多时一次竟然消费了两万多元。

曲靖文觉得事态严重，建议把线索和调查结果转交到纪委去。杜山峰却不同意，他认为提供线索的人之所以给报社反映，自然有他的道理，如果能给纪委或者检察院举报早都举报了，何必要给媒体提供呢？

杜山峰首先对两名记者两天工作给予了表扬，并追加了分值。然后，把稿子留在了自己的办公桌上。

三天后的一个上午，被举报的局长单位办公室主任带着财务人员来到报社，和广告中心签订了一个三十万元的宣传合同，并当场将宣传费转到了广告中心的账户上。

这样的运作过程曲靖文并不知道，直到有一天他在审稿时发现了一篇宣传该局工作经验的文章后纳闷起来。他不敢签字，带着稿子敲开了杜山峰的办公室。

"发，这么好的典型肯定要发。"杜山峰连看都没看就表态说。

"前些天不是才调查出他们的局长有腐败问题吗？"

"问题归问题，宣传归宣传，两码事！"

"万一他的问题败露了，咱不是自己打自己脸吗？"

"哎呀，我说老曲呀，你想得太多了，这不是还没有败露吗！再说，处理不处理那是纪委的事情，咱们管不着，咱们只管把报纸办好，别的心就不要操了。"杜山峰有点不耐烦。

"我不是操闲心，我是为我们的报社考虑，为我们的声誉考虑！"曲靖文也没有让步，情绪随之激动。

"好啦，咱把话题不要扯得那么远好不好？有啥事说啥事。"杜山峰拍了拍曲靖文肩膀，然后，示意他坐下，接着关上门说，"我给你打开窗户说亮话吧，这篇稿子是人家掏钱让发的，也就是说是一篇形象宣传广告，你说，咱能不发吗？"

"广告，国家规定党政部门不能花钱做形象宣传吗？"

"我说老曲啊，都什么时候了，你的思想怎么还那么僵化呀？有钱不要，咱傻呀？咱管他什么形式的宣传呢，只要不违法、不出大框框，咱都做！"

"这怎么行，咱是党报啊，咱应该维护党报的形象，坚持党报的原则，怎么会为了一点蝇头小利丧失原则呢？"

"是党报不假，但党报也是人办的，是人就得吃饭是不是？"

"吃饭有财政，搞经济不应该是报社的事，把报纸办好才是咱们的职责。"

"看来，你不当家不知柴米油盐贵，现在，物价涨得比火箭快，靠财政那点钱咱恐怕连电脑都装不齐，给车连油也加不上，更何况，还有那么多的聘用人员要开工资，不想点办法，能成吗？"

曲靖文还想再说下去，杜山峰将他拦住了。杜山峰说："行了！咱不谈这个了，这稿子不仅要发，还要把版面设计漂亮，吸引更多的单位来做这样的宣传。既然你对这事把握不准，以后我就直接交广告经营中心办理、审核，你留够版面就行了！"

从年龄上说，曲靖文长杜山峰两岁；从职称上说，曲靖文比杜山峰也高了一级；但从行政职位来说，杜山峰是曲靖文的领导、顶头上司。一把手的权力和高度让其他的一切都显得苍白无力、无法触及，有时候还显得空洞而多余。曲靖文当了多年的副总编辑，前任社长信任他，器重他，不管什么稿子，都由他把关就行了，社长根本不管，也不愿意给自己增加负担。当然，曲靖文也很认真，他对每一篇稿子都很负责，也从来没出现过差错，这也是老社长放心的原因。

按照报社的发稿流程，凡记者采写的稿子先由部门主任审查、筛选，然后送编前会研究、敲定，再由专门主管采编工作的副总编签字通过，最后才转交给编辑部编排、校对，夜班领导最终确版才能印刷。但杜山峰上台后，以往的惯例就被打破了，他规定一般的稿件还是走原来的程序，对于有关市委书记、市长参加会议讲话的稿件和舆论性监督稿件必须经过主管新闻的副总编签字，社长审查后才能刊登。这样一来，曲靖文在处理这些稿子时就不好把握，他认为一些很有价值的稿子却被杜山峰封杀了，而一些不痛不痒的、无关轻重的稿件却被推到了显眼的位置……

回到办公室，曲靖文心情非常沉重。杜山峰说自己思想落后、观念陈旧不是一次两次了，那么，自己真的落后了吗？陈旧了吗？他坐在靠背椅子上，用手不停地拍打着自己的脑门，仔仔细细地想、翻来覆去地思索，总是找不出自己的落后在哪里。明明是你杜山峰不按规定办事，尽搞一些歪门邪术，还说我有问题，这跟搞投机倒把有什么区别？这样下去一定很危险，迟早会出事的。不行，自己作为报社的一名老员工、老编辑，绝不能袖手旁观，绝不能让这样的错误行为继续下去。

曲靖文经过一番思想搏斗，再次敲开了杜山峰的门。但是，当他准备推心置腹地和杜山峰沟通辩论时，杜山峰根本不听，反而还说："老曲啊，看来你确实老了！"

曲靖文又碰了一鼻子灰，气不打一处来。于是，他决定有必要给市上的领导做一次汇报。

八

六月的一天下午，阳光异常辛苦。曲靖文找了一家理发店修剪了个发型，刮净了胡须，西装革履地来到了渭阳市行政中心一号大楼。当他敲开市委常委、宣传部部长徐岳的办公室时，徐部长正办公，他见曲靖文进来，立即停下了手中的事情，热情地把曲靖文迎到沙发上，泡了一杯茶送到了曲靖文的手里。

"曲总编可是大忙人啊，今天怎么有空到我这里来？"

"哈哈，我无事不登三宝殿啊，一是看看领导，二来汇报一下思想，不影响您工作吧！"曲靖文心情不错，他接过徐部长递过来的茶，笑了起来。

"哪里会呢，曲总编是贵客，也是我市的大名人，能来我这里，高兴都来不及呢，哈哈。"

"谢谢部长！"

"家里都好着呢？"

"都好着呢，爱人在医院工作，孩子在读大三，都很好。"

"哈哈，这些我都知道，我想问的是你本人和家里有没有什么困难？需要不需要组织的帮助？"

"不需要！"

"你的字画很有造诣，要不办个展览，搞个研讨什么？"

"也不需要，那都是工作之外的事情，不敢劳领导大驾！"

"哈哈，你这人总是那么谦虚、认真，现在，像你这样对事业满腔热情，对工作一片忠诚的人可不多啊"徐部长笑了笑说，"那需要我来做点什么呢？"

曲靖文是个性情中人，也是正直的人，他一五一十地把杜山峰上任后如何独断专行、刚愎自用，如何把报纸当企业经营，只抓经济效益，不顾党性原则；如何给记者追加经营任务，又把负面新闻变成了正面形象宣传等问题做了详细汇报。

徐部长仔细地听着。起初，他用笔在本子上记着，后来，他的笔停了下来，再后来，眉头又皱了起来，并且把目光拉直，挂在天花板上，久久没有移动。

曲靖文一口气说完，如释重负："我觉得作为党的喉舌，连接群众的桥梁，杜社长的做法偏离了办报的宗旨，也无形中远离了读者和群众，如果这样下去，迟早会出问题……"

"就这些吗？"徐部长从天花板上取下目光，轻轻地转过身子。

"就这些！其他一些小事情我就不说了。"

"曲总编，我可以肯定地说，你的动机是好的，也可以说你对我们党是忠诚的，对我们的这份报纸是负责任的，但你所说的问题都是些原则性的问题，缺乏实质性的内容啊？比如，杜山峰如何一手遮天、独断专行、不听别人的意见这方面的事情应该与他的性格有关系吧。现在，我们的党政机关上上下下都实行主要领导负责制，如果在某些时候、某些特殊情况下，一把手不能果断决策，工作还能开展吗？再说，报社追求经济效益，把利益放在第一位，给记者追加经营任务等等，这确实有点偏离办报的宗旨，但曲总编你想想，报社二百多号人，再加上印刷厂的工人，首先得有饭吃是不是？其次得有活干是不是？光吃饭不干活不行，光干活不吃饭也不行。虽然报社有财政供养，但财政每年拨付的费用是极为有限的，这个我是知道的，你也一定清楚，这些经费除了编制内人员的工资，剩下的钱恐怕连买办公用品也不够。另外，我还知道，你们报社还有很多编外人员和临时工作人员，都需要钱来养活，这些钱从哪来，就需要报社自己想办法，搞一些经营和创收，这样的经营方法不仅咱们报纸这样做，全国各地的媒体都这样做，咱们的省报不也给驻外的记者站下达了经营任务吗？这是很正常的，是人，总得先考虑生存是不是？当家的，柴米油盐都得管，你说对吗？"

从专业角度来说，曲靖文是渭阳市为数不多的文化名人之一，但从社会知识和社会经验方面来说，他却有点单薄和力不从心，妻子刘晓霞说他不懂得生活，岂止不懂得家庭生活，就连社会上最基本的人与人之间的交流、交往中怎样适应、怎样应对的能力也有点欠缺。面对徐部长这样地解释和反问，不，应该是劝导，他有点始料不及，更有点窘迫和尴尬，但他依然认为自己没错，继续和徐部长辩解和论证。

"一个负面典型，本应受到司法机关处理和严惩，通过金钱交易，转换为正面的宣传对象，是不是有失新闻的真实性？是不是有欺骗读者的嫌疑？"曲靖文的汇报还在继续。

"你说的这件事我还不知道，不过，我想应是这样一个过程，一个单位或者一个单位的某个领导犯了点错误，被反映到你们新闻单位，这个单位通过广告形式给了你们一定的经费做了正面宣传，这样，你们报社因为得到了经济支持，放弃了曝光或者追究新闻的权利，这个单位或某个领导也未得到处理，是不是这样？"

"就是这样，就是这样！"曲靖文非常佩服徐部长的分析能力，他连声说，"像这样的人或者单位难道不应该追究吗？"

徐岳部长从高背转椅上起来，他没有立即回答，而是径直坐在了曲靖文身边，微笑着拉住曲靖文的手说："曲总编，如果把你放在我的位置上，你会怎么去做呢？"

曲靖文没想到徐部长又一次反问自己，他有点紧张，一时间不知该怎样回答才对。

"曲总编，你的为人大家都知道，很正直、很有主见，但是，有些事情光靠正直和主见是解决不了问题的。就拿这件事来说吧，这个单位或单位的领导有点过错，作为新闻媒体行使自己的职责进行舆论监督，本身也无可厚非，一来可以惩治腐败，使更多的人从中吸取教训，引以为戒。二来可以维护法律的尊严，扩大党报的影响力。可是，如果从另一个方面上讲，这也无形中给我们党的脸上抹了黑，给我们宣传工作增添了麻烦。你想想，哪一个省、哪一个市的领导希望自己所管辖的地区经常在媒体上出现负面报道呢？如果经常出现他们的脸上有光吗？对外的形象会好吗？再说，如果市委书记或市长的心里不舒服，我这个当宣传部长的能安宁吗？更何况，咱们的城市正在创建全国文明城市，市委、市政府多次要求我们新闻舆论要走在前面，多宣传好人好事，多刊发正能量稿子，对内要安定团结稳定大局，对外要扩大影响树立形象。当然，那些违纪违规行为不是不进行追究和处理，而是应该从实际出发，深入调查，正面引导，合理解决，只要情节不很严重，我们要给他们知错改错的机会，不要一棍子将人打死嘛，你说是不是？我想，杜社长之所以这样做，就是出于对大局的把握，对整体的考虑。既通过采访给对方敲了警钟，对方也肯定吸取了教训，有所收敛，对方又给报社做了贡献，可以说达到了双方共赢的结果，又有什么不妥呢？我们看待任何事情都应该一分为二去分析、去对待，不应该单方面考虑和处理，再说了，你所说的某单位领导问题只是一些生活作风方面的问题，并未造成太大的社会危害和影响。曲总编，你看，是不是这样？"

　　曲靖文一下子蔫了。他记不清自己是怎样从徐部长办公室出来的，也记不清徐部长对自己还说了些什么，只觉得脑瓜像被什么东西猛击了一下，一片麻木……他找到了洗手间，用水冲了冲脸，然后，从兜里摸出香烟，拆开后抽了一根插进嘴里，猛吸了几口又吐了出来。

　　曲靖文本身是不抽烟的，他之所以买了一包烟装在身上，是准备给徐部长发的，但徐部长也不抽烟，所以，只好装了起来，没想到给自己派上了用场。他一边抽一边想，一边想一边抽，总觉得自己很怨、很委屈，明明是杜山峰的错，反而成了自己的不是了，看来，徐部长可能和杜山峰穿着一条裤子，故意替杜山峰说话。不行，得找一个说理的地方为自己主持公道。可是，到哪里寻找呢？找纪委吧，不能，自己是谈工作的，不是来举报的。找检察院吧，就更不能了，杜山峰的做法还谈不上犯罪，再说，就是有，自己也不能举报，更不能让他栽在自己的手里。那么，又应该去哪里诉说呢？忽然，他想起了一个同学，一个在市政府当副秘书长的同学，这同学叫白军，或许，他能给自己出点主意。

曲靖文稳了稳情绪，掏出手机拨通了白军电话。正好老同学在，请他过去。

在白军的办公室里，曲靖文把自己给徐岳部长说的又重复了一遍。他原本想得到老同学支持，使自己得到一些安慰，没想到被老同学当头训斥了一顿。

"你怎么这么糊涂呀？"

"难道我说得不对吗？"

"现在啥时候了，你以为还是'文革'时期呀？聪明的人哪一个还敢跟自己的顶头上司较劲，我看你是吃饱了撑的，没事找事。"

曲靖文还想进一步解释，被白军拦住了。

"你不要说了，在这个社会里，领导就是领导，你懂吗？"白军说，"就拿你们的老社长来说吧，他在位时有人说他不会办报，只会唱高调，每天的报纸尽刊登一些没棱没角的稿子，根本没有什么特色，还有人说他以权谋私、贪污腐败、违规进人。市纪委做过两次调查，结果怎么样呢？不但安然无恙，而且越坐越稳，要不是身体出了问题，现在都雷打不动，倒是那几个整天写材料告他的人，没有一个好结果，有些被免去了部门主任，有些被调离了报社，发配印刷厂或者一些不起眼的单位，从此，再也没有升迁的机会，这些人到头来一个个灰溜溜的，只等退休了，我想，这些事情你比我更清楚吧！"

曲靖文后悔起来。其实，他的本意并不是告杜山峰的状，也不是想把杜山峰整下台，他只是想通过宣传部领导给杜山峰提个醒，敲一个警钟，让他谦虚一点，民主一点，收敛一点，不要太骄横、太自大了，也可以说是一种合理化的建议，仅此而已。

但是，世上没有不透风的墙。第二天，报社就传出曲靖文到市委"告状"的消息，大家似乎对这种话题很感兴趣，纷纷凑在一起，猜测其中的内容。有的添上，没有的加上，大有山雨欲来风满楼的迹象。

然而，曲靖文自己还蒙在鼓里，什么也不知道，依然按时上班，按时下班，做自己该做的工作。他唯一的感觉就是来他办公室的人少了，找他聊天的人少了，而他，把这一切的变化归根于一个"忙"字，他想，大家忙是正常的，忙过这阵子就不忙了。但几天过去，这样的理由不但没有得到验证，反而还越发异常。他发现很多人见他都不说话，甚至还刻意地回避他，神神秘秘、鬼鬼祟祟。他纳闷，跑到办公室询问原因，办公室人说没有啥，他也就不再在乎。

一天早晨，曲靖文和往常一样翻阅报纸，杜山峰突然推门进来了。曲靖文很是惊讶，因为，自从杜山峰当了社长后从来没有进过自己的办公室，任何时候，任何事情，都是他被杜山峰叫过去，这一次，怎么亲自来了呢？

曲靖文一头雾水，半会琢磨不透其中的缘由，但他知道，杜山峰这次"御驾亲临"肯定有事，而且不是小事。

"老曲，我哪里对不起你了？"杜山峰开门见山。

"没有啊！"曲靖文有点紧张。

"真没有吗？都把我告到市委领导那里去了，还说没有？"

"那是谈工作，不是告状。"

"咱们可都是男人，长着把儿的，既然敢做，就应该敢于承认！"

"我真没有告什么状呀，我只是和徐部长探讨了一下如何能把报纸办好的事情，不信，你去问问徐岳部长！"

"我最反感那些人面前是人、鬼面前是鬼的人。"

杜山峰说完摔门走了。曲靖文像一尊雕像凝固在了地上。他没想到，自己一颗忠诚的心遭到了如此地侮辱……

然而，事情并没有因此结束，在报社当月的总结会上，杜山峰先给大家通报了发稿和经营情况，又提了几点建议。最后高声说："通过两年多的改革实践，我想，大家都应该看到了我们的发展和进步，报纸内容丰富，版面图文俱佳，经营收入月月创新，年年攀升，目前，已经比两年前高了五十多个百分点，这是报社与时俱进、锐意改革的结果，也是大家齐心协力、共同努力的结果，值得肯定也值得赞扬。我说话向来是算数的，既然大家付出了艰辛，就肯定会有回报，这一点，大家都在自己的工资卡上看到了……"突然，他脸色一沉，乌云旋即浮现了出来，"但是，我们的个别同志对目前的大好形势还不满意，甚至还带着某种抵触和反对情绪，不为报社谋发展、创效益罢了，还跑这跑那打报告，告黑状。这里，我就不点名了，是谁他心里清楚。我想问问这些同志，你究竟想做什么？想干什么？工资不停地给你涨着，奖金不断地给你发着，你还有什么不满足的、不乐意的？嫌钱多了烫手，没地方放是不是？嫌我们这个班子团结、务实不舒服是不是？我现在不客气地告诉这些同志，虽然你可能是报社的老员工、老骨干、老精英，可是，我们讲求是一个整体、一个团队，是一个生龙活虎、朝气蓬勃的团队，任何成绩都是大家共同努力出来的，并不是谁一个人的功劳。中国这个国家很大，也很特别，什么都缺，就是不缺人，我们报社也一样，少了谁照样能行，说不定还转得更欢、转得更快，不信你就试试，别吃够了不知道扔碗，也不要给我找麻烦，给我们这支队伍添麻烦，不然，不会有好果子吃的！"

　　会议室一片寂静。大家你看我，我看你，面面相觑，只有曲靖文低着头，脸上红一阵白一阵。

　　回到家里，曲靖文一连几个晚上未能入眠，他陷入极大的痛苦之中。他人在床上躺着，眼睛却一直睁着，他多想从这种痛苦和烦恼中摆脱出来啊，可是，不管用什么办法，吃什么药，都不顶用。

　　想当年，曲靖文大学毕业，满腔热情走进了这个单位，多么高兴，又多么激动啊，他曾在内心默默发誓，一定要好好干，干出个名堂来，报答父母养育的同时实现自己的人生价值。二十多年来，他是这样想的，也是这样做的，他一直用这种信念坚定自己，把单位看成家，把家当成单位，努力地进行工作和学习。当然，单位也没有辜负他，从最初的普通记者到部门主任，从部门主任再到副总编，虽然最终没有坐上社长这把交椅，但他不后悔，因为，他有自己的人生理念，也有自己的生活观和价值观，他认为人的一生放在哪里并不重要，重要的是应该把自己该做的事情做好，从而发挥出自己的作用，这与官职、地位没有关系。他还认为，人应该靠品质生存，凭能力吃饭，而不是靠那些歪门邪道的把戏升官、发财。为此，有一段时间他藐视权力，藐视那些成天为一个小小的职位煞费心机、争来斗去的人，可现在，他深深懂得了权力的作用，权力的厉害，他甚至感到任何思想、任何抱负在权力面前那么无能、渺小，甚至失色。

　　半年多过去，曲靖文度日如年，身疲力竭，原本温和灿烂的脸变得阴晴不定，憔悴不堪。更要命的是不知从哪一天起，他患上了高血压这种难缠的疾病，以致吃降压药成了他每天必须去做的第一件事情。

九

一天早晨，曲靖文起床后刚打开窗户，一股风就向他袭来，他顿觉凉飕飕的，凭借天然的本能，他把目光移至了窗外。此时，窗外正好有一片黄叶飘落着，晃晃悠悠，孤孤单单，直落到了他看不见的地方。再往下看，小区的院子已经被星星点点的叶子覆盖了，五彩斑斓如孩子的水彩画。于是，他知道季节已到了深秋。

曲靖文又想起了自己的家乡，想起了广袤的原野，想起了自己小时候爬山坡、摘酸枣、追野兔、打毛栗、刨红薯，和一帮穿着开裆裤子的伙伴们把生产队的黄豆偷来，放在小铁皮上炒着吃的情景……那样的时光多快乐啊！猛然，他心潮一涌，决定回家乡一趟。

终于挨到了周末，曲靖文驾着自己的"福特"带着妻子刘晓霞穿过钢筋混凝土堆积的城市，一溜烟上了高速公路。

曲靖文的家乡距离渭阳市并不太远，一个多小时的车程就到了。因为不远，曲靖文以前和妻子经常回去。后来，父亲去世了，母亲和弟弟住在了一起，所以，他没了后顾之忧，加上工作忙，加班加点，回老家的次数相对少了，不过，他对家乡的挚爱，对母亲的孝道却从来没有减少。他隔三岔五给母亲打电话，每月准时给弟弟转回去两千元作为母亲的零花钱，并告诉弟弟不够吭声。他的弟弟和弟媳妇很明事理，虽说经营着四亩多地的猕猴桃园子，但对老人非常孝顺，有时间就变着法子改善伙食。特别是母亲有个头痛脑热不舒服，小两口无论多忙都会腾出身子带母亲诊治，从不让母亲受委屈，所以，尽管母亲七十多岁了，依然神清气爽，红光满面。

曲靖文的母亲也是个会生活的人。附近的村庄不管哪里有庙会、唱大戏，都离不了她的身影。当然，这也是曲靖文最放心的一点，正因如此，弟弟前些年盖了一座两层小楼，曲靖文一次就给了十万元。当时，弟弟不要，说自己有钱。曲靖文硬是把钱塞进了弟弟的兜里说，你们一年四季照顾着母亲，我心里一直都过意不去，我欠你们的太多了，总没有机会补偿你们，再说了，我和你嫂子回来了不光要吃饭，也得有个歇脚的地方，你把房子盖好后给我也留上一间，权当给我盖的房子。他这样一说，弟弟才收下了。

知道儿子和儿媳回来，曲靖文的母亲快乐了起来。她要亲手到厨房做饭，还是被曲靖文的弟媳妇拦了回来。

"还是我来吧，你好好歇着，万一把你摔倒了，你儿子还不找我算账哩。"

曲靖文的弟媳妇干练、泼辣，爱开玩笑。其实，她做饭的手艺一点也不比婆婆差，进了厨房三下五除二就把饭菜准备停当了。

曲靖文和刘晓霞一进门，家里就热闹起来，大家你一言我一语，把欢乐一下子放大。不多工夫，臊子面就端上了饭桌，一家人围在一起有吃有喝，又说又笑，把人间的美好和幸福演绎得淋漓尽致。

饭间，曲靖文忽然想起四岁时的一件事。那一年，生产队豌豆丰收了，社员们把豌豆割回来，又把豆荚摘下来晒在场里，这样，豆蔓就没用了。当时，父亲在秦岭修公路，母亲把豌豆蔓背回家里，满满地晒了一个院子，准备在冬季喂猪。下午，母亲上山劳动，留下曲靖文在家里看门。他闲得发慌，找来伙伴玩游戏，不料被豆蔓绊倒，头磕在了房檐石上血流不止。伙伴们见他流血，吓得四散而去。隔壁的大娘听见哭声，跑过来查看究竟，她见曲靖文额头开花，抠了一块土用碗擀细敷在了伤口，并一边敷一边说：面面土是膏药，敷上后能止血。果然，大娘不停地往伤口敷土，又不停地在嘴里念叨，不多工夫，血终于不流了。

黄昏时分，母亲收工回家，见曲靖文躺在炕上，头肿着，嘴吊着，眼里水汪汪的，知道出了乱子，二话没说背上他朝医院奔去。后被医院诊断为"破伤风"。八十三天的治疗，终于把曲靖文从死神的手里拽了回来。曲靖文回家后的第一句话就是想吃臊子面，第二天，母亲为了满足曲靖文的愿望，带着从亲戚家里借来的一张肉票，一大早就赶到五里外的供销合作社排队，整整排了一个上午才买回了二斤大肉……

想到这里，曲靖文不由得伤心起来，他慌忙低下头，把眼泪滴在了地上。

吃过午饭，曲靖文让母亲休息，他和刘晓霞出了屋门，朝田野里走去。

秋天的关中平原，到处都是一片丰收的景象，季节里的草木和花朵，用一种别样的姿态展示着自己的坚强和美丽。每一个生命都享受着同样的温暖和自由，同样的风景和待遇，它们没有压力、没有恩怨、没有争斗，不管时光怎么转换，他们总是在属于自己的天地里无拘无束，做自己想做的事情，一门心思地按自己的意愿生活、成长，多么好啊……

　　也许，这广袤的田野太诱人，也太久违了，曲靖文和刘晓霞整整一个下午都没有离开的意思。看见一朵花，他们蹲下去闻一闻，碰见一枚果子，他们摘下来尝一尝，路过一潭清水，他们洗洗手，甚至往脸上抹上一把。他们走一路看一路，看一路尝一路，心情格外快乐。果园里，一位老人看见他们，特意摘了几个苹果撵过来塞给他们，他们知道，这样的亲切、这样的温馨、这样的幸福只有在家乡才能拥有！他们多想回到这里啊，回到这种天然的、本真又熟悉的环境中啊。

　　"还记得你第一次来我家吗？"曲靖文向刘晓霞突然问道。

　　"怎么不记得？"刘晓霞回答。

　　那是二十多年前的一个春天，当时，刚从省卫生学校毕业的刘晓霞被分配到曲靖文家乡所在的卫生院工作。有一次，曲靖文的父亲骑自行车不慎摔下山坡，造成身体多处受伤，县医院住了半个月后，就回到家进行调养。那时，曲靖文的弟弟还小，曲靖文专程从单位请假回来照顾父亲，并且每天骑自行车到三里外的乡卫生院接护士给父亲挂吊瓶。当时，乡卫生院安排的护士就是刘晓霞。父亲一天要挂针两次，刘晓霞就被曲靖文用自行车驮着往返两次。十多天后，年轻漂亮的女护士和英俊帅气的男记者产生了感情。当曲靖文父亲的伤逐渐恢复不再挂针时，两颗年轻的心已经牢牢拴在了一起。曲靖文的母亲看透了年轻人的秘密，在曲靖文父亲挂完最后一瓶液体的中午，特意把刘晓霞留下来吃了一顿臊子面。曲靖文的母亲本想在吃饭时把事情挑明，却被曲靖文拦住了。送刘晓霞回卫生院的路上，曲靖文没有用自行车驮她，而是陪刘晓霞一直走着。路上，两个人谁也没有说话，而内心的火焰却越燃越旺。走到一个拐弯处，刘晓霞忽然转过身子将曲靖文抱住，又把头贴在曲靖文的胸膛。而曲靖文也勇敢地张开了自己双臂，将刘晓霞紧紧揽进了怀里，并用滚烫的嘴唇轻轻地吻了一下刘晓霞的额头。也就是那个时刻，那种心贴心、肺贴肺的炽热和甜蜜把两个人彻底融化了，最终成了终身的伴侣。结婚后，在曲靖文的鼓励下，刘晓霞通过进修取得了执业医师资格证书，不久，调到渭阳市人民医院工作。

　　医学专家认为，人的疾病与心情有关，大多数高血压、冠心病、消化性溃疡等患者都属于身心疾病，其发病和心理因素很大程度是由于长期紧张、过分焦虑和不良情绪影响造成的。所以说，保持良好的心态是缓解和治疗这些病的有效途径。

曲靖文在老家待了两天，心情好了许多。回城后开始锻炼和运动。其实，他锻炼的方式很简单，就是走路。他的家离单位三公里，过去，他每天上下班都是驾车，最少十分钟就能赶到，现在不同了，他把车子抛在车库，顺着河堤用腿走。刚开始，三公里在他的脚下需要一个小时，身上还得渗汗水。现在，只需半个钟头就行了。曲靖文很喜欢这种运动，早晨起来，空气新鲜、阳光明净，河堤边的树木、花草都在展现着自己最美的一面，在这样的环境里行走、运动，既锻炼了体质，又陶冶了心情，多好的一件事情啊！瞧，河堤上每天的人很多，他们的表情总是微笑的，根本和单位里那些泥塑般的不一样。他后悔过去对运动的偏见，更后悔没有早早加入这个队伍，与此同时，他的血压也降下来了，在医生的建议下，他把降压药从一天一片减少到了一天半片。

一天早上，曲靖文刚到办公室，一位年轻的女子就推门进来了，紧接着"扑通"一声跪在了地上，随之声泪俱下。

"您是报社的领导吧？求您救救我的孩子吧？"

曲靖文赶忙把女子扶起来坐在沙发上，并倒了一杯水递到女子的手里，让她不要急，慢慢说。

原来，女子是从乡下来的。她四岁的儿子患了白血病，已经在医院化疗了两个多月，花去了家里所有的钱不说，还欠了许多外债。她听医生说做化疗只能缓解病症，不能解决根本问题，想挽留孩子的生命还得到省城医院做骨髓移植的手术，但买骨髓、移植骨髓要很多钱，家里没有，怎么办呢？她听说报纸登一篇文章，就会有好心人捐钱资助。于是，专门找报社来了。

曲靖文心里又一次疼痛起来。他亲自赶到医院进行了采访，并以"四岁儿童身患重病，呼吁社会奉献爱心"为题写了一篇报道，次日刊发在《渭阳日报》上后立马引起了社会各界的关注，短短的一周时间，孩子的家庭就收到全国各地爱心捐助三十多万元。另外，中国红十字会渭阳分会还派人到医院落实情况，准备给患病儿童提供帮助。孩子就诊的渭阳市人民医院还组织全院职工进行捐款，更有外地一位服刑的青年愿意把自己的骨髓捐献给这位患有白血病的孩子。

曲靖文被感动了，他没想到自己的一篇报道竟然有如此大的感召力，不仅唤起了那么多的援手，也让最需要帮助的人得到了资助。他为这个患病的孩子感到庆幸，也为自己感到高兴，他似乎听到了上苍的暗示，体会到了一个新闻工作者无上的自豪和荣耀……

事实上，这时候的曲靖文已经从烦恼中摆脱了出来，他似乎看清了什么，懂得了什么，也知道许多事情是自己无法改变并改变不了的。所以，他在极力控制自己、改变自己，并重新获得了生活中真正的平衡和力量。

十

然而，这样的"平衡"并没有维持多久。

年底，全省地市级报刊发展大会在渭阳举行，参加会议的有省委宣传部、省新闻出版局等相关单位的领导以及各地市报刊负责人共计一百多人。会上，大家就"新形势下如何办好党报党刊"这一话题展开了讨论和发言。杜山峰作为东道主单位的领导和先进工作者，他第一个发言，并博得了阵阵掌声。然而，意想不到的是曲靖文也被大会点名，做临时发言。主持会议的领导解释说，曲靖文是这次会议上唯一一位"中国新闻奖"的获得者，也可以说是专家中的专家，当然得听听他的高见。

曲靖文没有任何准备。但稍事迟疑后还是走上了主席台。

事实上，对这样的场面曲靖文并不畏惧，他对着麦克风客套了几句，然后，单刀直入、直奔主题。他贯穿古今、纵览全球，加上天生磁性的嗓音让他的发言极富感染力。

"毋庸置疑，这些年，我国的报业发展进入了最为困难的时期，由于宏观经济增长的放缓和新技术带来的传媒生态环境变化，传统媒体面临进一步恶化的市场环境，报纸经营更是以令人惊叹的趋势快速下跌。在各种场合，各种会议上凡是触及报业经营的话题几乎一片哀声。有人说，以网络、微博、微信、抖音、公众号为代表的新媒体的发展将会颠覆传统媒体，加快报纸的消亡，再过二十年，最后一位报纸的读者将结账走人。这种推断似乎给"报纸消亡论"提供了有力证据，对我们报业工作者造成了更大的压力。但我个人认为，"报纸消亡论"的预言不符合世界媒体发展的历史走向，更不符合我国的国情。报纸在中国虽不可能长盛不衰，但报纸在中国会一直会扮演重要的角色。报业与新媒体之间不是淘汰与被淘汰的关系，而是并行不悖、相互补充、共同发展的关系。世界上所有事物都是变化的，只有不变的东西才会消亡。报业要发展，要面临激烈竞争，要想在市场中站稳脚跟，就必须用发展变化的眼光来审视局势，并做出明智的选择。所以说，报纸发展真正的对手不是网络、新媒体、自媒体，而是我们自己。当然，现在的新媒体、新技术正在蓬勃发展，对它们视而不见是危险的，因为新媒体的挑战而丧失发展报业的信心更是不明智的。重视新媒体，吸收新技术，强身健体，兼容并蓄，走传统媒体与新媒体相互融合的道路，这才是新闻单位最佳的出路，唯一的出路。因此，当下我们所要做的是必须在具有鲜明时代感、独特个性新闻内容上下功夫，坚持倾听心声、贴近读者、服务百姓，以关注社会、关注焦点、关怀民生为己任，突出新鲜化、大众化、生活化、时尚化，要用真情赢得读者，要用质量占有市场，不断抓新闻精品，抓大事分析，从而获取更好的传播效果和经济效益，只有这样，我们才能立于不败之地……"

曲靖文虽然没有手稿，但他的发挥不但没有受到影响，反而完全放开了。他越讲越来劲，越讲越动情，突然，他话题一转，沉重了起来。

"近几年，我很遗憾地看到，我们中的某些报纸为了追求单纯的经济利益，忘记了自己为谁服务、为谁办报的原则，不在新闻内容上下功夫，也不在人才队伍建设上做功课，尽搞些歪门邪道的把戏，给科室下达创收指标，给记者追加经营任务，甚至为了一些蝇头小利违背了自己的良心，丧失了自己的立场以及所承担的社会责任，我认为，这是不可取的，也是很危险的。借此机会，我想真诚地劝告一下这样的同仁，请你们永远不要忘记我们的报纸姓党，它是广大人民最为依赖的精神食粮，千万不能在错误的路上继续走下去了，悬崖勒马还为时不晚。目前，虽然报业发展面临着严重的挑战，但我们不能因此没有立场、丧失原则，更不至于那样穷凶极恶！请大家相信，我们的后边有党、有政府、更有广大的民众百姓，只要我们群策群力，共同努力，我们的未来一定是美好的。"

曲靖文的发言让全场一片沸腾。大家起立,纷纷把最热烈的掌声给他送去。

然而,会场上有一个人始终没有鼓掌,这人就是杜山峰。

大会结束后,杜山峰专门召开了一次报社中层以上干部参加的总结会议。会上,他首先对大家在会议期间所做的工作给予了肯定和赞扬,接着对会议的精神做了传达,最后,又一次把矛头指向了曲靖文。

"我们中的某些人,特别是某些干部同志不知道自己姓甚名谁,竟然在这次会议上大肆泄露我们的经营策略和秘密,严重损害了报社的利益,我看,这个人一定是别有用心的。请问,你的目的是什么?动机是什么?是不是要否定我们改革的成果,让历史的车轮向倒转呢?要发展,就得有策略;要成绩,就得有行动,不然,我们拿什么发展、怎样发展?没发展,哪来的成绩?这里,我就不提这位同志的名字了,但我要提醒这位同志,请你认清形势,看清现实,不要用老眼光、老观念看问题,更不要自作聪明,没事找事,不然,既是我想留你,时代也不会留你……"像过去一样,杜山峰只说事不说人,但矛头所向之处,大家十分清楚。

坦率地说,曲靖文并没有把杜山峰的指责当回事,他坚定地认为,自己讲得没错,也都是事实,身正不怕影子歪,不管你怎么不服,怎样不满,自己的内心是踏实的。

十一

西部山区山大沟深、土地荒芜,是渭阳市最贫困的地区之一。那里有八个乡镇,一百四十六个村,居住着十三万多人口。近几年,渭阳市不断实施"突破西山"战略,决心举全市之力,利用十年时间打一场扶贫战役攻坚战。

在渭阳市委、市政府的号召下,全市各机关单位都与这里的每一个村子建立了帮扶对子,设专人、立专项、拨专款进行帮扶。一时间,一个关注西山、帮助西山、建设西山的热潮正在该市火热掀起。当然,西山当地农民朋友也不是坐着等吃,他们借助这股强劲的东风纷纷行动了起来,抢时间、抓机遇,在脱贫致富的路上大踏步地向前迈进。几年时间,这里就涌现出许多个农村专业合作社、无公害蔬菜基地、无公害专业养殖示范户等。其中,有一个叫李大顺的养殖专业户依托当地天然生态的自然条件，利用政府扶持贷款建了一个生态土猪养殖场。眼看第一批土猪就要出栏，为了让大家充分了解土猪肉的优点、好处，李大顺花了三万元在《渭阳日报》上做了五次广告。他做广告时没有资金，承诺在第一批土猪销售后兑现费用。此事是曲靖文牵线搭桥的，并在协议书上签了字做了担保。没想到，老天无眼，李大顺广告做完没一个星期，一场百年不遇的暴雨不仅将李大顺的养殖场冲垮，也将多半的猪冲进了茫茫的渭河了。李大顺赔大了，别说广告款无法兑现，就连养猪的成本也无法收回。尽管政府采取了补救措施，给予了一定的救助，但杯水车薪，未能从实质上解决问题。

年底，杜山峰对这笔广告款未能到账非常生气，勒令曲靖文限期追回。

曲靖文没办法，只好带财务和经办人员驱车前往西部山区找李大顺协商。

到了李大顺的家，曲靖文发现他的家没有围墙，两孔窑洞和一座四间大的平房算是最大的资产。屋子很冷，没有火炉，窑洞里的老人听见来人，咳嗽了两声算是打了个招呼。

李大顺似乎已经从痛苦中解脱出来了，对曲靖文等人非常热情。敬烟、倒茶，还打发妻子进厨房做饭。

一阵寒暄之后，曲靖文把话切入了正题。

"其实，你可能知道我们今天来的意思，报社有报社的规定，请你能够谅解。"曲靖文说。

"我明白，你们放心，那笔广告款我迟早会给你们送去的，只是我在银行的二百多万元贷款连利息都还不上，虽然有一些是无息的，但剩下的利息一年也要十万元哩。另外，给我建猪场的民工工钱还没有结完，他们已经到我家跑了好多次了，你看，我的猪场还有几十头猪，我想在过年前都卖了，先给民工付上一些，他们和我一样都是山里的农民，上有老下有小的很不容易！"李大顺说。

"我们不是赖账，我们实在没有办法，你看，我爹在炕上躺着也没钱去医院，只能在卫生所买点药凑合着吃，对不起，对不起。"李大顺的妻子从厨房出来接过话说。

"等我们有钱一定给你们送去。"李大顺补充说。

面对眼前的情景，曲靖文很是无奈，他给李大顺说了一些增强信心的话后，又和另外两个同事在一旁商量了一阵。最后，三个人凑了两千多元钱塞到李大顺的手里，说了声"先给老人看病"，就走了。

从西山回来，曲靖文将追讨广告款遇到的情况如实向杜山峰做了汇报。

杜山峰非常恼火："不管什么原因，报社的利益不能受损。"

"你就不能发发善心减免一次，他遭了那么大的一场灾难，现在连给父亲看病的钱都没有，哪来的钱给广告费呢？！"

"我管不了那么多，总之，钱必须要回来。"

"没有钱怎么办？"

"你是担保人，你想办法。"

"我没办法。"

"既然你没办法，我只能按制度办了。"

"你随便！"

曲靖文转身回了自己的办公室。

过了几天，报社下发专门文件，内容如下："因李大顺专业合作社拖欠的广告款无法追回，按照该合作社与广告经营中心签订的协议，并经社委会研究决定，此广告款由其担保人曲靖文负责兑付。"

对于这样的处理结果，曲靖文表现得非常平静，他没有让财务科从工资上扣除，而是用现金进行了一次性结清。有人认为不公，背地里让曲靖文低个头，沟通沟通，毕竟报社是一个集体，不差这点钱，给一个人放在身上不太合适。

"没事，权当给农民献了爱心。"曲靖文说。

在这个世界上，有一个为理想捐躯的牺牲者，就会有为牺牲者垫背或陪葬的无名英雄。也许，曲靖文就属于后者，他的事迹虽然不够生动，但十分悲壮。

十二

春节后的第一个早工作日，杜山峰召开编委会议，安排记者下基层查岗，并要求下班前把数据统计出来，做成稿子。

"从严治党、依法治国必须狠抓作风建设和纪律建设，否则就成了空话。咱们今天所做的就要对那些纪律松散，不按时到岗或者没有进入工作状态，干私事、做私活的人员进行暗访和'曝光'。不过，请大家注意，我们下去后不要盲目地去查，一定要巧查、会查，也就是有目的地查，有针对性地查。公检法不要去了，工商税务也别去了，和我们有合作的，在我们报纸上做过广告就更不要去了，咱不能吃人家饭，又去砸人家的锅。咱们查就查那些投诉多的，不支持咱们工作，对咱们不理睬、不尊重、消极对抗的单位包括它们的领导。咱们不仅查，还要认真查、仔细查，必要时翻一翻他们的签到册，查一下他们出勤记录、核对一下到岗人数。"杜山峰强调说。

这一招果然很灵。记者下去不久，前来找社长的人就络绎不绝。这些人不好意思说什么，只说来给社长拜年、叙旧。但见面不是送烟酒，就是送红包。杜山峰从来不吃这一套。起初，他还耐心地解释几句，后来，办公室不待了，找了一个僻静的房子躲了起来。再后来，干脆连手机也关了。这些人找不到杜山峰，就找曲靖文。毕竟曲靖文是主管采编工作的副总编，所有的稿子都经过他手。

曲靖文和杜山峰不一样，他温和、诚恳，对任何人都很热情。更何况，来人大多是机关单位的负责人，低头不见抬头见。

"坐坐坐，你们来一趟不容易，有啥事尽管说。"曲靖文倒水。

来人还是不好意思说记者到他们单位查岗的事情，只是说请他和杜社长坐坐，加深一下感情。

"饭就不吃了，刚过年，肚子的油水还厚着呢。"曲靖文说。

"既然这样那就下次吧，如果我们在什么地方做得不好，希望您和杜社长多多包涵。"来人把购物卡或者红包一丢，扭头就走。

曲靖文比杜山峰的脾气还怪，他清水一潭，不但不收别人的好处，还讨厌别人给自己送好处。他认为别人送好处不是对自己的尊重，相反，是小瞧了自己，是对自己人格的践踏和侮辱。所以，无论是谁送什么东西，他的脸就变了，一律拒绝，实在拒绝不了，就拿起话筒给纪委拨打。这样，大多人收起来灰溜溜走了，只有个别人仍然留下来，不送好处也不说吃饭，一个劲地拉家常、套近乎。曲靖文对这些人没有办法，只能以去卫生间名义，用内号给杜山峰打去电话。

"不发稿可以，让他们和报社签个协议，做两个版的宣传。"杜山峰对曲靖文指示说。

"这恐怕不好吧？"

"有什么不好？平常他们牛得和张飞一样，根本不把咱们放在眼里，我不止一次地邀请他们搞合作，搞活动，或者开办个栏目，他们就是不合作，现在好了，终于求到咱头上了，不要白不要！"

"我还是觉得不妥，说小一点是乘人之危，说大了有点敲诈勒索的嫌疑。"

"我说你脑袋怎么还不开窍？你只需提醒一下他们就可以，现在没有笨人，他们都明白得跟镜子一样，借债还钱、破财消灾的道理谁都懂。再说了，这几年机关部门经费多的是，好多都没地方用，与其说被那些贪官巧立名目挥霍滥用，还不如支持一下咱们做点宣传。另外，他们如果做，也是和广告中心签订合同，又不是和报社签合同，怎么会是敲诈勒索呢？没事，就这么办吧。"

"我不谈，我也不会谈，我劝你也不要谈。"

"你不谈可以啊，把位置让出来，自然有人谈。"

"可以啊，你现在就可以撤了我！"

放下手机，曲靖文的鼻子上青筋都蹦出来了，他感觉这个曾让他激情澎湃、热血沸腾地方变了，变得不认识了，取而代之的是一种冷酷、无情和散发铜臭的味儿。

那一夜，曲靖文又做了一个噩梦，梦见自己在桥上走着，桥下的水很大，很急，正当他走到桥中间时，桥塌了，他和桥一同落入了水中。他被水冲了很远，时而漂浮时而沉没，时而呼救时而挣扎，就是没人救他。猛然，一个浪头向他打来……他醒了，坐起来大汗淋淋。

曲靖文知道这样的噩梦都与杜山峰有关。自从杜山峰上任后，曲靖文对他的一些工作理念和做法很不认同，两个人因此发生过多次分歧和争论，但每次争论过后，曲靖文都多多少少有点后悔。他曾无数次告诫自己，尊重人家，服从人家，毕竟人家是领导，是一把手。但不知为什么，每到了正式场合遇到原则问题，他就控制不住了，总要提出不同的观点和意见，好像不说不快、不说不舒服似的。但每一次他认为合理的东西都没有被杜山峰采纳，更多的时候还被杜山峰反驳得灰头灰脸、面肿鼻青。起初，他以为杜山峰思路不清，概念模糊，不是一个当领导的材料，后来，他才明白，杜山峰是故意用手中的权力压制他，降低他。压制就压制吧，曲靖文不计较，反正大家的眼睛都看着哩，谁对谁错，谁好谁坏，心里都很明白。再后来，他想通了，只要不是大的问题，他大多是沉默，一般不发表意见，但对于一些大是大非事情，他仍然挺身而出，一争到底。

这几年，曲靖文类似这样的噩梦已经不计其数了，而且一做一夜，没完没了，如同一幕幕惊险恐怖的电视剧不断播放。更可怕的是他老是扮演着反面人物的角色，不是被斗，就是被追杀，每一次几乎走投无路。

曲靖文的血压又升高了。

次日，曲靖文以生病为由向杜山峰递交了一张假条。

"既然你身体不好就好好休息，身体是革命的本钱啊，咱们都这把年纪了，还能蹦跶几年！一定要把身体调理好，保护好。"杜山峰答应了他的请求，并关切地说，"这几年你太辛苦了，踏踏实实多休些日子，啥时候病好了啥时候上班，啥时候歇够了啥时候上班，回头，我有时间去看你。"

杜山峰的热情和大度让曲靖文感到意外。他在刘晓霞陪同下去医院做了一次全面检查，结果是除了血压高，还被查出精神分裂、植物性神经功能紊乱、腰椎间盘突出等疾病。还好，都不是什么要命的大病，只要按时服药，按时调养，并且保持一个乐观的心态，问题不大，也不用住院。

然而，曲靖文是个有事业、有追求的人，他在家里待了几天就待不住了。早上起来，他在河堤上走了一阵子就跑了回来，趴电脑、看报纸，特别是看报纸时和上班一样，左手盯着字，右手握着笔，对上面的每一篇文章都逐个去读，好的地方画个圈，不太满意的地方打一个问号。

一天上午，他看完报纸正作画，手机突然响了，屏幕上显示"杜山峰"的名字。曲靖文放下笔接通电话，对方率先发声。

"老兄啊，这些天好点了吗？"

"好多了。"

"那就好，那就好！一定要多休息，多加强营养，没事了出去走走，锻炼很重要啊，一定要多锻炼身体！我可给足你的面子了，你尽管休、尽管养，还是那句话，病没好别来上班，身体没养好别来上班。对了，让嫂子买一只老母鸡给你炖上，就说是我说的，他要是不给你买，我给你买，哈哈！"

"谢谢你，我已经没事了，单位里咋样？"

"就那个样呗，你安心养你的身体，别的心你就不操了，不行的话和嫂子旅游几天！听说西藏不错，我倒想去，就是没有时间！"

"以后吧，眼下还没有那份闲心。"

"好，那就以后，代我向嫂子问好，不打扰了，好好休息！"

曲靖文原以为杜山峰打电话是想让他尽快回单位上班，没想到只拉了些家常，聊了一会就完了。他虽然高兴，但多少有点失望。说真的，对曲靖文这样的人，一旦闲了下来确实不是滋味，心急、乏味也不舒服。但他的这次歇假不属于正常范围内的歇假，更多的有点情绪上的成分，所以，主动回去不好意思，只能就这么一天一天等着。

又一个星期过去了，曲靖文终于待不住了，一个电话打到杜山峰的手机上。

杜山峰还是那句老话："好好休息，把身体养结实再来上班！"

这天，曲靖文没有向任何人打招呼，就回到了自己的办公室。他把办公室卫生打扫了一遍，刚倒上茶，综合办小李进来了。

"曲总编，您上班啦？"

"嗯。"

"您的身体恢复得怎么样了？"

"没问题了。"

"那就好，杜社长让您过去一趟。"

"好，我马上。"

曲靖文情绪饱满地走进了杜山峰的办公室。而此时的杜山峰已经把全部的笑容挂在了该挂的位置，他一改平日冷峻严肃的面孔，把曲靖文迎到沙发上，紧接着从柜子里取出玻璃杯子，泡上茶，并亲手递到了曲靖文的手里。

"这是最新的西湖龙井，战友从杭州刚捎过来，特等货，你尝尝！"杜山峰笑着说。

"用玻璃杯泡的茶，肯定是好茶。"曲靖文说。

"看来老兄对茶有研究啊！"

"略懂一些吧！"

"我让你在家里好好休息，你就是待不住，真没问题了吗？"

"没一点问题了。"

"就是有问题你也不会说的，这一点我敢保证，因为，我了解你，你是个闲不住的人，说句实话，在现在这种社会里，找你这样的人打着灯笼也很难找到！"

"干工作嘛就应该这样。"

"要是大家都和老兄一样，我这个社长就轻松了，躺在床上睡大觉了。"

"如果都像我一样了，你恐怕更睡不着了。"

杜山峰又哈哈哈地笑了起来。接着，他给曲靖文的杯子又添了点水说："其实，我叫你来还有一件重要的事情商量。"

"不用商量，你只管安排！"

"其实，这件事不该我说，应该由宣传部和你说，不过，宣传部说我跟你熟，谁说都一样，我只能替他们代劳。"

"什么事？你说。"曲靖文问。

"是这样的，按照组织意见，各单位要抽调一批干部下基层挂职，咱们单位两个名额，我想，推荐你和要闻部的副主任张驰去，时间是三年，结束后晋升半级，成绩突出者还可能安排到主要岗位，你看如何？"

"说说原因？"

"第一是考虑到你们两个人政治觉悟高，责任心强，出去后不会损害报社的形象，第二个原因相对更重要一些，你在副处这个位置上干了这么多年，一直没有再上一步，我一直很内疚，很惭愧，总想找机会帮你解决，但却没有合适的机会，现在终于有机会了，我当然不想放过，至于张驰嘛，大体和你一样，可以解决个正科。"

"决定了吗？"

"会开过了，有不同意见，被我说服了。"

曲靖文没有再说什么，但心里非常难受。他没有想到，这个让自己呕心沥血、为之挚爱了一生的地方，竟然将自己抛弃了……

三十年前，曲靖文以优异的成绩完成了大学学业，自愿回到自己家乡的党报工作。当时，这个报社刚成立不久，大多数人员是来自各县区宣传部的干事或基层单位的通讯员，文化程度、综合素质参差不齐。出于对新闻事业的热爱，以及新闻工作者特殊的身份和地位，曲靖文全心全意、尽职尽责，把自己的知识和智慧发挥得淋漓尽致。随着时间推移，报纸从周报变成周三报，再由周三变成日报，每一步的发展、每一次的壮大都饱含着他的心血和汗水。其间，有许多同事为了获得更大的发展空间远走高飞，而曲靖文没有这样，论学历，他是单位屈指可数的重点大学高才生之一；论关系，他的许多同学和老师都在省城和国家行政部门任职，也有更高级别的媒体愿意用高薪请他去加入，但他对家乡的感情太深了，一次次做了回绝。当然，报社也没有辜负他，从最初的一名普通记者提升为部门主任、再到副总编辑和全国新闻奖的获得者，无数闪亮的光环让他成为这座城市屈指可数的新闻专家和文化名人。没想到，正当他跃马扬鞭、大展鸿图的时候，天空中风云突变，以至于满腔热血化作为一肚子的难言苦水……

十三

三年后，曲靖文挂职结束。组织上兑现了承诺，解决了他的正处级待遇。与此同时，他也到了退居二线的年龄。在他离开渭阳日报社的那个晚上，杜山峰特意举办了一场欢送宴。

宴会上，杜山峰若有感慨地说："靖文兄的离退对报社来说是一个遗憾，也是一个损失，我非常惋惜，也有点舍不得！可是，岁月不饶人啊！这也是没办法的事情。不过，退了也好，退了就可以一门心思地照顾自己，安安心心地养护身体了，另外呢，我也可以静一静，消停消停了。说句真话，在这个单位，除了你靖文兄，还有谁敢跟我较劲，敢给我找碴子、添麻烦，你说对吗？"

一时间，两个人的内心竟涌现出一种久违的温情。他们不约而同地打量了一下对方，因为好久没有这样近距离在一起了，他们都在对方的脸上发现了一些陌生和衰老，虽说不那么明显，可爬满眼角的皱纹已经证明了一切。另外，曲靖文的脑门上已经稀落了，时不时地闪动光亮。杜山峰的头发虽然还很茂盛，但却白了许多。不同的是曲靖文始终把自己头发梳理得中规中矩，有条不紊。而杜山峰给染黑了，他用一种现代时尚的元素掩盖了一切。不过，无论时光怎样变幻，曲靖文那种文雅而善良的面相没变，杜山峰那种果断而干练的气质没变。

"感谢杜社长，也感谢大家，干了这么多年新闻工作，一旦要离开报社，离开大家，我真有点舍不得。因为，我爱这份职业，爱这个岗位，这些年，我一直在思考着一个问题：人这一生到底是为啥活着？现在，我终于明白了，不就为自己的追求活着，为自己的爱活着吗？只可惜我老了……"

曲靖文哽咽了，松弛的眼皮终究没能抵挡住汹涌的泪水。也许，这就是男人，泪水一旦从眼眶里流出，蕴藏在内心所有的烦恼、委屈、愤怒甚至仇恨都会随之而去。

两年之后，杜山峰也退了下来。从此，他和曲靖文又以兄弟称呼了。他们一起聊天，一起散步，一起钓鱼，一起练太极拳，再没有出现过任何的矛盾和分歧。

有天晚上，曲靖文遭遇风寒住进医院，杜山峰得知后连夜赶到他的身边，陪同检查，陪同治疗，陪同说话，最后，还躺在他的身边陪到了天亮。

曲靖文很是感动，他忽然觉得，一个人如同一片茶叶，在经过开水的多次浸泡后才会将自己舒展开来，从浓到淡，从激荡到平静，直到最后才还原到了自己的本质。

心　愿

一

　　为了把儿子弄到城里的学校念书，李满仓"求神""拜佛""烧高香"，虽说费了许多周折，花了不少"银子"，事儿总算办成了，对此，他和老婆刘秀琴非常高兴。

　　李满仓的儿子叫李小乐，原在自己家乡的农村小学读书，虽然成绩在班上排在前三，但李满仓并不满意。他认为农村学校水平低、质量差，教出来的学生再优秀也比不上城里的孩子。因为，好学校都在城市里，好老师都在城市里，名校出名师，名师出高徒，这是最简单的道理，连小孩子都很清楚。因此，不等儿子从小学毕业，他就和刘秀琴决定，一定要把儿子弄到城市的好学校念书。他看不上县城里的那些学校，直接托人把儿子办到了渭阳市的一所省级重点中学。

　　妥妥后，李满仓在距离学校较近的一个小区租了一套房子。刘秀琴把经营了十多年的理发店关了，专门跑到城里给儿子去做饭。

　　李小乐报名前的那天晚上，一家三口人来到租住的房子里，第一次体验了一把当市民的感觉。刘秀琴做了几个菜，李满仓提了几瓶啤酒，他们像过年一样一边吃一边喝，一边聊一边乐，心情异常激动。

　　李满仓端起啤酒对儿子说："小乐，你现在的学校是渭阳市最好的学校之一，也是省级师范学校，去了后一定要好好学，将来考个好大学，给咱的李家争光！”

刘秀琴用筷子夹了一块肉放在儿子碗里说："你知道不，为了把你弄到这个学校，你爸低三下四、到处求人，跑的路就不说了，光钱就花了五六万！"

李小乐把肉往嘴里一塞，乐滋滋地说："是吗？咱家的钱还不少哩！"

"去你娘的。"刘秀琴用指头在儿子的脑门点了一下说，"这些钱都是你爸在工地上用瓦刀一块砖头一块砖头砌出来的，是我用剪刀在人家的头上一根头发一根头发剪下来的，你当容易吗？"

李小乐嘿嘿一笑："我知道！"

刚进入城市学校那段时间，李小乐学习特别认真，第一次期中考试就进了全班前十名。对于这样的成绩，李满仓打心眼里高兴，他不止一次地给刘秀琴说，城市的学校就是好，老师的水平就是高。不仅如此，李满仓更加确信自己的决定太英明了，钱花得太值了，简直可以用运筹帷幄、决胜千里来形容。刘秀琴也觉得自己的理发店关得对、关得正确。是啊，现在的家里不缺吃不缺穿，日子过得甜甜美美，光光灿灿，唯一的希望就是把儿子供成，将来有个好出路。所以，尽管儿子去学校后，刘秀琴一个人待在屋子里很寂寞，很孤独，但一想到自己的儿子那么优秀、那么出色，心里反倒很甜蜜，很舒坦。

为了让儿子安心读书，李满仓很少去城里打扰，一门心思打工挣钱。刘秀琴住在城里啥心不操，啥事不管，专心给儿子做饭、当后勤。

早晨，李满仓起来后随便做点吃的往肚子一填，就骑上摩托车打工去了。为了不耽误挣钱，他经常比鸡起得早，比狗跑得快，两头也见不到太阳。

刘秀琴起来后提前给儿子做早餐。为了不影响儿子休息，她做饭时格外小心，不仅要把厨房的门关严，还要把龙头上的水放小，就是拿锅盖、端碗碟也是轻拿轻放，尽量不出现声响，直到把早饭做好后，看到离上课时间剩半个小时才把儿子叫醒来，督促他刷牙、洗脸、吃饭。儿子去学校后，她才自己吃饭。吃完饭再去刷锅、洗碗、打扫卫生，卫生打扫完又去超市里买菜买肉，准备中午饭。刘秀琴给自己规定，儿子一旦放学，进了门必须端碗。这样的规定不为别的，就是想节省时间，让儿子好好休息。

刘秀琴给儿子做饭，却很少和儿子一起吃饭。因为，更多的时候儿子的饭和她的饭不一样,她给儿子做的饭一般比较精细、营养,给自己做的都比较简单,粗糙。儿子喜欢吃米饭、饺子、炒菜,而她却喜欢吃面条、馍和青菜。所以,刘秀琴每次买菜,其实都是给儿子买菜,自己吃的菜根本不用买,从农村的老家里带上一些就可以了。一周几乎有一半的时间,她根本不用给自己做饭,吃点儿子剩下的饭菜就把肚子安顿了。

刘秀琴以前开理发店,不会跳舞,也不爱跳舞,现在,她成了舞场上的常客。她之所以要参加这个队伍,不是闲,也不是爱,而是不想待在屋子。因为,他们租住的房子面积很小,只有五十多个平方米,不管哪个地方有响动,整个屋子都会听见。所以,为了避免出现不必要的响动,不影响儿子学习、做作业,她每天晚上吃完饭后都是用最快的速度把碗碟洗完就出来了。另外,还有一个原因,就是她是从农村来的,在城市没熟人,没地方去,她只能用跳舞来消磨漫长的时间。

二

李小乐的班主任姓胡,是个女的,年龄和刘秀琴差不多。胡老师有个特点,对学生很严厉,对学生家长却很热情。

星期天,刘秀琴去超市正巧和胡老师相遇,两个人一见面就把话题扯到了李小乐身上。胡老师给刘秀琴说,李小乐脑子聪明,学习认真,只要保持下去一定不会错。胡老师还透露,在他们班上,只要成绩一直能保持在前三十名,将来进省级示范高中绝对没有问题。

刘秀琴高兴坏了,出了超市,就把胡老师的话打电话给李满仓说了一遍。李满仓也很高兴,第二天专门赶到渭阳市把娘儿俩叫到饭馆犒劳了一顿。之后,刘秀琴一有儿子的消息就告诉李满仓。李满仓也隔三岔五给刘秀琴打电话打探儿子的动态。与此同时,两口子对儿子更有信心了,心里经常像吃了蜜糖一样甜丝丝的。不仅如此,他们还一次又一次给儿子规划成长的线路,一次又一次为儿子描绘更为壮丽的人生蓝图。

然而,天有不测风云。李满仓和刘秀琴仅仅高兴了一年,就蔫了下来。

有天晚上,刘秀琴估摸儿子快放学了,提前把做好的饭菜端到桌子上,可是，她等了一个钟头也不见儿子进门。她以为儿子作业多，没做完，没有去问，只是耐心地等待着。两小时后，儿子终于满头大汗回来了。她二话没说，赶紧把饭菜热了一遍，重新端到桌子上。

儿子显然饿了，很快把饭吃完了，吃完后把嘴一抹说："妈，给我买一双球鞋，要耐克的。"

刘秀琴说："行，我明天就给你买。"

儿子很开心，转身回屋子做作业去了。刘秀琴收拾完锅上，也出门跳舞去了。舞场散了，她回卧室躺下了。

第二天吃过早饭，刘秀琴去超市给儿子买球鞋，找来找去没有找到耐克牌的，就随便买了一双球鞋带了回来。儿子见了很不高兴，试都没试就扔在了一边。

"超市里没有耐克牌的球鞋。"刘秀琴说。

"超市没有，专卖店都没有吗？"儿子说。

"我下次一定去专卖店买，你先把这个鞋穿上，反正都是新的，穿在脚上都一样。"

"能一样吗？人家耐克是国际品牌，这鞋是什么呀？扔到街上都没人捡。"

"咱到学校来是念书的，不是比谁的鞋穿得高级，你穿一穿行了，反正矮不了。"

"我不穿，要穿你穿，我嫌丢人。"

刘秀琴没办法，只好答应儿子去专卖店另买。儿子这才高兴了，雀跃着回自己房间去了。

次日，刘秀琴费了好多周折才找到了一家耐克专卖店。她进去一看，发现一双鞋的标价都在八百元以上，有些还标到了一千多元。起初，她以为营业员把标签写错了，问过后才知道就是这个价钱。她傻了，心想，不就是一双鞋吗，怎么这么贵呢？放在自己的理发店一礼拜也挣不回来。于是，她把鞋轻轻地放回鞋架上，悄悄地退了出来。

晚上，李小乐早早回来了，一进门就要看鞋。刘秀琴在嘴里支吾了半天，最后才把没有买鞋的原因说了出来。李小乐听了后脸色一沉，摔门进了自己卧室，连晚饭也没有吃。刘秀琴知道儿子生气了，在门外不停地喊，不停地敲，但是，不管她怎样喊，怎么敲，儿子就是不开门。最后，不得不答应次日再买。

刘秀琴怀着滴血的心买了一双"耐克"牌的球鞋。因为这双鞋，她把半个月的生活费花完了，几个晚上睡不好觉。她不敢给李满仓说，只能从吃上省，穿上扣。过去，她的锅里天天不离肉，现在，她把肉不再放进锅里了，而是做成臊子放进儿子的碗里，自己连尝都不尝；过去，她给儿子煮鸡蛋时，偶尔也给自己煮上一颗，现在她一个鸡蛋也不吃，所有的鸡蛋都留给了儿子。她给儿子包饺子，给自己下面条；她给儿子喝牛奶，给自己喝稀饭。她常常安慰自己说，儿子正在长身体，一定得把营养跟上，要不然影响发育，影响念书，而自己四十多岁了，半截子埋进土里了，吃啥都一样，只要把肚子填饱就行。与此同时，她买菜时也只买便宜的，贵一点的菜几乎不买，除非儿子点名要吃的菜才买上一些，做好后也只给儿子吃，自己不吃。

周末，李小乐在屋子休息。刘秀琴心想，待在城市没啥事，不如回农村家里看一看。可是，儿子不但不回去，还要刘秀琴给他三百块钱去看球赛。刘秀琴一听就来气，当即给回绝了。

"我已经和同学约好了，他们在体育场门口等我。"

"我不管你约不约，反正你不能去！"

"我为啥不能去？"

"你的任务是学习，不是看球赛。"

"我求你了，你让我看一次吧，就一次，看完了我就回来学习。"

"不行，上次给你买鞋把钱花光了，我没钱！"

"我要是不去，同学肯定瞧不起我，以后，我咋在班上待呢？"

"反正你不能去，咱家的钱不是狗拉的，是我和你爸爸用血汗辛辛苦苦换来的，不能让你胡糟蹋。"

"你不给是吧？"

"不给！"

李小乐狠狠地挖了妈妈一眼，转身走了。刘秀琴也没有理会，只身一人回到了农村的家里。她回去后也没有多熬时间，简单把家里安顿了一下，然后，装了点面粉和苞谷榛子，在地里拔了些葱、萝卜和青菜，赶天黑前返回了城里。可是，当她匆匆忙忙把饭做好后，怎么也不见儿子回来，打电话，电话关机，找学校，学校没人。这下，刘秀琴的心里发毛了，鞋底像装上了珠子，在屋子转个不停。她跑到小区门口等，小区门口等不住，又跑到马路边。马路上也看不见，就这样，一直到夜里十点多钟儿子才低头纳闷地回来了。

看到儿子，刘秀琴的心一下子豁亮了，她赶忙迎上去问这问那。可儿子一句话也不说，径直朝屋子走去。刘秀琴像一条尾巴拴在儿子的屁股上，进了门赶紧把饭端到儿子面前。谁知，儿子看都不看便进了自己的卧室。

三

刘秀琴被胡老师叫到了学校，原因是李小乐最近上课老打盹，没有精神，作业也不能按时完成。

"咋回事呀？"刘秀琴心里咯噔一下。

"我打听过了，他不光在我的课堂上睡觉，在其他老师的课上也一样，我问过他，他不吭声，我也不知道啥原因，所以，今儿把你叫过来想问问他到底咋咧？是不是生病了？"胡老师说。

"好好的，没病啊！"刘秀琴摇头。

"要不就是晚上睡得太晚，没有休息好。"胡老师告诉刘秀琴说，"当家长一定要注意，必须按时给孩子吃饭，按时让孩子休息，千万不能让孩子熬眼，开夜车，这样会影响孩子白天上课。"

"好！好！我记住了，胡老师你放心，我一定注意！"刘秀琴不停点头，像鸡啄食。

"课堂学习很重要，一堂课落下了，后边就很难跟上了。"胡老师最后叮咛。

晚上，刘秀琴给儿子炒了一盘他爱吃的鱼香肉丝，等儿子吃完后才用试探的口气说："我今天被你班主任叫去了。"

"她叫你干吗？"李小乐有点惊讶。

"她说你最近上课老打盹，精力不集中，作业也不能按时完成。"

李小乐低下头没有回答。

"妈问你话，你到底咋咧？是不是哪里不舒服了？要是不舒服不要硬扛，我带你看大夫去？"刘秀琴摘下腰里的围裙，伸出手想摸一摸李小乐的额头，被李小乐一把推开了。紧接着，李小乐把筷子一扔，转身进了自己的卧室。

刘秀琴赶紧跟在后边，高声叮咛："老师说了，你晚上要少熬夜，早点休息，不然会影响白天上课的。"

"砰"的一声，门关了。

刘秀琴被摔在门外，头差点被门扇撞上。但她不甘心，想跟进去再说两句，可是，手举在空中又停了下来。她突然想，儿子要学习，要做作业了，这时候打扰他太不是时候，也不明智，所以，只能把举起的手又收了回来。

刘秀琴在儿子的卧室外站了好一阵子才收拾碗筷端进了厨房。她一边洗一边琢磨自己说话时的态度，想来想去都觉得自己的语气是平和的，态度是端正的，没有批评和责备儿子的意思，那么，儿子为什么不回答，为什么给自己摔门呢？这让她陷入了深深的苦恼之中，难道他真的病了？真的不舒服吗？

半月后，刘秀琴再次被胡老师叫到了学校。这一次和上一次不同，有人反映李小乐手腕上有文身。

"这事儿你得管管，当学生，哪有当学生的样子！"胡老师很生气。

"不可能吧，他文身我怎么不知道？"刘秀琴对胡老师的话既震惊，又有点不信。

"你不信？今天的课间操上好多学生都看见了，我也看见了，就在他的手腕上，袖子一撸就能看到。"胡老师说。

刘秀琴咬牙切齿，恨不得立马把儿子从教室里揪出来扇两个耳光。但是，儿子在教室上课，她就有多大的火也得按下去，绝不能这时候撒，更不能在学校里撒。于是，她抿了抿嘴，把肚子里的火压了压，苦着脸说："胡老师您别生气，都是我管教不严，是我的错，回去后我一定好好教育，让他赶快把文身取掉。"

"我知道你们是农村的，为进这个学校费了很多劲，不然，我非得把这事给学校领导说说，不开除也得背个处分。"胡老师阴着脸说。

"千万别，小乐能进这个学校很不容易，您多担待点，您对我们的好我都记着呢，将来一定会报答的，您放心。"刘秀琴从脸上挤出一朵笑容，恳求说。

"报答就免了，只求你的儿子好好地，再别给我添乱了！"

出了校门，刘秀琴脑子里乱得像一团麻，她怎么也不明自己的儿子为什么要文身？文身到底有什么好处？另外，他文身花了多少钱？这钱又是从哪里来的呢？

　　早在进这个学校之前，李满仓就给刘秀琴安顿过，既然把儿子放到了城市的学校，就必须让儿子有城市孩子的样子。城市的孩子比农村孩子条件好，车接车送咱办不到，但吃的喝的一定不能差。这里边有两个方面的原因，一个是要保证儿子的营养，另外不能被城里的孩子看低。所以，尽管他们的家里并不富裕，但李满仓宁肯把自己抠得紧一点，也不让儿子吃亏、受委屈。他经常给刘秀琴叮咛，城市不像农村，该省的钱要省，该花的钱还是要花。

　　想当初，李满仓也是一名满腔热血的优秀学生。可是，当他从镇上的初中考入县高中后，因为家庭贫寒，一个星期只得到父母两块钱生活费。这些钱除了买笔、买作业本，更多的是要省下来吃饭，买饭票，就连每周去学校二十多里的路程也不敢坐车，只能靠一双脚步行。记得读高二的那年冬天，因同学偷了他两毛钱的一份菜，他就把偷菜的同学揍了一顿，当即被学校给了个处分，最终导致他失去了高考资格。这是他一生的遗憾，也是他一辈子的疼痛，正因为此，他在儿子出生后就暗暗发誓，绝不让儿子和自己一样受穷，也绝不让儿子当一辈子农民，无论自己这辈子吃多少苦、受多少累，砸锅卖铁也要把儿子供进大学，从根子上改变儿子的命运。正是李满仓有这样的信念和决心，让刘秀琴很感动也很敬重。十多年来，夫妻俩同甘苦，共患难，不断朝这个目标努力奋斗。

　　于是，在李小乐出生的第二天，李满仓就出去打工去了。李小乐刚过一周岁，刘秀琴就开了一家理发店。尽管两口子都非常辛苦，但为了儿子，他们再辛苦也很情愿，常常以苦为乐，以苦为甜。特别是李小乐到了市上的学校后，李满仓更是黑不当黑、明不当明，每天出去找活干。他除了让刘秀琴给儿子做好饭，每天还给儿子二十元的零花钱。另外，他还承诺，如果学校里需要买学习资料，或者别的活动需要费用，只要合理，他全力支持。这样的支持力度放在城市的家庭可能不算什么，但对一个普通农村家庭，对一个靠卖力气换取报酬的农民工来说应该够大方了。

　　话说李小乐放学回来刚一进门，刘秀琴就按捺不住自己的愤怒，当即发作了，她指着李小乐的胳膊说："把袖子撸起来叫我看看！"

"干吗呀？"

"你说干吗？"

李小乐不吭声了。

刘秀琴走过去一把掀开了他的袖子。果然，她发现他的手腕上有一块烟盒大的文身图案。刘秀琴差点气晕，劈头盖脸地问："这是啥？"

"文身。"

"你文身干什么？"

"爱好！"

刘秀琴气炸了，觉得心窝子疼，她用一只手捂住胸口，另一只手指着儿子说："你成心给我添堵是不是？我给你说，胡老师今天又把我叫去了，你的行为在学校影响很坏，学校领导非常气愤，你赶紧给我把它处理了。"

"凭什么，国家宪法也没规定公民不能文身啊？再说了，文身的人多了，也不是我一个，梅西、巴蒂、因扎吉等球星的身上都有文身，球迷都很喜欢！"

"他们是球星，你是学生，学生就应该有学生的样子。"

"我不想当学生，我想当球星。"

"好啊，那你去当球星吧！我管不住你了，我给你爸爸打电话，让他来管你。"刘秀琴气得发抖，抓起手机就要给李满仓拨打。

李小乐不怕刘秀琴，却害怕李满仓。他上小学时因为和同学打架，被李满仓狠狠地收拾了一顿，当时，要不是老师拦住，李满仓几乎要打折他一条腿。想到这，李小乐赶忙拉住刘秀琴的手恳求说："你别打了，我处理，我处理了还不行吗！"

晚上，刘秀琴躺在床上怎么也睡不着。儿子、文身、班主任反复地在她的脑海里跳跃，几乎把她折腾成神经病了。她感觉很累，像背着一块石头一样，心里很乱，乱得像一团牛毛，怎么也理不出头绪……不知过了多久，她突然觉得脸上凉冰冰的，用手一摸，才知道是泪水淌了下来。刘秀琴想给李满仓打个电话，把自己的委屈给李满仓诉一诉，可手机拿在手里又犹豫起来。她知道自己的丈夫很忙、很辛苦，白天在工地累死累活地干活，晚上还要自己做饭，安顿家务，如果这时候把不愉快的事情告诉他，肯定会让他担心，影响休息，弄不好还会把他气出病来，所以，她忍了忍，抹了抹泪水，最终没有把电话打出去。她想，只要儿子把文身处理掉，啥事情也就没有了。

次日早晨，刘秀琴给了李小乐三百元，让他去处理文身。李小乐爽朗地答应了。过了几天，刘秀琴发现儿子的胳膊上多了一个护腕，她以为儿子已经把文身取掉了，掀开一看，才发现丝毫没动。她问儿子啥时候能把文身去掉。儿子说做文身的人说取不掉，只能用其他东西遮住，所以就买了个护腕护住了。刘秀琴心里虽然不痛快，但也没有办法，她想，只要学校不追究，自己也只好认了。

星期天，刘秀琴又回了一趟农村家里，专门带了些苹果、核桃、黄豆和苞谷榛子。她回到渭阳顾不上做饭，专门赶到胡老师所在的小区把胡老师约了出来。胡老师以为李小乐出了事，赶紧出来和刘秀琴相见，没想到是刘秀琴带着东西要送她。

"我们农村也没啥好东西，这些都是自家种的，虽然不值钱，但没打农药、没上化肥，保证比超市的好。"刘秀琴一边往胡老师手里塞，一边说。

"你把儿子管好，让他别添乱，就是对我工作最大的支持，这些东西我不要，你还是带回去吧！"胡老师推辞说。

"你看我这老远带来了，咋能拿回去呢？你放心，我一定能把儿子管好！"

"谢谢你，那我就收下了。"胡老师叹了口气说，"不过，我还要告诉你，孩子要想成才，光靠学校和老师是不够的，当家长的也得用心，从某种程度上说，家庭教育比学校教育更重要，所以，咱们得共同努力。"

"我记住了！"刘秀琴高兴地回答。

四

星期一下午是班会时间。为了丰富学生的课外活动，增强学生的文化知识，班上成立了文学、美术、书法、音乐、体育、英语等课外兴趣小组。体育组又分成了篮球队、足球队、排球队、乒乓球队。

李小乐喜欢足球，要报名参加足球队。对此，刘秀琴坚决不同意，娘儿俩一商量就撞出了火花。

"足球队你不能参加！"

“我为啥不能参加？”

“我说不能参加就不能参加。”

“老师要求学生要积极报名参加，这样，既可以锻炼身体，也可以增强记忆力。”

“放屁！念书要那么好的身体干啥，跟人打架呀？”

“妈，你怎么不讲理呀？”

“我怎么不讲理了？我问你，咱们从农村这么远跑城市来是干什么来了？是念书，是要上大学，不是来踢足球？”

“我知道！”李小乐说，“但这跟学习没有冲突啊！你不知道，我们学校不光有足球队、篮球队，排球队，还有文学社、美术社、书法社等好多个活动小组呢，大多数学生都根据自己的爱好都参加了，不信，你去问别的同学。”

“我不问，反正你不能参加，再说，你的身体好好的，参加了也没用，只能白耽误学习时间。”

“我爱足球！”

“爱也不行！现在不是你爱的时候。记住，你的任务就是念书，除此之外，啥都不能参加！”

李小乐原本不想把自己参加足球队的事情告诉妈妈，他预料到妈妈不会同意，但他不告诉不行啊！因为，如果参加了球队就得有球员的样子，别的不说，最起码的球衣、球裤、球鞋得有吧！而这些东西都需要钱买，要花钱就得向妈妈张口，妈妈不给钱，说什么也是白搭。

李小乐见自己跟妈妈难以沟通，心里不舒服，一生气就进了自己的卧室，连晚饭也没有吃。

刘秀琴在客厅木木地站了半天。忽然后悔起来，她觉得自己太冲动了，没有经过思考就将儿子回绝了，确实有点不妥。她也看到了，这一次儿子是抱着商量的口气和自己谈的，自己应该用平和的心和儿子分析、沟通、商量才对，怎么不分青红皂白一开口就拒绝了呢？再说了，老师鼓励学生参加，就证明参加这些活动没有坏处，相反，可能还有一定的好处，自己应该支持才是，不但要支持，还应当好好支持。突然，她的眼睛亮了起来，心想，既然儿子要参加就参加吧，那些作文班、数学班、物理班、英语班都挺好的，别说报一个班，就是报两个班、三个班也应该支持，但足球队、篮球队绝对不能参加。一句话，只要对文化课学习有用全部支持，没用的都不支持，这一点，她坚定不移。想到这里，她一下子舒然了，并轻轻地推开儿子卧室的门，笑盈盈地走了进去。这时，李小乐趴在床上正生闷气，见刘秀琴进来，故意把头扭到了一边。

刘秀琴从脸上挤出一朵笑容，然后坐在儿子身边，用自己的手拉住儿子的手说："小乐，你也别生妈的气，妈都是为了你好，你想想，你把书念成了，我和你爸能得到啥？啥也得不到，顶多背个好听的名声罢了，你还能把我们背着大街转吗？根本不可能，真正享福的还是你。我和你爸当农民当怕了，吃了半辈子苦，受了半辈子累，生怕你再走我们的路，过我们的苦日子。我们一心供你上学，就是想让你早日把农民的这张皮换了，吃个轻松饭，挣个轻松钱，穿个干净衣服，真正活得像个人一样。当然，咱们是农民，无依无靠，更没有关系，要想有个出息很不容易，咱只能好好学，好好念书，再没有别的办法，只有这样，咱才有机会改变自己的命运，你一定要理解我，理解你爸，只要能把你供出去，我和你爸就是把腿跑断、把头碰破也愿意。"说到这里，刘秀琴已经抵挡不住满眼的泪水。

李小乐没有吭声，头扭在一边依旧未动。

刘秀琴用手擦了擦眼泪又说："妈想过了，既然你想参加学校的课外兴趣小组也不拦你，足球队你不能参加，写作文的、算数学的、学英语的都可以参加，只要对文化课有用，妈不但不反对，还会全力支持，我想你爸爸和我一样也会支持你的。"

"我就要参加足球队，别的都不参加！"李小乐从床上蹦起来，坚定地说。

刘秀琴见儿子油盐不进，说不进去，默默地退了出来。回到客厅用毛巾擦了擦眼泪，捂住胸口坐了下来。烦乱间，忽然想起儿子还没有吃饭，赶紧跑到厨房，把事先做好的饭端到儿子的跟前。

刘秀琴的心很疼，不等儿子把饭吃完就出了屋子。她在广场上找了一个僻静的角落，屁股没放下眼泪就掉了下来。她太委屈了，也太冤枉了，为了儿子，她恨不得把心掏出来熬成汤让他喝了，可儿子还是不领她的情，不记她的好，难道儿子的心是石头的，一点也体谅不了做父母的用意吗？

刘秀琴越想越伤心，越想越难过。她不知道别的女人是怎么当母亲的，也不知道别的家长是怎样教育孩子的，她只觉得自己这个母亲太难了，比做啥都难……

黑暗中，有人与她擦肩而过，也有人朝她张望，但没有人知道她在伤心、她在流泪，更没人走过来安慰她，为她擦去脸上的泪水。

广场上的舞场散了，所有的人回到了自己的家中。而刘秀琴却一点也不想回去，她不断地流着眼泪，不断地擦着眼泪。此时，她多想自己的农村，多想自己的家呀！也许，只有那样的地方她才可以安生，也只有那样的地方才属于自己。

夜渐渐深了，一阵风袭了过来，让她打了个寒战。此时，她的眼里已经干了，只剩下一双瞳仁在黑暗中闪动……她经过认真思索、反复考虑，决定把儿子要参加足球队的事情给李满仓说说。

李满仓很赞同她的意见，也支持她的观点，他告诉刘秀琴一定要督促儿子好好读书，千万不能有半点放松，更不能因别的事情影响学习。

有了李满仓的旨意，刘秀琴更有底气。后来，无论李小乐为参加足球队的事情怎么恳求、怎样解释，她都没有理会，但接下来发生的事情一下子让刘秀琴的心跌入冰窟。

三年级的第一学期，李小乐期中考试的成绩滑落至倒数十名内。

"这是咋回事？"班主任胡老师指着桌子上的成绩单问刘秀琴。

"我也不知道啊，平常我看他挺乖的，回家吃过饭就看书、做作业去了，会不会是晕堂了？"刘秀琴不相信儿子会考得这么差，睁大眼睛反问胡老师说。

"晕什么堂？他就是没把学习当回事儿！"胡老师气愤地说，"你可能不知道，好长一段时间了，李小乐一直心不在焉，没精打采，完全没有了过去的那种虎里虎气的样子，我起先以为他身体不舒服，后来才知道他的心思根本没在课堂上。"

"在哪里？"刘秀琴迫不及待。

"在足球上，"胡老师叹了口气说，"有同学向我反映，李小乐经常在手机上玩足球游戏，课桌里全是足球明星的照片，我原先不相信，现在看来肯定是真的，咱们一会儿去他的课桌里看一看就明白了！"

刘秀琴点头。

　　下课后，刘秀琴跟着胡老师走进了李小乐的班里。这时，班里一部分学生出去了，还有一部分的学生坐在座位上。刘秀琴和胡老师的突然出现，一下子将大家的目光集中了起来。

　　"李小乐，你能把你桌兜里的东西拿出来让老师和你妈看看吗？"胡老师严肃地说。

　　李小乐看了胡老师一眼，低头不语。

　　刘秀琴见儿子不动弹，一把将他推开，迅速打开桌兜，把里边所有的东西都抓出来摆在了桌面上。这真是不看不知道，一看吓一跳，只见课桌上除了一些书本和学习用具之外，全是足球杂志和足球明星的照片。

　　刘秀琴痛心疾首，指着李小乐问道："你不好好念书，弄这些杂七杂八的东西干什么？"说着，眼泪喷涌而出。

　　李小乐没有回答，仰起头，一副满不在乎的样子。

　　教室里的空气一下子凝固了，其他学生也把目光从胡老师和刘秀琴的身上转移到了李小乐的桌面上。紧接着，大家你看我、我看你地议论了起来，有的还瞪大眼睛辨认照片上的人物，并且发挥自己的想象力，其中有几个男学生用一种愤怒的目光看着刘秀琴，好像要打抱不平。

　　胡老师怕母子两个人吵起来不好收场，拽着刘秀琴走出教室。她劝刘秀琴说："你也别难过，教育孩子得慢慢来，千万急不得。"

　　刘秀琴更伤心了，她一边抽泣，一边对胡老师说："我上辈子到底做了啥孽，养了这么一个不争气的东西！"

　　回到屋子，刘秀琴感觉自己的腿酥得和梨儿一样，强忍着在卫生间洗了一把脸，然后，用手揉了胸口就把电话给李满仓打了过去。她在电话没有多说，只让李满仓赶紧过来。

　　正在工地上浇筑混凝土的李满仓不敢怠慢，知道儿子又有事了，立马赶了过来。

　　不等李满仓落座，刘秀琴便声泪俱下，把儿子期中考试的情况和最近的表现一五一十地给李满仓说了一遍，说到最后，嘴皮也抖了起来。

　　李满仓没吭声，只是静静地听着，他一边听一边抽烟，眼看着烟雾把屋子塞满了，依然没有住嘴。

刘秀琴见李满仓半天没有反应，眼里就喷出了火花，她提高沙哑的嗓门说："你咋啦？嘴让糨糊糊住啦？"

李满仓这才把手中的烟头掐灭，慢慢地扔在了纸杯里："我这不是听你说吗？"

刘秀琴抹了一把眼泪说："你儿子我管不了了，你知道吗？我每次被胡老师叫到学校，感觉就像做了贼一样，腿软得走都走不动，反正我没辙了，你看咋办吧？"

李满仓皱着眉头，若有所思地问："是不是咱们在哪里做得欠妥，他故意和咱作对哩？"

"没有，绝对没有。"刘秀琴坚信地说，"我整天像伺候爷爷一样把他伺候着，他想吃啥我给做啥，他想喝啥我给买啥，碗里顿顿不离肉，饭菜天天变花样，啥活都没让他干，啥事都不让他操心，哪里做得不妥了？"

李满仓说："前阵子，他不是要参加足球队吗？"

刘秀琴说："是，他是要参加，我把他挡住了。"

李满仓说："你说他是不是为这事不高兴，故意跟咱唱对台戏呢？"

刘秀琴说："不可能，咱不让他参加是好心，是怕他耽搁学习，这一点他清楚。"

李满仓说："我总觉得这里边不大对劲。"

刘秀琴说："哪里不对劲了？我看咱当初就不应该把他弄到市上来念书，这家伙属狼的，一到城市心就野了，胆就大了，根本不把咱当回事了。"

李满仓说："来市上念书没有错，人家城市的教育质量就是高，这一点你必须承认，问题是他没按正路子走，走了邪路，刚来时不是表现很好吗？"

刘秀琴把嘴巴张开后又合上了，她没有吭声，因为，她也说不清到底是咋回事儿。

晚上，李满仓没让刘秀琴做饭，说在外边吃烤肉。

刘秀琴说："你平常连个羊肉泡馍都舍不得吃，天天吃面，喝稀饭，今儿怎么突然想起吃烤肉了？"

李满仓说："这不是为了让儿子高兴吗？"

刘秀琴说："给他吃，还不如喂狗去，想起他我的气就往出滚！"

李满仓说："不要气，小时候你把他爱得和金豆豆一样，难道忘了。"

刘秀琴扑哧一声笑了，脸上浮出了久违的彩云。

<h1 style="text-align:center">五</h1>

傍晚，天边的云霞燃烧着，虽然少了一些火热的气息，但同样把城市照耀得格外灿烂。

李小乐放学后没有直接回家，而是慢悠悠地在路上溜达。他知道回去后要遭妈妈训斥，所以，尽量拖延时间，并一边溜达一边寻思着应对的计策。当他走到一家网吧门口，正犹豫该不该进去玩一阵子时，妈妈的电话来了。妈妈在电话里说爸爸来了，让他赶快回来在外边吃烤肉。

李小乐最爱吃烤肉了，听到这样的消息自然欢喜，可是，他很快冷静了下来，脸上喜色也随之消失殆尽。他想，自己把书念成了这个样子，让妈妈生气不说，还让她在老师和同学面前伤心，哭鼻子，自己有何颜面吃烤肉呢？但他反过来又想，反正自己成这个样子了，没有办法，谁让妈妈当初不让自己参加足球队呢？既然妈妈不给自己面子，自己也就不给她面子，看她把我能怎么样。爸爸要来就来吧，他知道爸爸是冲着自己来的，是教训自己，收拾自己来的，看样子，挨骂是躲不过去了，挨个耳光也很有可能，自己倒不如来个"死猪不怕开水烫"，先把烤肉吃了，吃完后爱咋地咋地吧！拿定主意后，李小乐反倒轻松了下来，他把书包抡起来往肩上一拐，大步流星地朝屋子走去。

李小乐进屋后见爸爸在沙发上坐着，问了一声就低头站在一边。李满仓倒没什么异常，他笑了笑说："爸有些时间没来了，今儿在市上办点事顺便过来看看。这样吧，爸知道我儿子爱吃烤肉，你把书包放下，咱这就在外边吃走！"说完，站起身子率先朝外边走去。

李小乐听爸爸这么一说，去卧室放下了书包。忽然，他的鼻子一酸，眼眶就湿润起来……他佯装洗脸，在卫生间用毛巾擦了擦，等眼眶干点才走了出来。

三个人找了一家烧烤摊坐下。李满仓开始点菜，他点的既有羊肉羊肚，也有鸡胗和鸡翅、还要了一盘大龙虾，最后，还要了几瓶啤酒。

"咱们一家子好长时间没在一起吃饭了，来，先喝上一杯。"李满仓打开啤酒，给刘秀琴和小乐的杯子里倒上后说。

三个人一起举杯。

"这城市好是好，但没农村豁亮，就拿咱住的楼上来说，家家户户进去后都把门关着，谁也不认识谁，谁和谁也不来往，一个个生分得像防贼一样。我闲了想找个说话的人都没有，简直把人能憋死。"刘秀琴喝了一口啤酒，埋怨说。

"那为啥人都往城里跑哩？"李满仓笑着说。

"热闹呗！"刘秀琴说。

"我看不完全是这样！"李满仓说。

"那你说是咋样？"刘秀琴问。

"小乐你说。"李满仓把球踢到了儿子的面前。

李小乐正在看师傅烤肉，听爸爸这么一问，立马紧张起来。不过，他想了想还是谈了自己的看法："我觉得主要原因是城里冬天有暖气，夏天有空调，生活丰富多彩。"

"我认为城里的人知识多、见识广，和咱农村人不一样，另外，人家谋的是大事，看的是未来，不像咱乡下人，吃够了喝饱了，兜里有几个钱就满足了。"李满仓说。

"你说得对，这就是农村人和城市人最大的区别。"刘秀琴说。

"这也是我为什么把你弄到城里念书的主要原因。"李满仓拍了拍李小乐的肩膀说。

提到念书，李小乐不自在了，他知道爸爸在给他说话，不敢正视爸爸，与此同时，脸上也红了起来。

烤肉上齐了。一家人吃肉，喝啤酒，多余的话都没有说，吃得差不多了，李小乐以写作业为由起身要走，被李满仓拦住了。

李满仓说："小乐，咱农村人有一句话叫'拾粪不在大清早'，既然来了，就吃好了再走，学好学坏不在这一阵子。"

李小乐只好回到自己的座位上，拿一串肉又撸了起来。

"听说你这次考得不好？"李满仓心平气和地问道。

"嗯！"李小乐低下头回答。

"爸爸给你说，一次没考好不要紧，关键是找到没考好的原因，如果原因找不到，以后肯定还考不好，如果把原因找到了，及时弥补回来，下一次就一定会考好，你说我说得对吗？"

李小乐没有吭声。

这时候，刘秀琴急了，劈头盖脸地对小乐说："你爸给你说话呢，你耳朵聋啦？"

"我听见了！"李小乐没有好气地回答。

"听见了怎么不回答？"刘秀琴说。

"我不想回答！"李小乐说。

"你不想回答就不回答啦？我给你说，你爸这次就是专门为你的事来的，他在工地上那么忙，那么辛苦，你一天胡逛、不好好学，对得起你爸吗？"

看到母子打铁，李满仓赶紧让刘秀琴打住，他依然微笑着说："其实，我也不是专门为你的考试成绩来的，不过，话说回来，你这次的成绩确实有点说不过去。"

李满仓话还没有说完，李小乐就抽泣起来，但他还是什么也不说，一个劲儿直抹眼泪。

谈话陷入了僵局，李满仓也不好再说什么。但想了想，最后还是补充了一句："小乐，爸知道你念书很辛苦，但大家都很辛苦，你记住，今天咱辛苦了，明天就不辛苦了，以后就永远不辛苦了。"

让李满仓没想到的是李小乐哭得更伤心、更厉害了。

回住处后，李小乐去自己卧室了。刘秀琴和李满仓也没心思看电视，早早躺了下来。

这一夜，李满仓翻来覆去睡不着。在他的印象里，儿子是个开朗的孩子，说话干脆，办事利落，走路也像跑着一样。可是，最近他发现儿子变了，变得和过去不一样了，每次见到他都像被霜打了一样，完全没有了以前那种生龙活虎的样子。李满仓不由得担心起来，他觉得照这样下去，指不定还会发生什么。想到这里，他轻轻地把刘秀琴摇了醒来，把自己的担心给刘秀琴说了一遍。刘秀琴告诉李满仓说，儿子上课经常在手机上看足球赛，在他的桌兜里还发现了一些体育杂志和足球明星的照片。

"他八成是迷上足球了。"李满仓说。

"我看也是！"刘秀琴说。

"我知道了，现在的孩子都崇拜电视明星和体育明星，咱儿子也被传染上了。"李满仓说。

"你说得差不多。"刘秀琴说。

"我觉得这不是最主要的，他心里肯定还有别的委屈说不出口，不过我今晚已经给他说得很明确了，相信他会自省的。"李满仓说。

"我也希望他早早自省，把学习抓上去。"刘秀琴说。

次日一早，李满仓回建筑工地了。临走时，他给刘秀琴留了一些钱，并再三叮咛一定要给儿子把饭做好，把营养跟上。

自从李满仓和李小乐谈过后，李小乐逐渐恢复到了以前的常态。他按时上学，按时回家，晚饭后也自觉进卧室里学习、写作业。刘秀琴的神经也慢慢地放松了下来，回到了正常的生活轨迹，她白天给儿子做饭，晚上继续去广场跳舞。

然而，这样平静的日子维持了没有多久又被打破了。

星期三晚上，刘秀琴做好饭等了好长时间不见儿子回来，正准备出门瞧瞧，忽然手机响了，她心里瞬间不安起来，果然，电话是胡老师打来的。胡老师在电话里说，李小乐下午跑出了校门，翻围墙回学校时被保安抓住了，现在正在教务处接受处理，学校让家长马上过去。

刘秀琴的头嗡的一下，感觉身子有点撑斜，幸亏旁边有墙支撑，要不然会倒在地上……她扶着墙镇定一下，用手在额头拍了拍，然后，扯下胸前的围裙朝学校跑去。

到了学校，刘秀琴转了几圈才找到了教务室。进去后，她发现教务室里除了自己的儿子和胡老师，还有一个男老师。李小乐看见刘秀琴进来迅速把头低了下去，仿佛被刘秀琴犀利的目光刺了一下。

胡老师率先发话，她对刘秀琴说："你这孩子我教不了了，上课不听讲，作业不完成，还翻围墙、逃学，啥事情都敢做，简直无法无天了，今儿幸亏回来了，要是不回来，我还得满大街上给你找人去。"

刘秀琴听了后二话没说，举起巴掌就往李小乐的脸上扇去。旁边的男老师手疾眼快，一把将刘秀琴的胳膊抓住。刘秀琴见武力教育不能实施，就指着李小乐的鼻子一通大骂："我叫你不好好念书，我叫你一天给我胡逛，你看你成啥样子了？把李家的人都丢尽了……"

李小乐没有躲避，任凭刘秀琴怎样骂也不吭声。

男老师出去了。胡老师把刘秀琴拉到一边，低声说："算了，反正事情已经发生了，再骂也不顶用，现在，学校领导责令教务处严肃处理，我也没办法，你看咋办吧？"

刘秀琴颤着声音问胡老师："学校是啥意思？"

"可能要处分。"

刘秀琴抵制不住自己的失望，又一次冲到李小乐面前，不过，还是被胡老师拦住了。

胡老师说："这里是学校，你要注意影响。"

刘秀琴抖着胳膊，哭着嗓子骂道："你这个不争气的东西，你让我怎么给你爸交代呀……"

胡老师把刘秀琴扶到凳子上坐下。刘秀琴像一只猫被抽去腰骨软瘫着，她不停地掉泪，不停地揉着自己的胸口。

男老师进来了，他走到刘秀琴面前说："我姓朱，是学校的教务室主任。下午，李小乐被保安抓住后我问过他了，他说他去体育场看球赛了，如果真是这样那倒好说，我们担心他出去后和社会上那些不三不四的人混在一起就麻烦了。你回去后一定要问清楚，看他到底是看球赛，还是干别的啥事去了，要让他说真话，今天不早了，你们先回去吧。"

刘秀琴记不清朱主任还说了些什么，也不知道自己是怎样离开学校的，但她清晰地记得，她回去时天已经黑了，天空下着小雨，街道上吹着冷风，她是踩着湿淋淋的路，冒着细密密的雨一步一步地回到住处的。

进了门，刘秀琴倒在了沙发上，像一个泄了气的皮球焉了下来。李小乐站在客厅，像一个打了败仗的士兵，静静地等待将军的惩罚。两个人沉默了好久，还是刘秀琴率先开口。

"你说，你跑到校外干啥去了？"

"看球赛去了！"

"我不信！"

"谁骗你是王八！"

"再有几个月要中考了，你知道不知道？"

"知道。"

"知道还跑出去乱逛？"

李小乐不吭声了。

刘秀琴咬牙切齿，心里很疼，虽然眼泪在眼眶里直转，但心里还怕把儿子饿着。她用被泪水泡湿的目光狠狠地剜了儿子一眼，然后，鼓了一把劲走到厨房，把早已做好的饭菜热了一遍，端出来往饭桌上一搁，扭头回到了自己的卧室。

其实，李小乐根本没有去看什么球赛，而是在网吧上网玩游戏去了。这是一个四线的城市，根本不会举办什么好的球赛，即使有，消息早都满天飞了，人还能不知道？除非一些规模小、影响不大的赛事偶尔来这里办上一次，但观众对这样的赛事兴趣不大，更不会引起李小乐的动心，他之所以编了这个谎，就是想瞒天过海，隐藏他逃学的真相。

刘秀琴虽然不相信儿子的话，但却找不出戳穿儿子谎言的证据，也只能无奈地默认了儿子的说法。但她有一种感觉，感觉儿子变了，和过去不一样了，到底是哪里变了，哪里不一样了，她也说不清楚。

实质上，刘秀琴和李满仓的感觉没错，李小乐确实变了，变得和以前不一样。他的变化不仅表现在他的衣食住行上，更多地表现在他对人生的认识和理解上。过去，李小乐在农村生长，在农村读书，由于受条件和环境限制，所见所闻几乎天天一样，学校是原来的学校，老师是过去的老师，一切都是熟悉的、陈旧的。尤其让李小乐记忆深刻的是他原来的班主任，竟然给他的爸爸也教过书。但是，现在不同了，他来到了城市的学校。城市的学校不仅环境好，条件优越，而且接触的事物也很多，再加上学校经常开展各种各样的文体活动，更加丰富了他的思想。特别是体育课和下午的自由活动时间，同学们一个个生龙活虎、喜气洋洋。踢足球的威猛霸气、打篮球的潇洒自如、玩排球的舒展大方，就连许多女同学也加入体育运动的行列之中，大家在运动中享受自如，享受成长，享受快乐，心情无比激动，也无比振奋。他想到自己从小热爱体育，喜欢足球运动，只可惜原来的学校里没有场地，自己只能在自家的院子里或麦场上玩一玩，简直是太遗憾了。现在，机会终于来了，自己也可以尽情地发挥自己了，但妈妈硬是不让参加足球队。抹杀爱，就等于抹杀生命，所以，他对妈妈的决定很不理解，一直记恨在心，想起就来气，就不舒服，但他没有办法，他只能用看足球画报、玩足球游戏来发泄不满，寻找安慰。有同学说，李小乐去网吧玩游戏已经不是一次两次了，也就是说他旷课、逃学的次数已经不少了，只不过被保安抓住就这么一次，用李小乐的话说，这一次是运气不好。

刘秀琴躺在床上，目光挂在天花板上，她已经哭不出眼泪了。她觉得自己太冤枉了，一天到晚在这个不是家的家里守着，小心翼翼地伺候儿子，可儿子连一点感恩的心都没有，不但不好好学习，还胡逛胡折腾，让她整天提心吊胆，活在恐惧和担忧中，她不知道明天该怎样给学校老师解释，更不知如何给自己的丈夫交代。

刘秀琴越想心里越乱，越乱心里越急，脑海里波涛汹涌。最后，她琢磨来琢磨去，还是给李满仓打了个电话。

次日天未亮，李满仓骑着摩托赶来了。为了不影响儿子休息，李满仓没进屋门，把刘秀琴叫到了楼下。

刘秀琴苦着脸对李满仓说："我看这东西鬼迷心窍了，成天操心看球赛，玩足球游戏，根本没把学习当回事儿。"

李满仓分析说："不一定，如果真迷上了，上小学时就会表现出来？"

"咱农村那个小学能跟城里比吗？要足球没足球，要球场没球场。"刘秀琴说。

"我记起来了。"李满仓若有所思地说，"我见过他在电视上看足球赛。当时，我以为他只是在看热闹，没想到真成球迷了。"

"现在，关键的不是球迷不球迷的事情，是如何给学校说情，不让给处分的事情！"

"处分不能背，要不，儿子一辈子就完了，别说上大学，就是以后当兵找工作也有麻烦。"

"那咋办哩？"

李满仓抽了一口烟，想了想说："我看这样，咱以家长的名义给学校写个保证书，保证小乐今后不再翻墙，不再违反纪律，也许，学校会放小乐一马。"

刘秀琴点头说："咱只能就这样试试了。"

果然，学校收下了他们的保证书，采纳了他们的意见。

六

学校的事情处理停当后，李满仓和刘秀琴长长地舒一口气，回到住处顾不上喝一口水，就开始商量如何让儿子改邪归正的法子。

刘秀琴建议李满仓把家里的门锁了来渭阳住，一来可以团圆，二来对儿子也是一个震慑，至于挣钱不挣钱也不急这一阵子。李满仓却认为自己来渭阳意义不大，顾不上家不说，待在这里反倒不利于儿子学习。他建议买个电脑，每天吃过晚饭让儿子玩半个小时，然后再做作业，他说这样做的好处既可以让儿子放松神经，调节大脑，还可以帮儿子学习，查找资料，更重要的可以避免儿子去网吧玩游戏。刘秀琴坚决不同意，她认为给儿子买电脑，就等于给儿子提供了玩游戏的方便，不仅不能帮助学习，反而还会耽误了学习。李满仓说凡事都有好的一面和坏的一面，就看他偏向了哪一面，如果电脑能更多地用在学习上，就是好事，如果偏向玩耍，肯定就成了坏事。但不管李满仓怎样解释，刘秀琴就是不同意买这台电脑。

三天后的一个上午，刘秀琴去菜市场买菜返回刚走到小区的门口，突然看到很多人围着一圈看热闹。她走近一瞧，见人群中间有一个中年妇女和一个青年女子正在争吵。看过一阵子后，刘秀琴才明白争吵的是一对母女，那个当母亲的年龄和自己差不多，她的女儿跟自己的儿子基本相仿。两个人眼里都喷着火，一个比一个厉害。

"你现在必须到学校去！"母亲指着女儿说。

"我就不去！"女儿瞪着母亲说。

"不去是吧，不去就别回家。"母亲说。

"不回就不回，谁稀罕你那个破家。"女儿说。

"你说啥？"母亲很显然是被女儿的话语激怒了，她咬牙切齿地说，"破家？你竟然说这是个破家？没有这个破家能有你吗？没有这个破家你能长这么大吗？我把你这个没良心的东西。"说着，呜呜呜地哭了起来。

"我承认我不是东西，但你比我也强不到哪里去。"女儿反驳。

围观的人看母女俩越吵越凶，纷纷劝她们冷静一点，有话回家去说。没想到那个当女儿的更厉害了，她一边哭一边说："我不就是读不进去书么，有啥大不了的，你天天看我不顺眼，好像我不是你养的一样。"

"别的孩子都能读进去，你为啥就读不进去？"母亲质问。

"这能怪我吗？要怪只能怪你的基因有问题！"女儿回答。

"你学不下，反倒成我的问题了？我真后悔生了你，要知道你现在是这个样子，我生下来就应该把你掐死。"母亲显然是气急了，牙缝里渗透了愤怒。

"你现在掐死还不迟呀，来！来！你掐呀！"女儿也气急了，泪水和头发粘在一起，模糊了眼睛，也模糊了她的脸。

这时，刘秀琴看见那个母亲面色惨白，神色游离，身子开始发抖。

女儿不但没有住嘴，反而更加凶狠。她说："妈，你今天既然把话说到这个分上了，我也不怕丢人了，咱今天让这里的叔叔阿姨们评评理，你认为你生了我，我就应该感激你，一辈子听你的话是吗？"

母亲没有吭声，依旧颤抖、流泪。

女儿不依不饶："你不觉得你的认识太荒唐、太滑稽了吗？我问你，你生我的时候跟我商量了吗？征求过我的意见了吗？当然，你可能会说那时候还没有我，怎么跟我商量是吗？这不就对了嘛，既然当时还没我，我就没有错，有错也应该是你和我爸，你们俩寻欢作乐生下了我，难不成还把我丢到粪坑里去？是你们想要个孩子为自己传宗接代，是你们想要个孩子给自己养老送终，现在怎么怪到我的头上来了？"

周围一片哗然，所有的面孔都变得异常尴尬。

女儿似乎有点得意，更加得寸进尺："妈，我今天当着大家面拍胸脯保证，不管你生我是错是对，我都不会追究，也保证以后给你和我爸养老、送终，我说到绝对也能做到。但是，你记住了，我这样做不是报答你，也不是报答我爸，而是尽我应该尽的责任，我不会埋怨谁，也不会找任何理由！”

在女儿一张一合的嘴唇面前，那个做母亲的麻木了，傻傻地站在地上。她似乎屈服了，认输了，说不过女儿了，只能用泪水不停地洗刷自己，浇灌自己。

刘秀琴也木然了，站在地上半天回不过神来，好不容易清醒了一点，便感觉自己的心里像压了一块石头，很沉、很疼。

心理学家认为，一个人在少年时期最容易出现叛逆，特别是当进入陌生环境后，叛逆期的情绪就更加浓烈，这种状况不仅让家长头痛，也让老师烦恼。很多叛逆期的学生被老师认定为“问题生”，如果这个时候的家长和老师不很好地关心孩子，不用正确的方法引导孩子，很有可能会造成孩子很多不良的现象出现，如打架、玩游戏、逃课、欺瞒家长等。李小乐就属于这一种孩子，他的叛逆不是自我形成的，而是和父母缺少有效地沟通、有效地交流和相互理解形成的，久而久之在内心产生了代沟，这种代沟未能及时得到弥补、填充，才导致了现在的这种局面。

七

周末，刘秀琴隔壁家给儿子办婚礼，叫她回去帮忙。这是关中地区的习俗，村子里不管谁家过事，街坊邻里都得停下手头事前去帮忙，除非在外地，一般情况都不能拒绝。

刘秀琴是在婚礼的头一天下午回去的，她回去时，邻居家已经来了好多人。男人们搭帐篷，装灶台，摆桌凳。女人们择菜、洗菜、整理盘子。她进去后和大家打了声招呼，便开始干活了。

其实，这种场合看起来人很多，但真正干活的没有几个。老实的男人扔下这活干那活，手里不闲。耍奸溜滑的人啥活也不干，就等着吃饭。更多的年轻人则聚在一起挖坑、打麻将，一根接一根享受着不花钱的香烟。而那些女人也不例外，大多数像自己结婚一样，把脸抹得白白的，把嘴画得红红的，坐在中间溜嘴皮、扯闲淡。这些人不干活，吃饭时却跑得最快，自己吃了不说，还要往家里端上一碗存下来留着以后吃。不过话说回来，这人世场的事情就是这样，有干的就有转的，有转的就有看的，转的说看的，看的说干的，啥人都有，放在谁家都一样，不然，没气氛、不热闹。

话说村里有个男孩子叫圆圆，比李小乐大七八岁，去年大学毕业后被一家上市公司录用了，年薪拿到了二十万元。他的妈妈属于那种爱吹嘘的人，加上儿子运气好，找了个好工作，她便得意得不得了，经常把儿子挂在嘴上，逢人说，见人夸，好像全村的女人只有她会生孩子似的。这种场合，她自然不会放弃炫耀自己的机会。

"人一辈子呀，还是要把儿养成哩，儿子出息了，咱也就轻松了。"圆圆妈妈神气地说。

"别人的娃能跟你圆圆比吗？你不看圆圆是谁养的？"有人挖苦说。

"二十万呀，我撅起屁股干十年都挣不回来，可我儿子一年就挣回来了，你们说咋这么容易呢？"圆圆妈妈继续炫耀。

"那么多钱呀？我见都没见过，你干脆让你儿子给你开家银行得了。"有人说。

"银行咱开不起，一年在银行存个十万八万的不成问题。"圆圆妈妈说。

大家笑，圆圆的妈妈也笑。当然，这样的笑包含的内容很多，有羡慕，也有嫉妒，有敬佩，也有嘲讽。只有圆圆的妈妈是幸福的，自豪的。

"别吹牛了，没人上你家借钱去，你儿子才上班，能在银行存几个呀？人家秀琴的儿子在渭阳读重点中学，将来肯定比你儿挣得多。"

刘秀琴原本光听不说，没想到把她也扯了进去，脸上不由得一阵发烫。她赶忙摆手说："你们谝你们的，别把我往里边扯，我小乐哪能跟圆圆比呀，不行！不行！"

"我看你儿子行，以后肯定比圆圆强，不信，咱都看着。"身旁人给刘秀琴鼓劲。

"不行，不行！我儿子给圆圆提鞋带都提不上，别说了，别说了。"刘秀琴的脸更红了，头也低了下来。

说句内心话，李满仓和刘秀琴让李小乐去渭阳市读书，确实有点和圆圆较劲的意思，只不过嘴里没明说罢了，他们的愿望就是想让自己的小乐比圆圆强，最少不输给圆圆。可是，从目前的情况看，这个愿望恐怕难实现了，虽然小乐还在初中念书，距离高考还有几年，但初中是打基础阶段，如果基础打不好，到高中肯定赶不上。想到这里，刘秀琴又担心起来，心里像钻进了一只老鼠，惶恐不安。

自从李满仓给学校写了保证书后，李小乐确实消停了不少。他按时上学，按时回家，吃过晚饭就进了卧室。

为了让儿子把耽误的课程补回来，刘秀琴不断给儿子加油、鼓劲，有一次，她还在商场里给儿子买了一身新衣服。而她的儿子好像并不感兴趣，经常用一种冷漠的态度对待她。她说话他不吭声，她买东西他不发表意见，无论刘秀琴怎样对待，怎样示好，他都不予理会。刘秀琴的心虽然很凉，但没有办法，因为，她爱儿子，儿子就是她的一切，无论儿子怎样对她、冷落她，她都不在乎。她也希望儿子能理解她，趁中考前仅有的一段时间好好地努力一把，即使考不到重点高中，考一所差不多的高中也可以。另外，她还希望儿子能顺顺当当，不要再生事端，安安稳稳地把课程读完、把中考通过。但是，人世间的事情就这么蹊跷，你越怕什么，什么就会等着你，你越担心什么，什么就容易发生。

一天下午，刘秀琴买来韭菜、豆腐、粉条正包包子，突然，手机又响了。她赶忙腾出手一看，又是胡老师打来的，心里不由得慌乱起来。

刘秀琴战战兢兢地接上电话。这一次，胡老师的口气不同以往，让刘秀琴和李满仓来学校一趟。刘秀琴想问问啥事？胡老师说到学校就知道了。

刘秀琴知道儿子又闯祸了，赶忙给李满仓打去电话。李满仓接到电话不敢迟疑，赶紧往渭阳跑，进门时脸都成了紫色。再加平日里光干活、不护理，看上去老了许多。

胡老师见到李满仓和刘秀琴后，直接把他们领到了校长室。

校长是个男的，面色柔和，但目光犀利。他让李满仓和刘秀琴坐在对面的沙发上，然后说："你们的李小乐和别的孩子打架，把人家的孩子打成了骨折。这事情很严重，已经触犯了法律，受伤孩子的家长要求给派出所报案，你们说怎么办？"说完，把医院的诊断证明递到李满仓手里。

刘秀琴看了一眼诊断证明差点晕过去，她没想到，自己的儿子竟然捅下了这么大的乱子。

相对于刘秀琴，李满仓倒比较冷静。他认真地把诊断证明看了一遍，对校长说："我能问一下小乐为啥要打同学吗？"

校长打开学校的监控录像，屏幕上立马出现一堂体育课画面。李满仓从监控里看到，当时，在学校的足球场上，一个同学带着足球正在奔跑，好几个同学在后面紧追。突然，李小乐从侧面跑过来一个飞铲，在铲飞了足球的同时，也把那个带球的同学铲倒了。李小乐得球后非常高兴，带球向反方向飞奔，那个被铲倒的同学爬起后非常恼怒，赶上去一把将李小乐推倒在地，紧接着，两个人就撕扯到了一起。随后，他们被同学拉开了，但各自嘴里都骂骂咧咧的。就在这时，李小乐猛地挣开拉他的同学，冲了过去，一脚将那个男孩子踹倒，随后，骑在身上打了起来。

"看到了没？这就是整个事件的全部过程，还需要解释吗？"校长扭过头气愤地说，"太野蛮了，简直无法无天。"

李满仓后来从儿子嘴里得知，李小乐之所以下手那么狠，是因为那个同学辱骂他是山猪、是土包子。

但学校处理问题向来只说结果，不究细节和过程，所以，不管李小乐受到什么侮辱，学校都不过问，也不想过问，关键是人家的孩子受伤了，而且是肋骨骨折，惩罚在所难免。

"学校打算怎样处理？"李满仓问。

"这件事已经触犯了法律，学校也没有办法，只能尊重人家家长的意见。"校长说。

"再没有别的办法吗？"

"没有！"

听到这里，刘秀琴扑通一声跪在地上，声泪俱下，她哭求道："校长，你要帮帮我们啊！我们就这么一个儿子，千万不能让他进监狱啊！你一定得帮我们啊？"说完，不停地磕头，不停地流泪。

校长怔住了，蹲下身子扶着刘秀琴的肩膀说："你起来，赶紧起来。"

"你不答应我，我就不起来！"刘秀琴哭得更厉害了，像一堆泥瘫在了地上。

这时候，胡老师的眼睛也湿润了，她走到刘秀琴的身边，一边扶刘秀琴的胳膊一边说："你先起来，起来咱们再想办法，不管怎么说，小乐也是我的学生，我们一定会想办法的。"

刘秀琴还是不肯起来。最后，还是李满仓硬把她从地上拉了起来。

回到住处，李满仓坐在沙发上一个劲儿抽烟。刘秀琴则倒在床上不停抽泣。李小乐进门后，不等他把书包放下，李满仓手起掌落，一个巴掌打在他的脸上。这是李满仓第二次对儿子使用暴力，只听得"啪"的一声，空气凝固了。刘秀琴被这声音吓呆了，用手捂住了自己的脸，好像这巴掌打在她的脸上。但令人意外的是李小乐没有哭，也没有躲避，他像一棵树挺立着，一动不动。

李满仓气极了，他咬牙切齿，却说不出话来，只有甩出去的手停留在空中，不停地颤抖着。

刘秀琴爬起来把李满仓推开，自己插在两个人的中间，然后，舔了舔嘴唇上的眼泪对李满仓说："算了，别打了，你就是把他打死也不顶用。"

三天后，经过胡老师耐心地做受伤孩子家长的工作，受伤孩子的家长终于放弃了追究李小乐法律上的责任。不过，治疗费必须让李小乐承担。对于这样的要求，李满仓和刘秀琴满口答应，只要不让儿子进派出所、坐监狱，他们什么条件都答应，也必须答应。

但是，胡老师虽然把受伤学生家长的工作做通了，学校这边的处理并没有因此结束。学校经过再三讨论，上报校委会研究批准，决定给李小乐记大过处分一次，并记入了档案。

八

十四五岁的孩子正处于青春的叛逆期，在这个阶段，他们的语言和行动都比较怪异。因为在思想上半幼稚半成熟，身体上半依赖半独立，跟父母和老师之间存在着许多不同的思想和代沟，所以，最容易出现思维上的逆变和情绪上的波动。因此，作为家长就应该处处观察孩子、关心孩子，静下心来帮助孩子，最好是放下家长的架子，以一个朋友的身份跟他们沟通、交流。一定要尊重孩子，理解孩子，尽可能地满足孩子的意愿和要求，这样，孩子才相信家长，才愿意敞开心扉，把自己的内心呈现出来。千万不能以家长的身份指挥孩子、命令孩子，或者因一些琐碎事情打骂和挖苦孩子，如果这样，只会激化矛盾，继而让代沟越来越深。

距离中考还有半个月的一天晚上，李小乐回家突然对刘秀琴说："我不参加中考了。"

刘秀琴的头嗡的一下，以为自己听错了，又问了一遍："你说啥？"

李小乐重复说："我不参加中考了。"

刘秀琴这回听清楚了，她的气"咯噔"一下也上来了，追问说："你不会有病了吧？"

李小乐说："我没有病，我受过处分，就是考上也上不了高中。"

"谁说的，你的处分学校不是说会取消吗？"

"取消了也记在档案里，反正考也是白考，还不如不考！"

刘秀琴气炸了，眼里充满了血："那咱这三年跑城市干啥来了，白花钱、白租房、旅游来了？"

李小乐说："没有啊，城市让我发现了一个新的世界。"

"啥世界？"

"一个我喜欢的世界。"

"到现在你还在白日做梦。"刘秀琴气得直打哆嗦，"你先考试，考完试咱再说。"

"我想报足球学校，等参加完中考，人家把人就招够了。"

"不行，我说不行就不行！"刘秀琴坚定地说。

李小乐没再吭声，翻了一下白眼回卧室去了。但从第二天起，刘秀琴发现儿子的话更少了，一天到晚也不和她搭理一句。更要命的是他竟然连功课也不复习了，学校里复习不复习她不知道，但她知道一到晚上，李小乐的卧室早早就熄灯了。

刘秀琴很着急，赶紧把事态的严重性给李满仓进行了汇报。李满仓让刘秀琴不要动怒，买点奶品和水果，晚上坐在儿子身边，一来督促他复习，做试题，二来提供足够的营养，过了十一点钟再离开。

刘秀琴也没有别的办法，只好按李满仓说的去做。她晚上再不去广场上跳舞了，吃过饭连碗碟也不洗就坐在儿子身边，一会儿给儿子拿一盒奶，一会儿给儿子送点水果。因为她买回的奶都是盒装的纯奶，所以，每次给儿子送去时都要把口子扎开，把吸管插好后才递到儿子手里。送水果也是一样，先把水果洗净，需要削皮的削皮，需要切块的切块，总之，到了儿子嘴边都是现成的，就差嚼碎喂到儿子嘴里了。尽管如此，儿子还是不买她的账，她送到他面前的所有东西，几乎都是原封不动放着。

中考终于结束了，李小乐的成绩不要说重点高中，就连普通高中的录取分数线也没有达到。

拿到成绩单的那天傍晚，李满仓站渭阳市的世纪大桥上，心里极为疼痛，他忽然觉得这渭河里流淌的不是水，而是血，是自己的心血……他的眼睛湿润了，他怎么也想不通自己千辛万苦、煞费苦心把儿子从农村弄到城市的学校读书，到头来竟然会是这样的结果……

刘秀琴原本想让儿子在城里的学校复读一年，李满仓死活不同意，他说自己祖先没埋到地方上，再复习也不顶用，与其让儿子在城里糟蹋钱，糟蹋时间，还不如回农村早早学个手艺，早早挣钱，这样，一肚子气好受。

刘秀琴也觉得儿子不是念书的材料，再努力也是白搭，还是现实点好。因此，她退还了租住的房子，选择了一个黄昏，悄悄从渭阳搬回了农村的家里。

九

李小乐没有考上高中，刘秀琴觉得没脸见人，她把自己关在屋子里成天都不出门。

有天早晨，刘秀琴洗完脸站在镜子面前，忽然发现自己的头上有了白发，心里顿觉难受。是啊，三年了，这三年她为了伺候儿子，蜗居在城市的斗室里，尽管没干什么重活，没出什么力气，一天只做三顿饭，洗两件衣服，但她总感觉很累，比以往任何时候都累。她觉得这三年太长了，太熬人了，简直像在监狱里一样，遭到了一生中从未有过的烦恼不说，也受到了一生中从未有过的委屈。她想，如果让她再这样三年，她肯定就疯了，崩溃了，说不定连命都赔进去了。此时，她多么怀念自己的过去，自己的理发店啊！在那个属于她独有的一片天地里，蕴藏着她太多的自由、欢乐和幸福。当然，这样的欢快和幸福不光是能挣钱，也让她结识一堆朋友，展现出她应有的能力和价值，在得到别人的羡慕和尊重的同时，也把自己收拾得格外年轻、鲜亮。一句话，在那个地方，她才真正地活得像个女人一样……

李满仓也明显老了，额头上的皱纹深了不说，眼珠子也像灯笼一样。与此同时，他很少去人多的地方走动、说话，没事的时候就待在家里，或者找个僻静的地方待着。不过，他的烟瘾没有减弱，反而还增加了，别人抽一根要停一会儿，聊聊天、谝谝闲再抽下一根。他是抽一根接一根，连打火机都不用，第一根烟抽完后用烟屁股点燃第二根，第二根抽完后用烟屁股点燃第三根，这样，一直抽下去，很少间断。他已经没有啥指望了，也不和过去一样拼命地打工了，有活了干一干，没活了就在家里歇着。也就是说，他的心已经彻底凉了，凉得跟冰棍一样了，从前心凉到了后背，从里边凉到了外边。与此同时，他也再不管儿子的事情了，儿子爱去哪去哪，爱干啥干啥，他从不过问，也懒得过问。

李小乐似乎和以前没有多少区别，他该吃就吃、该睡就睡，吃够了睡足了就抱着足球出去玩，玩累了再回家吃，回家睡。家里没人理他，也没人管他，刘秀琴把饭熟了，也不叫他。

眼看着新学期快开学了，和李小乐一样大的孩子都在做开学前的准备，只有李小乐待在家里无所事事，继续玩自己足球。刘秀琴看在眼里，急在心里，她嘴里说不管了，但心里却不由自己。毕竟，小乐是她的儿子，是从她身上掉下来的一块肉，况且，还不到十六岁，还不到成人的年龄，说小不小，说大也不大，这样待在家里也不是个办法！

晚上，李满仓吃完饭就开始看电视。刘秀琴收拾完锅上后坐在李满仓的旁边，她把嘴皮抬了几次也没有抬起来，直到躺在床上才把自己的想法给李满仓说了出来。

"要不，让儿子在镇上学校里再复读一年？"刘秀琴说。

"算了，不费神了！"李满仓没有好气地说。

"这整天待在家里也不是个事呀？"

"我算看清了，咱的儿子和我一样，一辈子就是个当农民的命，再读也不顶用。"

"好歹得有个职事干吧？他年龄还小，不上学还能干啥？偷人去？"

"跟着我学瓦工吧，这手艺虽然辛苦、吃力，但饿不死人，将来混口饭没有问题。"

"那是以后的事，我说的是现在，现在咋办？我想，在学校能念下书念不下书咱不说了，权当他混年龄哩！"

李满仓叹了一口气没有吭声。刘秀琴也再没有说下去，她知道，李满仓已经默认了。

其实，这段时间不光刘秀琴着急，李满仓也很着急。不管怎么说，小乐是他的儿子，是这个家唯一的继承人，虽然考不上学，成不了器，必要的生长还得继续，归根到底，将来还指望他给自己传宗接代、养老送终呢，怎么能不管呢？说不管，那是气话，并不是本意，他只是恨铁不成钢而已。

在镇上的中学复读，李满仓不用托人，更不用花票子。李小乐只要报个到就可以，这样一来，他也省了好多事。可谁料，李小乐复读了不到一个月就不去了。

"你不复读干啥？"刘秀琴问。

"复读没意思。"李小乐回答。

"造原子弹有意思你有那本事吗？"

李小乐没有回答，转身走了。

刘秀琴也没再说什么，干自己的事情去了，反正儿子混年龄哩，用不着劳神，学不学都一样，只要在学校不添乱、不惹事就好，他爱咋地咋地去。

说句实话，李小乐早已经对上学、考大学没了兴趣，他现在唯一的爱好就是踢球，唯一的理想就是当一名足球运动员。可是，这个梦想对他来说太遥远，太不实际了，几乎连边都沾不上。他在渭阳市的学校上学时，虽然也没有进入班上的足球队，但每周两次的体育课上和每天下午的自由活动时间能玩到足球，踢上几脚过过瘾，心里很舒坦也很快乐。尽管因为踢球和同学打过架，受到了学校的处分，但他从不后悔。中考落榜回到农村，虽说没有球场，但照样可以玩，村子的休闲广场、农户的晒麦场到处都是地方，想怎么玩就怎么玩，同样可以开心。可是，自从到了镇上的这所中学后，他一次球也没踢过，学校不但没有足球场，就连足球也没有，自己从家里带一个到学校吧，竟然还被老师收了，简直是太晦气了。

又过了半个多月，李小乐突然失踪了。

最早发现李小乐失踪的是他的班长。班长在早读课点名时没听见李小乐的声音，原以为李小乐请假了，没有过问，后来，才知道李小乐根本就没来学校。

　　班主任给李小乐打电话，李小乐手机关机。又给李满仓打电话，李满仓说去学校了。这下，班主任急了，发动全班学生满镇街寻找。

　　学校急，但李满仓和刘秀琴不急，他们知道儿子胡逛去了，于是，告诉班主任不要找了，说天黑之前自己就回来了。可是，天黑后李小乐依然不见回来。这下，李满仓和刘秀琴才急了。李满仓骑着摩托跑到渭阳市李小乐以前的学校去找，但都说没有见到。

　　第二天，刘秀琴又把亲戚朋友的电话挨个儿打了一遍，就是没人知道李小乐的下落。直到第四天下午，刘秀琴突然接到了李小乐打来的电话。

　　"妈，我在青岛里，你和爸爸不要找我，我要在这里的足球学校学足球，学成后就回来了。"李小乐在电话里说。

　　"你是咋去的？你哪来的钱呢？"刘秀琴追问。

　　"从同学那里借的。"李小乐说。

　　"你走时咋不给我和你爸说哩？"刘秀琴说。

　　"我给你们说，你们能同意吗？"李小乐说。

　　刘秀琴鼻子一酸，一下子哽咽了，她抹了一把眼角的泪水还想问点什么，儿子已经把电话挂了。刘秀琴再回拨时电话已经关机。

　　刘秀琴虽然不放心，但多少松了一口气，毕竟儿子有了音信。她放下手机赶紧把消息告诉李满仓。李满仓额头也舒展了，但没有说话，掏出烟一根接一根地抽。过了一会儿，他若有所思地对刘秀琴说："青岛那边离咱这那么远，他身上一分钱也没带，咋生活呢？"

　　刘秀琴说："他说他在同学那里借了点钱，我估摸同学也给他借不了几个，顶多够个路费！"

　　李满仓让刘秀琴继续给李小乐打电话，可是，电话始终处于关机状态。

　　"不会是诈骗电话吧？"李满仓心里发毛。

　　"不是，绝对不是，电话里明明是儿子的声音,电话号码也是原来的号码。"刘秀琴肯定地说。

　　"那为啥老关机呢？"李满仓问。

　　"我也不知道啊，也许是学校规定不让学生接电话吧！"刘秀琴说。

"上课不让接，下课也不让接吗？我就不相信他一天二十四小时都在上课？"李满仓问。

"就是！"刘秀琴说。

刘秀琴和李满仓像坐在了蜡烛上，怎么也坐不住，但他们能做的除了拨打李小乐的电话，再就是等待。好在李小乐是个男孩，如果是个女孩子，准会把两口子急疯不可。

李满仓没有再去打工。自从儿子失踪后，他一直骑着摩托车到处寻找，该找的地方都找了，不该找的地方也都找了。现在，儿子虽然有了消息，但却不见踪影，他哪里还有心思去干别的事情呢？他最担心的不是儿子的安全问题，而是儿子在外边能不能吃好，能不能穿暖，会不会照顾自己！毕竟，李小乐还是个孩子，从来没出过远门，至于上大学，了却自己心愿的事情他早已经不提了，他现在只有一个愿望，就是盼望儿子能平平安安早日回来。

半月后的一个夜里，刘秀琴做了一个噩梦，梦见李小乐开着一辆车在路上奔跑，速度很快，快得跟飞起来一样。当时，李小乐非常高兴，一边开车一边唱歌，超过了一辆又一辆车。突然，前面出现了一片大海，李小乐刹车不及，只听得"轰隆"一声，连车带人掉进了海里……刘秀琴几乎从床上弹了起来。她满身大汗，用手捂着胸膛大口大口地喘气，好半天才清醒过来。与此同时，李满仓也整夜整夜地睡不着了，他对付失眠的方法很简单，就是躲到另一间屋子抽烟。两个人实在熬不住了，决定去青岛去找。

十

初冬季节，关中平原已经失去了往日的生机，刚出土的麦子抓着泥土不放，落去叶子的树木用简单的动作抗拒着来袭的寒流。阳光依然明亮，但没有多少温度，甚至连路边的一些残雪也融化不了。

列车上，刘秀琴紧挨李满仓坐着，结婚快二十年了，她第一次和自己的丈夫肩并肩地坐在一起，也第一次去这么远的地方。刘秀琴清楚地记得，他们俩走得最远的地方是西安。那时候，他们结婚后的第二年，小乐还在她的肚子里怀着，要不是村上组织了一次外出学习苹果栽培技术的活动，她连西安也没有去过。现在，一晃这么多年过去了，这些年怎么过去的自己说不清，这些年干了些什么自己也说不清，能算清楚的是自己除了养了一个儿子，开过一个理发店，别的啥也好像没干，但总是很忙，忙得一塌糊涂，忙得晕头转向。她不知道自己要忙到什么时候，也不知道啥时候才能忙出个头……

火车飞快地跑着，刘秀琴靠在李满仓的肩膀上摇晃着。此刻，她的心里五味杂陈，不知是激动还是难过，眼里一直噙着泪花。

李满仓的眼睛一直眯着，他把胳膊交叉起来放在胸前，头枕着靠背一直都不说话，只是在烟瘾发了的时候走到车厢连接处抽一阵子，抽完后又坐回原位。渴了，他喝点火车上的开水，饿了，泡一桶方便面，偶尔也啃几口事先准备的烧饼和锅盔，沿路的风景与他无关，车上的嘈杂声与他无关。

青岛是一个海滨城市，那里碧海蓝天，景色秀丽，特别是风情万种的海滩建筑、精彩绝伦的海底世界让人们垂涎不已。但李满仓和刘秀琴根本没有心情去逛这些，他们一下火车就开始打听足球学校的消息。可是，青岛注册的足球学校一共有二百多家，他们不知应该上哪个学校找自己的儿子呢？

两个人茫然了。

"既然来了，就一个一个去找，我不信找不到。"李满仓信誓旦旦。

"对，一个一个去找！"刘秀琴也很坚定。

于是，他们找了一家私人旅馆把行李放下。顾不上休息就找了起来。但半个月过去了，他们步行，坐公交，打的，坐地铁，几乎在所有的足球学校都找了一次，就是没有找见儿子的踪影。有几个足球学校确实有李小乐的学员，可见面一看，都不是他们的儿子。

一天晚上，刘秀琴坐在宾馆哭得像个蜡烛，饭也不吃。连续奔跑和急躁让她疲惫不堪，要不是有想念儿子的这口气支撑着，她早都倒下去了。李满仓也很无助，灯笼一样眼睛更圆了，只是瞳仁里的已经没有了过去的那种坚毅的光泽，取而代之的是几缕血丝，因为肝火上身，他的嗓子也沙哑了。

忽然，李满仓惊喜起来，他霍地一下站起来对刘秀琴说："咱明天找派出所，说不定他们能帮咱。"

"对啊，有难事，找警察，咱怎么就忘了呢！"刘秀琴戛然止住了泪水，说，"要我说咱不等明天了，现在就去。"

派出所里，值班民警在仔细询问过李小乐的情况后，非常重视，对李小乐的信息进行了详细登记。并安慰李满仓和刘秀琴不要着急，让他们不要胡跑了，回宾馆等待消息。

可是，又一个星期过去了，李满仓和刘秀琴依然未能等到派出所的消息。两个人再次来到派出所，找到了那个接待他们的民警。民警告诉他们派出所接警后及时将情况上报了区公安局，区公安局又上报给市公安局，但是，通过对全市注册足球学校的学员花名册进行排查，暂时还没有发现有这么个学生，现在，公安机关正在想别的办法。

"莫非，咱儿子根本没来青岛？"李满仓说。

刘秀琴苦着脸没有说话，但眼睛一直红着。

"你们先回去吧，如果李小乐真在我们青岛，我们一定会找到的，找到后我们会第一时间跟你们联系。"民警最后说。

从派出所出来，刘秀琴瘫坐在路边的道沿上，眼泪噼里啪啦掉在了地上，她不停地用手去堵眼泪，但怎么也堵不住。李满仓的眼泪虽然没有流出来，但一直在眼眶里旋转着。此时，他们的心已经碎了。

"回吧！"过了好一阵子，李满仓拽了一下刘秀琴的胳膊说。

"回哪里？"刘秀琴问。

"回家呀！"李满仓说。

"见不到我儿子，我不回去。"刘秀琴哭得更伤心了。

李满仓不吭声了，他把手伸进口袋，摸出一根烟刚插进嘴里，突然就听见有人喊道："师傅，公共场所不能抽烟！"

李满仓被吓了一跳，赶忙把烟从嘴里拔了出来。蓦然抬头，他发现一位环卫工人站在他的面前。李满仓当即道歉。环卫工人笑了笑，转身走了。

十一

从青岛回到家里，刘秀琴大病了一场，她住了半个月医院，人像一下子变成了另一个人。出院后她没有出门，一直在屋里待着。李满仓虽然没住院，但一直吃降压药，他知道自己不能倒下，自己倒下去了，这个家就彻底垮了。

于是，他竭力地支撑着自己，用仅有的一点力气把日子向前推着。他常常劝刘秀琴说，把心放宽，咱权当没养这个儿子。可每次听到这样的话，刘秀琴心里就像刀割一样，长眼泪短眼泪地流了起来。

除夕的夜里，村子里家家户户都在团圆，吃肉喝酒、欢歌笑语，享受着一年最幸福的时光。可李满仓和刘秀琴一点过年的心思都没有，他们没有炒菜，没有喝酒，连年集也没有去赶。和平常一样，他们随便做了点晚饭吃了吃，便躺下了。

朦胧中，刘秀琴的手机响了。她很不耐烦地揉了揉眼睛，最后才慢腾腾划开了屏幕。

"小乐，是小乐的电话！"刘秀琴尖叫起来，她颤抖着手，眼泪刹那间喷了下来。

李满仓噌地一下从被窝弹了起来，迅速拉开灯光，一把从刘秀琴手中夺过手机便喊："喂！喂！是小乐吗？你在哪里？你在哪里？"

"爸？妈？我在青岛，你们都好吗？我给你们拜年了，祝你们新年快乐！"电话那边，李小乐激情澎湃，精神抖擞。

"快乐！快乐！你还好吗？"李满仓的眼泪也流出来了。

"我好着哩！"李小乐说。

这时，刘秀琴又夺回手机大哭了起来，她一边哭一边说："我的儿啊，妈总算听到你的声音了，你，你知道吗，你可把我和你爸害苦了……"话音未落就泣不成声了。

电话那边的李小乐也哭了起来。

那一夜，李满仓和刘秀琴都没有睡觉。他们既兴奋又担心，恨不得立马再飞到儿子的身边去。

后来，李满仓和刘秀琴才知道，他们的儿子的确是去青岛学踢球了，他们和派出所之所以没有找到，是因为李小乐并没有被足球学校注册为学员，一直以偷学的方法学习和训练，所有足球学校的学员册子上根本没有他的信息，也不会有他的信息。

那么，他在青岛是怎么生活的呢？

原来，李小乐早就知道青岛的足球学校很多，也从手机中查看了好多足球学校的信息，筹划了好长时间，但怕爸妈不同意一直没敢吭声。回农村学校后没球踢，更憋不住了，所以，借了同学两千元偷着去了青岛。到青岛后怕爸妈担心，给妈妈打了电话，之后就一直没开机。他关机的目的有两个，一是怕爸爸和妈妈打电话叫他回去，同时也没钱交话费。他没有向家里要钱，而是一边给饭店端盘子挣钱，一边在学校的球场边学习。晚上，等饭店关门后，他把餐厅的凳子拼到一起凑合着睡觉。

后来，他的精神把足球学校的领导感动了，学校才允许他进学校和正式学员一起学习、训练。通过一段时间的学习训练，教练发现李小乐有踢球的天赋，就把他推荐给了当地一家足球俱乐部。春节前，俱乐部已经同意出资，帮助李小乐正式进入足球学校学习。

李小乐在电话里告诉爸妈，他过年不准备回家了，他要利用这个假期好好训练，争取多学一些本领，早一年完成学业，早一天为俱乐部效力。

十二

三年后，李小乐正式成为一家甲级足球俱乐部的球员。当李满仓和刘秀琴在电视中看到自己儿子穿着一身光鲜的球衣，英姿飒爽地驰骋在足球赛场上时，不由得热泪盈眶……

今年冬天没有雪

一

范玲玲结婚十年，医院就住了五次。第一次是宫外孕导致了输卵管破裂，咦！太玄乎了，幸亏抢救及时，不然，恐怕早都见阎王爷了。第二次是生孩子遇到难产，不得已进行剖宫。后面的三次和前两次就不同了，既没有生病，也没有生产，而是被丈夫"修理"后没办法住了医院。

范玲玲的丈夫叫王大雷，是一个大货车司机。结婚前他和范玲玲同在一个村子，也相互认识。王大雷中学没读完就退学了，回家后跟二舅学了个开车的手艺，搞起了运输生意。那些年，车辆少，货源足，王大雷顺风顺水挣了些钱，便误把市场的繁荣当成了自己的本事。后来，钱烧热了屁股，也看花了眼睛，一下子飘了起来，自觉不自觉地和社会上一些混混搅在一起，久而久之便染上了吃喝嫖赌的习惯，身上常常散发着烟味、酒味，甚至说不能上名堂的味道。

当初，范玲玲之所以嫁给王大雷，就是看中王大雷会开车、能挣钱。有钱就能使鬼推磨，没钱就是推磨鬼。至少他吃肉，自己就能喝汤，他捞干的，自己也能喝点稀的，这是最基本的道理，连三岁小孩子都明白。另外，范玲玲的父亲很窝囊，蔫得跟头牛一样。一家人跟着他受委屈，遭洋罪，一直抬不起头。也许是穷怕了，被人欺负怕了，范玲玲从小视穷如仇，恨贫如敌，立志找一个有钱有势的人家过一个硬气的日子。所以，她高中毕业不久，就和王大雷成了婚。

王大雷的家虽然不算冒尖户，但也小有实力。另外，王大雷人能干，长得也排场，基本符合范玲玲的选偶标准。刚结婚那几年，王大雷对范玲玲不错，跑长途、拉零担，经常会把范玲玲带上。范玲玲也喜欢跟王大雷出去，一来可以开眼界、见世面，有时候还能品尝到异地他乡的风味美餐。后来，范玲玲生下了女儿就脱不开身了。但王大雷对范玲玲依旧关心，格外照顾，只要去了外地，每次都不会空手回来。

三年前，货运市场像下了一场雪冷清了下来，许多车断了活，没了生意。王大雷也是一样，他吃饱了睡够了没有事干，学会了喝酒、打麻将，一天不喝心里发慌，两天不摸手心发痒。后来，村子里的棋牌室放不下了，还跑到城里赶大场。再后来，连影子也找不到了。这样，他不仅对家里降了温，对范玲玲也失去了兴趣，甚至连必要的过渡都没有了，偶尔兽性发作，简单地将她拨开，草草地冲撞几下就完事了。

起初，范玲玲对王大雷的行踪从不过问。她知道他跑车辛苦，出一趟车要好几天，甚至十多天，回来了吃吃饭，打打牌是应该的。后来，她才知道了王大雷在外边没干好事，但晚了，管不住了，心里一直不舒服。不舒服就要发泄，一发泄就闹别扭。但是，她毕竟是个女人，她的发泄不但没有换来他的回头，反而遭到了他的辱骂和殴打。她很伤心，也很痛苦，每每想到这些就痛哭流泪。但为了家，为了女儿，她尽量隐忍着，克制着。

范玲玲的女儿叫菲菲，五岁多了。范玲玲不但要每天给她做饭，还要送她去幼儿园。王大雷即使再闲也不管这些，他除了开车，别的啥都不干，家里的事情似乎与他无关。他以找活为理由在外胡逛、玩开心，赌了多少次范玲玲不知道，野了多少次范玲玲也不清楚，但范玲玲知道他已经把家当成了宾馆，把宾馆当成了家。一夜不回家正常，三五天不进门也不稀罕。与此同时，前几年挣来的钱也像渭河里的水，哗哗哗地流走了。

为避免生气，范玲玲睁一眼闭一眼，她不愿和他说话，也懒得和他计较，反正钱是他挣来的，爱咋整咋整去，只要自己和孩子有吃的有喝的就行了。可现在，家里的积蓄都被折腾光了，有时候手里连看的钱都没有了，这样的日子还能过下去吗？

一个月高风低的晚上，王大雷醉醺醺地回到家里，他一进门就倒在床上，衣服没脱就躺下了，次日中午还没有起来。范玲玲看到这个样子，鼻子眼窝都是气，索性给自己和孩子做了点饭吃，之后，收拾完厨房干别的事情去了。午后，王大雷的眼睛睁开了，他的手在肚子上一摸，感觉饿了，就让范玲玲给他端饭，范玲玲没有理睬，王大雷就大骂了起来。范玲玲反骂了几句，王大雷就像蝎子把球蜇了一样暴跳起来。他走过去给范玲玲就是一个巴掌，紧接着，七捶六脚十三下全上齐了，他一边打一边骂，骂到动情时，还用忆苦思甜的方式，历数自己跑车时的不易和辛苦。

范玲玲被打得满身是伤，倒在地上起不了身子。后来，她实在忍不住才住进了医院。她很伤心，也很愤怒，一边治疗一边想，这个曾经让自己倾慕的男人怎么变成了这个样子，简直和禽兽一样，没有了一点人性。她很后悔，她甚至怀疑自己当初的选择是不是错了。但过了几天，她又冷静了下来，并把记忆恢复到了最初的生活中，客观地看待了眼前的状况，认为自己的选择没有错，自己的男人也是个好男人，之所以会成现在这个样子，主要是因为自己没给人家做饭引起的。作为一个女人，给丈夫做饭是最起码的职责，没做饭肯定是自己的不对，不管他有什么错，有多少不是，回到家里，自己必须把饭给人家做熟才对……她看在夫妻的分上，看在孩子的分上原谅了他。她相信他的冲动是暂时的，熬过了这段日子一定会好起来的。她甚至等着他向自己道歉，想象他向她愧疚而窘迫的样子。

可是，她想错了。王大雷不但没有自省，反而变本加厉，更加肆无忌惮。每次在外边输了钱或者做了荒唐的事情，就借助酒精的力量胡作非为，因为内心存在愧疚，回家后便欲盖弥彰、鸡蛋里挑骨头，故意挑起她的回应，并以此为由拳打脚踢。显然，王大雷已经不把范玲玲当成自己的妻子了，在他的眼里，范玲玲就是一个佣人，确切地说是一个奴隶。

原先，两个人发生争执后，范玲玲都会据理争辩，奋力反抗。但现在她一句话也不说了，不是她不想说，而是她不敢说，说了是白说，说了不顶用，弄不好反倒会遭受更大的暴力和伤害。她的伤痕已经翻新了多次，又在医院里住了两次，第一次是软组织挫伤和皮肤擦伤，住了一个礼拜回来了。第二次是头被打成了脑震荡。第三次竟然有两根肋骨断了，在医院躺了一个多月。

那些日子里，范玲玲整天以泪洗面，不愿见人，更不敢给自己的娘家人诉说真情。有人打电话找她，她谎称去外地了，或者说不小心摔了一跤不能出门，一句都不提被男人打伤住院的事情。她不是不说实话，而是觉得家丑不可外扬，说出去让别人笑话。但是，她一次又一次遭暴力、受欺负总归不是办法。终于，她想出了一个办法，那就是把女儿当成保护伞，一旦发现王大雷脸色不对或动粗的苗头，她就把女儿拉过来抱在怀里。菲菲毕竟是王大雷的女儿，王大雷就是再狠、再毒也不会伤害自己的骨肉。虽然这办法偶尔也起一些作用，但最终不是长久之策。

二

女人大多有个共同点，就是一旦受到委屈，第一个想到的就是离婚。范玲玲这么想了，但没有这么去做。不是她舍不得王大雷这个人，而是她不想让自己的父母伤心。她的娘生了三个孩子，她排在第二，排在第一的姐姐就是因为和丈夫闹矛盾离婚的，结果，飘荡了三年才有了一个新的家庭。谁料，姐姐第二个男人比第一个也强不到哪里，不打她也不骂她，却窝囊得跟猪差不多，挣不来钱不说，还花不了钱，一毛钱攥在手里都能捏烂。姐姐后悔了，但天底下没有卖后悔药的，没办法，只能打掉牙咽进肚子。所以，有了这样的前车之鉴，范玲玲不到万不得已绝不离婚，即便想离，她的父母也不愿意。当然，这都不是最主要的，最主要的还是菲菲，她不想因为大人之间的矛盾影响孩子，耽误孩子的生长和未来。说穿了，不想让孩子有个后爹或后妈。

然而，尽管她一次又一次地容忍，一次又一次地迁就，王大雷一直没有反省。他斜跳一尺，横跳一丈，不论做什么事都不容她过问，如果她的言语稍有不慎，便会招来拳脚。

一天，因为菲菲上幼儿园的事情两个人又干了起来。这一次，范玲玲没有让步，并进行了绝地反击，但最后的结果是范玲玲的身子多处受伤，躺下不得动弹了，王大雷的脸上挂了彩，跑到外边躲清闲去了。次日，范玲玲才挣扎着爬了起来，她勉强地做了点饭。勉强地把菲菲送到了幼儿园里。第五日，王大雷回来了，看样子手气不错，赢了几个钱，眉宇间透出了少有的得意，进屋后就把菲菲揽在怀里亲热，并掏出了两张钞票往菲菲的手里塞。不料，菲菲并不领他的情，把钱还了他。与此同时，又从他的怀里挣脱出来跑到了范玲玲的身边。王大雷一脸生气，瞪着眼睛说："不要算了，我还不想给呢！"

菲菲哭了，哭得异常伤心。范玲玲把菲菲抱在怀里，哄了半天才止住了哭泣。王大雷却指着范玲玲说："都是你教的，娘儿俩没有一个好东西。"说着，回卧室去了。

范玲玲抵挡不住自己眼睛，泪水吊着线地往下流。

孩子去外边玩了，范玲玲鼓足勇气冲到王大雷的面前，摊牌说："咱们离婚吧，这日子没法过了。"

"咋！长能耐了，敢跟老子离婚？"王大雷"嗖"地一下从床上弹起来呵斥道，"老子不离，看你怎么着？"

范玲玲说："我实在受不了了，你就饶了我吧，孩子我带。"

"去你妈的，我看你让福给烧住了，没事找事？"王大雷说着抓起枕头朝范玲玲砸去。

范玲玲没有避让，她冲上去用头顶着王大雷的胸部一边哭一边说："我让你打，让你往死里打，反正我不想活了，你干脆打死我算了。"

王大雷并没有心软，腾出手追加了一巴掌，紧接着就拽着她的头发一边扯动一边说："我一天黑不当黑、明不当明地到处跑，为了啥？还不是为了这个家吗！你一天在家里享清福，闲得看蚂蚁上树，没有我给你挣钱，你恐怕吃屎也找不到热的。"王大雷越骂越激动，越骂越来劲，与此同时，拳头也抡得更欢了，"前几年，老子往回拿钱时你怎么不离婚，现在老子刚歇了几天，你就不舒服了，天天给老子找事，天底下有你这样没良心的女人吗！"

这是王大雷固有的一种套词，也是这两年他实施暴力的唯一理由。在他的眼里，这个家是他的，范玲玲只是个摆设，没有他，这个家里的人都得喝西北风。

他出去了。

她的骨头像散了架凑不到一起。她哭了很久，想了很久，最后决定用最简单的方式了结自己，再不遭受这样的痛苦和折磨。

她强忍着爬了起来，洗了把脸，把头发梳理了一下，给自己的脸上添了点粉，又把眉毛补齐，把嘴唇染红，挑选了一身自认为最好的衣服穿在身上，然后，从商店买回了一瓶农药。

　　突然，女儿回来了，手拿着一个橘子，一进门就说是隔壁奶奶给的，并给她的嘴里塞了一瓣儿。她看着女儿，将女儿揽在怀里，一遍又一遍地亲，一遍又一遍地抚摸，她觉得自己怎么也看不够，怎么也摸不够，她发现女儿的脸粉嘟嘟的，眼睛黑黝黝的，一笑，像春天里的桃花，与此同时，不争气的眼泪又下来了。她放声哭了一场后，告诉女儿好好活着，说完，便走进卧室打开了农药瓶子。就在那一瞬间，她回过头又看了女儿一眼，她突然看见女儿的眼角有一颗泪珠拨开了睫毛倏然滑落，那么寂静，那么安谧，近乎无声，但在她心里溅起了巨大的声浪。她似乎听到女儿在问：妈妈，你要走了吗？你不管我了吗？

　　她的心又软了。她扔下了瓶子朝女儿扑去……

三

　　范玲玲彻底死心了，向法院递去了离婚诉状。但法官并没有答应她的请求，却把她和王大雷叫到一起"各打了五十大板"，稀里糊涂把案子结了。范玲玲没有办法，带着菲菲回到了娘家。他委托父母照料菲菲，自己到西阳市打工去了。

　　范玲玲与其说是出来打工，还不如说是散心。因为，以她目前的状况，消除疼痛比挣钱更加迫切。她已经伤心透了，一刻也不想看到王大雷了，更不想待在这个家里。她找了一个卖服装的工作，尽管每月不到三千元的工资，但她依然高兴，因为这是她自食其力挣来的，不是从别人的手里要的，自然理直气壮。

　　服装店的老板也是个女的，经营了三个店铺，她得知范玲玲的遭遇后很是同情，帮范玲玲在城中村租了一间房子。

　　天下没有不透风的墙。范玲玲去西阳市打工的事情，王大雷很快知道了，但他没有阻拦，也没有找她，他认为她不在也好，自己能落个清净。不过这样一来，这个家就一目了然了。

近几年，由于网络信息技术的飞速发展，人们的消费观念已经从实体消费变成了网络消费，服装店的生意也就像老太婆过年，一年不如一年。这是没办法的事情，时代在发展，人类在进步，历史的潮流谁也无法阻挡。好在范玲玲所在的服装店是一个传统老店，尽管生意清淡了许多，但还能支撑下来。范玲玲对这份工作格外珍惜，她按时上班，按时下班，从未迟到和早退。她现在已经不想别的了，唯一牵挂的就是菲菲。为此，她每天下班后都要打个电话问一问菲菲的情况，到了休假的时间去娘家看上一次。

以前，范玲玲在农村时一直不觉得什么，来西阳市不到一月就发现世事变化太大了，几乎一天一个颜色，一天一个样。她很羡慕这座城市，很向往城里人的生活，她常常想，要是自己也能住在城市，做一个城里人该多好啊！这样，就可以把女儿接来在城里玩，在城里读书，接受城市的优质教育。但是，她的想法刚冒出来，就被自己否定了。因为，她很明白，自己只是个打工的，一没钱，二没权，进城当城里人，对她这个普通的农村妇女来说简直是个天方夜谭。

有一天，范玲玲起床晚，顾不上做饭，在路口的小吃店买了一份早餐。不料，小吃店老板正好是她的一个同学。这同学是个男的，在学校并不出众，甚至不比她出色，所以，根本不起眼，他们之间也没有什么交往，突然见面竟然连名字都想不起来。后来，她把脑子翻腾了几遍，才想起这个同学叫杜涛。

因为急着上班，她和他只打了个招呼。后来，范玲玲知道小吃店只有杜涛一个经营着，去的次数多了，话也就长了，下班后没有事干，就去杜涛的店里聊天，偶尔杜涛忙不过来，她还会搭个手、帮上一把。杜涛对范玲玲也很热情，只要她进店门，他就给她调一盘面皮或者夹一个菜饼，必要时还做上一碗馄饨。起初，范玲玲觉得不好意思，吃完后主动付钱，被杜涛拒绝了几次后就不客气了。杜涛说："你给我帮忙，我不发你工资，你吃我饭，我不给你要钱，咱们扯平了，谁也不欠谁的。"范玲玲说："行，那你亏了可别找我。"杜涛说："你放心，我亏不了，就是亏了也不会找你要钱。"两个人都笑了起来。

有时候杜涛忙着做生意，顾不上招呼范玲玲，范玲玲也不拿自己当外人，她亲自动手，想吃啥做啥，想喝啥喝啥，和在家里一个样。再后来，杜涛知道了范玲玲的遭遇，范玲玲也知道了杜涛的家有名无实，不成样子，相互间的关心就更多了。杜涛问："你就打算这样下去？"范玲玲说："法院不给我们离婚，走一步看一步吧。"杜涛没有吭声。范玲玲又问杜涛："你准备咋办？"杜涛说："其实，我和媳妇矛盾是没孩子。为此，家里把该想的办法都想到了，把不该日的鬼也日尽了，就是没有效果。"范玲玲问："你媳妇呢？""她自觉没有颜面，到南方打工去了。刚去时还经常给我打电话、发信息，慢慢地电话就稀了，信息也不发了。原先，一年还回来两次，后来变成了一次，再后来两年也回来不了一次。我的店开了八年，她一次也没来过，每次回来像旅游一样，转几天就走了，对待我的态度也变得不冷不热。我怀疑她在外边有人了，只是离得远，抓不住把柄罢了，所以，心里总是不痛快，有心和她离了吧，但毕竟夫妻了一场，不离吧，这个家还是个家吗？充其量只是一个摆设。"杜涛一口气把心里的话说完，长长地舒了一口气。

作为天涯沦落人，玲玲和杜涛可谓是同病相怜。范玲玲寂寞了，就去找到杜涛说一说，诉一诉就开心了、畅快了。杜涛憋屈的时候和范玲玲聊聊天，开开玩笑就舒畅了、快乐了。偶尔，杜涛购买原料时，还会给范玲玲带一条围巾、一双手套，或者干果、巧克力之类的东西。范玲玲接到礼物后也不客气，甜甜地送杜涛一个微笑或柔媚。杜涛要的就是这种微笑，盼的就是这种柔媚。在杜涛眼里，范玲玲就是他的阳光，只要她来到他的店里，他的身上就一种温暖，眼中就有了许多光亮。在范玲玲的心里，杜涛的小吃店就是她心灵的港湾，只要到了这里，自己就靠了岸，就感觉到安全。有几个晚上，范玲玲躺在自己的屋子，很想打个电话把杜涛叫过来陪陪自己，同时，也用自己的身子暖暖杜涛的身子，可她反复琢磨了几次，终究没有把电话拨打出去。

一天，范玲玲一个人在服装店上班，下班时发现少了一条裤子，老板知道后很不高兴，脸掉得和茄子一样。范玲玲没有办法，只能用自己的钱赔偿损失。老板虽然按照进货价做了计算，但还是扣去了她二百多元。

回到住处，范玲玲心里很不舒服，连晚饭没吃就躺下了。恰巧，杜涛带了些巴旦木、碧根果、东北开口毛栗子之类的东西想送给范玲玲，见范玲玲下班后没有出来，就用短信发了一枝玫瑰和一个拥抱的表情。范玲玲没有注意，也没有回复，而是继续睡大觉。杜涛郁闷，以为发的表情有点过分，不敢再说话了。

过了几天，范玲玲来找杜涛，说自己不想在服装店干了，准备找个别的工作。杜涛说怎么了？她说自己不小心又丢了一条裤子。

"要不，你来帮我卖小吃吧，我一个月给你三千五，咋样？"

"我不来！"

"为啥？"

"我怕被熟人碰见了不好。"

"有啥不好？咱们是正儿八经做生意，又不是偷人？"

"反正我觉得不好。"

杜涛没有再说什么，和往常一样给范玲玲做了点吃的。

四

一天傍晚，范玲玲下班后刚坐公交就遭遇了一场大雨，下车后没有带伞无法回到住处。冒雨跑回去肯定是个"落汤鸡"，不想冒雨就得在站台上等待。但这样的等待是没有时间的，谁也不知道雨会什么时候结束。这时，和她一同下车的人都走了，带雨伞的不用去说，没带雨伞的有人送伞，只剩下她一个人孤零零地站在原地。

然而，雨好像有意跟她作对，不但没有停下来，反而越下越大，并夹带着凉风向她袭束。范玲玲虽然用衣服裹紧了身子，但感觉还是很冷，不停打着喷嚏。突然，她想到杜涛的小吃店距离不远，双手抱住脑袋，毫不犹豫地跑了过去。

因为下雨，杜涛的店里没有生意，他就想收拾一下早点休息。这时，范玲玲来了，他感到很惊讶，打量了一眼后，便明白是怎么回事儿。他拿了一条毛巾递给她，又把自己的外衣找过来。她用毛巾擦了擦头和脸上的雨水，就把自己的外衣换下来，穿上了杜涛的衣裳。

杜涛倒了一杯茶递到范玲玲的手里说："你下了车就给我打个电话，我把伞给你送过去。"

范玲玲说："我怕你店里有客人，走不开。"

杜涛说："有客人怕啥？他们吃他们的饭，我送我的伞，谁还能把店背去？"

范玲玲说："没事，衣服晾一会儿就干了。"

杜涛没再吭声，他打开灶，给范玲玲下了一碗馄饨。

也许，范玲玲真是饿了，她接过混沌就往嘴里塞，头也不抬一下。杜涛在一旁看着，心里漫上了一种说不来的滋味。是同情、怜悯，还是开心、欣慰，连他自己也说不清。忽然，他的心跳了起来，他发现被泡过雨水的范玲玲太漂亮了，简直像一朵出水的芙蓉。孤独涌来，欲望涌来，身上闲置的那个东西也站了起来，似乎要迫不及待地执行一项光荣的任务。

女人可能不知道，当一个男人有了这样的反应后，简直难受极了，心神不静、坐立不安这样的词语也许都不恰当，最直接的表现是紧张、慌乱、魂不守舍。那时候心跳最剧烈最疯狂的，敲打着胸膛嘭嘭作响不说，血管也要被撑开了，即将破炸……但杜涛毕竟是个男人，爱面子，讲分寸，即使自己再难受、再痛苦也不会告诉别人，更不会告诉范玲玲。所以，只能竭尽全力控制自己、折磨自己。

范玲玲显然没有注意到杜涛的这种变化，她只顾吃饭，更多的心思放在了门外的天气。她吃完后，自觉端碗筷去洗，却被杜涛拦住了，杜涛说："你淋了一身子雨，歇着吧，还是我来。"说着，就一把把碗筷夺了过去。

范玲玲看了杜涛一眼，不好意思地说："还是我来吧，我不能吃了瞎张饭，连碗都不洗。"

杜涛说："你能来我就很高兴，再说……"

范玲玲问："再说什么？"

杜涛脸红了，支吾了半天才说："再说咱们是同学，你帮了我那么多忙。"

范玲玲扑哧一下笑了，问："就这些吗？"

杜涛低下头说："我盼望你天天来。"

范玲玲笑得更响亮了："我来的次数越多，你就赔得越多。"

杜涛说："谁说的，你来了就给我带来了财气，我当然高兴！"

据说当一个人得知对方喜欢自己时，本能的反应就是喜欢对方，这在心理学上是有解释的。因为，为人的本质是自恋的，科学家研究表明，人一天百分之九十的时间都在想自己的事情，那么，想自己的同时肯定会想到自己身边或者和自己接触过的人，并且会对这些人逐一进行分析和回忆，也肯定会对喜欢自己的人更有好感。

可是，杜涛和范玲玲相互间都有好感，但都不好意思表露出来，就这样，只能在内心燃烧着，煎熬着。

五

范玲玲终于辞去了服装店的工作，转行跑起了保险，她之所以选择这个职业，是看准这行业不受时间限制，上下班自由。另外，跑保险门槛低，不讲文凭，只要腿勤就可以干。

杜涛对范玲玲的这个选择并不感冒，他告诫她说："干保险得具备两个要素，一要有人脉，二得会骗人，你能做到吗？"

范玲玲说："别人能做到，我也能做到。"

杜涛听到范玲玲如此坚定，再没吱声。

范玲玲上班后先进行了一周培训，又给自己定制了一套工作服。然后，雄赳赳，气昂昂地展开了工作。她按照主管经理的建议，先从自己的亲戚朋友做起，逐渐扩展。因此，她把第一个目标锁定在了舅舅身上。原因是舅舅在外边承揽工程，虽然工程都不大，也属于老板阶层的人物。再说了，他要房子有房子，要小车有小车，帮外甥办个保险应该不成问题。

范玲玲选择周末的晚上去舅舅家，进去前，她特意买了点水果和点心。没想到舅舅不但没有支持她，反而还批评了她，劝她早日改行干其他的事情。

范玲玲出师不利，碰了一鼻子灰，但没有退缩。第二天，她又找到了自己的同学。这同学在西阳市经营化妆品，范玲玲以前买过她的化妆品，所以，她估摸同学也一定会照顾自己。可是，她还是失望了。

同学当面告诉她说："我有的是钱，就是不买保险！"范玲玲解释说："买保险是对自己价值的一个保障，很有好处。"同学却说："买保险都是白扔钱，扔了钱不说，有时候还会生一肚子气。"

原来，范玲玲的同学有一辆小车，每年都花几千元买保险，给她办保险的人也是一个熟人，她一直很信任，每年到期都自动续保，从来没有中断。有一次，她的车出了事故，找保险公司索赔时，工作人员看了她的保单后告诉她，她买的保险有路段划分，出事的点不在包赔范围。她细细读了一次保险合同，才发现里边有不到半行的文字上写着一段"大庆路和高新大道属于城市的严管路段，不在赔偿范围"。同学一下子气坏了，和业务员吵了一架后，还是自掏腰包把车修了。从此，她只买强险，再不买商业险，出点小磕小碰的事故当场解决，警也不报，既省事也省心。

两次碰壁，范玲玲开始怀疑自己的选择。但她的主管经理鼓励她别泄气，继续努力："客户冷漠咱十次，咱依然要热情如初，客户拒绝咱百次，咱也不能断了他们的路。用温情融化客户，用真诚打动客户，必要时要像初恋时对待自己的情人一样让客户感觉到你的真诚，你的温暖。记住，当你遇到了九十九个失败后，也许，成功的就是下一个。"

范玲玲听了业务经理的话，心里又热乎起来。她把自己能跑的路全部跑了一次，能想到的关系找了一遍，仍然没有签下一个保单。不仅如此，她的开销也不少了，除了坐车、吃饭，必要时还得送一些礼品，这样，不到两个月就把身上的钱花光了，不仅如此，人也瘦了一圈。对此，杜涛既心疼又无奈，他唯一能做到的就是让范玲玲进了自己的店门后有一口现成的饭吃。范玲玲后悔没听杜涛的劝阻，总觉得无法面对，因此，她减少了去杜涛店里的次数。俩人一见面，杜涛就劝她别再跑了，可她总觉得摊了那么多本，付了那么多心血，半途而废太可惜了。与此同时，她的主管经理也对她失去了信心，在每周一次的例会上，公司对员工的业绩进行排名，范玲玲总排在最后。主管经理不客气地说："看着你聪聪明明，连一个单子都拿不回来，我不知道你到底还能干啥？"

范玲玲虽然气愤，但还是谦卑地挤出笑容："经理放心，到月底我一定能拉来单子。"

主管经理轻蔑地笑了一下说："那我就等你的好消息了。"

范玲玲没有说谎，她也不会说谎，她之所以胸有成竹，是因为她找到了一根救命的稻草，这根稻草不是别人，就是她的同学李全科。李全科在西阳市一个行政机关工作，他已经答应帮她，并约好中午在一起吃饭。所以，范玲玲出了保险公司门就来到距离李全科的单位不远的一家茶楼订好了包间。

到达茶楼后，范玲玲发现时间还早，就耐心地等待着，她一边等一边在大脑里搜寻着关于李全科和她读书时的一些记忆。

范玲玲和李全科是高中同学，而且在一个班里。那时候李全科学习好，但家里穷，在班上不太说话。他对范玲玲有好感，但不敢表白。范玲玲当时不知道，后来是听同学告诉她的。按照当时的现状，范玲玲是不可能看上李全科的，因为，李全科不光家穷，人也一般。后来，李全科考上了大学，毕业后参加了工作，从此，他平步青云，春风得意，据说已经当上了科长。

李全科如约而至，范玲玲十分高兴，时隔多年，李全科似乎变成了另外一个人，他说话风趣幽默，步履有力坚定，光亮的外表加上合身的服装，看起来既洒脱又精神。两个人寒暄一阵儿，就开始借助酒的力量追忆旧日里的浮光掠影，逮着一个话头，恨不得抽丝剥茧穷尽关联。

范玲玲带着一种过了头的热情不停地劝酒，不停地欢笑，而内心却异常郁闷、苦涩，因为，她要的不是过去，而是现在，她请李全科的目的也不是聊聊天，叙叙旧，而是希望他帮助她，给她介绍几个办保险的客户。但李全科总是岔开话题，除了追忆学校里的故事，还不断地讲述自己上北京、下上海、走深圳遇见的领导专家，去国外见到的名山名海，末了，还不忘冒两句英语调侃一下。范玲玲有点心凉，她隐隐觉得李全科不是来帮自己的，而是炫耀自己来的。

慢慢地，她倒酒的次数少了，敬酒的手也慢了，一边应酬，一边退到了自己的座位上。

李全科似乎看出范玲玲的心思，他添上酒端起来说："咱们有十几年没见了吧？没想到你还是这么年轻，这么漂亮，来，为你的年轻漂亮喝一个。"

女人永远是虚荣的，不管心里有多少委屈，只要听到男人说自己年轻漂亮，立马就兴奋起来，尽管有时候自己也很明白，这些话都是假的，但还是爱听。

范玲玲当然也不例外，她听了李全科的话心里一热，噌地一下站了起来，激动地说："谢谢老同学，也恭喜你做了大官。"说完，两个杯子就碰在一起。

李全科也最爱听别人说自己当官的事了，他一仰头，酒就进了肚子。

乘李全科高兴，范玲玲再次把自己事放在了桌面上："老同学，我们这一行走的是人脉，靠的是关系，你官大、熟人多，一定要帮帮我啊？"

李全科头眼迷离，拍着胸脯说："小事一桩，包在我身上了。"

不知是茶楼里的温度高，还是酒的作用大，两个人都觉得有点燥热。范玲玲的热上升到脸上是一道彩虹，而这样的彩虹让她比以往更好看、更迷人。李全科的热表现在他的头上不停冒汗，这样的汗让他更激情、更奔放。他一边擦汗一边往范玲玲的身边凑，走了两步腿就软了，差一点倒在地上。范玲玲赶紧将他扶住，没想到这一扶不要紧，差点把乱子扶了出来。李全科顺势倒在范玲玲的怀里，紧紧地抱住范玲玲不放，范玲玲不好意思将他推开，只好让他就这样抱着。他一边晃荡，一边将她推到墙角，紧接着手就在她的身上乱摸。

范玲玲有点紧张，又有点害怕，她躲也不是，不躲也不是，一时半会不知道该怎样应对。正在这时，李全科突然对范玲玲说："玲玲，你知道吗？咱们一起念书时我就很喜欢你，但是，我不敢说！"

范玲玲听到了这句话，鼻子一酸，眼睛就模糊了。

李全科继续说："到现在我还很想念你，今天能见到你太高兴了。"

范玲玲的眼泪终于下了，她慌忙说："谢谢你，我已经不是过去的范玲玲了，我现在过得不如人！"

李全科一只手抱着范玲玲的腰，一只手从饭桌抽了一张纸递给范玲玲说："有我在，你一定会好起来的。"

范玲玲接过纸，擦了擦眼泪笑着说："谢谢你，还是同学好！"

李全科又一次把她揽在怀里。这一次，范玲玲没有躲避，而是积极迎合了上去。也许，这样的拥抱是彼此都需要的，作为一个女人，她太需要拥抱了，也太需要有个男人关心她了，何况，她长期被丈夫欺负，身心受到了极大的伤害，更需要有一个男人在她最艰难、最痛苦的时候站出来，给她温暖、给她安慰、给她理疗！

李全科高歌猛进，适时地把喷溅酒精的嘴贴在范玲玲的嘴上，又把自己的手伸进她的衣服里面，从肩背开始一直摸到了乳房。此时，范玲玲完全不由自己了，她觉得自己的骨架散了，身子酥了，没有力气去反抗了，剩下的就是本能地配合。李全科摸完她的乳房，又往下滑动，到了小腹时，范玲玲猛地一颤，紧紧地抓住了李全科的手。于是，二人的手开始较劲，一方认为有突破最后一道封锁线的机会，另一方却出于最后的隐秘竭力固守。这是一场拉锯战，只能会意，不可言说。对峙一阵子后，李全科说："玲玲，我太喜欢你了，你比范冰冰都要好看，真的，最少在我心里。"范玲玲扑哧一笑，手指无意间松开了。李全科如愿以偿，直达目的……突然，节奏断了，他的手像触电一样抽了出来。他看了看她的脸，又轻轻地掀开她的衣襟，他发现她的肚皮上有一个疤痕，这疤痕像一条虫子抖动着，既残忍，又吓人。

李全科吃了一惊，苦笑了一下说："快上班到了，我得去签到，现在签到要刷脸，迟到一分钟就要扣钱。"

范玲玲松了一口气，拽了拽自己的衣襟红着脸说："我知道，你去吧！"

李全科走后，范玲玲像一个出笼的馒头，刚热气腾腾，瞬间又凉了下来。

六

过了一个星期，范玲玲等不到李全科的电话，就给李全科拨打了过去，但李全科的电话总是占线，死活打不进去。她又编了一条短信发了过去，短信也没回。范玲玲知道李全科会议多，事情多，一直耐心地等待着，可半个月过去了，依然不见李全科的声影，她实在等不及了，跑到他的单位找他。单位的保安问明了她的来由，让她打电话和李全科的科室联系。接电话人请示了以后，说李科长不在。范玲玲问对方几点钟回来？对方说他也不知。"

范玲玲没有办法，默默地从大门口退了出来，一边等一边看着手机。可是，整整一个上午，她也没等到李全科回来。

在返回的路上，范玲玲百感交集，黯然落泪。她感觉自己太难了，有点受不住了，像一座桥快要塌了……正伤感间，突然有人在身后拽了她一把，她回头一看，见是杜涛，迅速抹去眼角的泪水，仓促地笑了笑说："是你啊！"

杜涛说："是我，你怎么到这里来了？"

范玲玲咬了咬嘴唇回答："我回家里了几天，今天刚来。"

杜涛发现范玲玲面色不好，焦虑地问："怎么，他又打你了？"

范玲玲解释说："没有，是孩子病了。"

杜涛睁大眼睛："看医生了吗？"

范玲玲说："看过了，是扁桃体发炎，好多了。"

杜涛说："哦，那就好，需要我帮忙就吭声。"

范玲玲说："不用，谢谢你。"

原来，范玲玲自从干上保险后，一直没有固定的上下班时间。她白天联系业务，晚上还要请人吃饭，偶尔也参加一些朋友的聚会，她之所以这样，就是希望用这样的方式多认识几个人，多交几个朋友。李全科就是范玲玲在同学聚会时碰见的，那一次，她觉得自己太幸运了，竟然遇上这么有本事的同学，她想，凭借李全科的能力和他手中的权力，一定能让自己认识很多的朋友，取得很多的业绩。特别是现在，她已经到了精疲力尽、举步维艰的地步，可以说一点办法都没有了，她多么期望有个人能够站出来，给她帮助，给她力量。也就在这时，李全科出现了，她认为李全科就是她的希望，她的力量，也只有李全科才能帮她，救她。于是，她千方百计接近他，讨好他，请他吃饭，请他喝茶。

杜涛当然不知道这些，他只知道范玲玲跑业务去了，别的事概不清楚。他还知道这一行不好干，拦过她，但没有拦住，既然拦不住他也没办法，毕竟，这是她的选择，人各有志，不能勉强，说不定会成功的。只是这段时间他很少见到她，偶尔见到也是来去匆匆，根本不知道她跑得咋样，有没有收获！他很希望她抽点时间来自己的店里坐一坐，聊一聊。另外，他还给她买了一些吃的和用的，一直没机会送给她。他曾给她打过电话，邀请过她，但每次电话里她都说谈业务，很忙。三个月过去了，她正儿八经只来过了两次，一次是吃饭，另一次是取快递，而且两次都是顾客最多的时间，根本没机会和她说话。

其实，范玲玲也想去杜涛的店里去坐一坐，聊一聊，但一直鼓不起勇气。她不去的原因很简单，就是没单子，没业绩，心里发虚，脸上害臊。她怕见到杜涛，怕杜涛问她工作上的事情，她觉得自己能落到今天的这种样子，都是没听杜涛的劝阻造成的，所以，她无法面对，也不能面对。

多少个晚上，范玲玲远远地在杜涛的店门外徘徊，悄悄地在黑暗处张望。她望见了杜涛的店里人头攒动，熙熙攘攘，听见了灶具和餐具相互对话，相互碰撞……她多么想大踏步地走进去呀！可是，终究没迈出自己的步子。第一次没有进去，第二次还没有进去，第三次和第四次就更不好意思进去了，以致这个温馨的港湾，慢慢地冷清了下来。

范玲玲和杜涛乘坐同一辆公交回到他们所在的城中村。下车后，范玲玲问杜涛："你怎么没有开门？"

杜涛说："我也回家了一趟。"

范玲玲说："你家里也有事儿？"

杜涛说："老爸不舒服，我买了点药给送了回去。"

范玲玲说："不要紧吧？"

杜涛说："老毛病，吃点药就好了。"

其实，杜涛的这些话也是谎言。事实上，他的老爸根本没病，而是他自己不太舒服，他之所以没有开门，是因为去医院看了一次病。他没告诉范玲玲这些，是怕范玲玲替他担心，这一点，两个人几乎一样。另外，杜涛没有开门还有一个原因，那就是心情不好。他的媳妇没有踪影，他一个人开一个店面实在是太忙了，虽说挣了几个钱，但付出的艰辛别人根本不知。简单地说吧，店里屁大个事都得他做，他不做就没人动，他不做就不能运营，就连摘菜、扫地、洗碗、抹桌子、倒垃圾的事情都得他动手，更别说招呼客人，给客人做饭了。他很苦闷，一天到晚累死累活为了啥？为家吧？家是个空的，为孩子吧？孩子连影子都没有。所以，他干着干着就想不通了，干着干着就没劲了。还有，作为一个男人，他需要的不光是钱，还需要内心的温暖，女人的陪伴。他多么希望有个女人能在身边，陪他说话，给点柔情，不干活也不要紧，只要自己不寂寞不孤独。但是，人世间的女人那么多，除了男人都是女人，可他的身边一个也没有。那些花花绿绿的大姑娘小媳妇不断地在他的眼前出现，又不断地从他的眼前消失，有的还在他的店里吃饭。她们进来了，他就不由得欢喜，恨不得免费让她们吃，让她们喝。可是，那些女人像一股烟，一朵云，碗一扔下飘走了，有些留个微笑，更多的看都不看他一眼，没有一个愿意陪他。当然，他知道这些女人都不是自己的菜，到不了自己的嘴里，他不敢有别的想法，也不敢有什么企图，他只是希望她们能多待一会儿，让自己多看几眼，缓解一些内心的干涸，温润一下自己的心田。

以前，范玲玲下班后经常过来，他很高兴，现在，她不来了，他一下子没劲了，有时候连数钱的心情都没有了，他的苦给谁说，在何处说？这样，加上他早起晚睡，不停劳作，自然会肝火旺盛，不得不去医院。

杜涛本想叫范玲玲到自己的店里坐一坐，可看到她心情不好，就把话咽了下去。范玲玲也想在杜涛那里聊聊，可听说杜涛的父亲有病，不好意思打搅，也告辞了。

七

李全科终于给范玲玲打来了电话。

那是一个灰蒙色的下午，天淅沥沥地下着小雨。李全科让范玲玲找个宾馆等着，下班就带朋友见她。范玲玲激动坏了，早早赶到市中心里，在距离李全科单位近的宾馆登记了一间房子。因为从来没有进过高档宾馆，范玲玲不会刷卡上电梯，也不会用卡开门，觉得有点尴尬。也是，她以前跟丈夫王大雷出车送货，虽然也住宾馆，但住的都是路边的小宾馆，那些宾馆大多是私人开的，随便就可以住，根本没有房卡。她记得那些宾馆的房子都是用钥匙开的，和自己家里的屋门差不多。她不知道在城里住个宾馆这样麻烦，好在身份证带着，要不然，登记都登记不上。

服务员帮她打开了房子。她进去后不敢出来，怕门锁上再无法进去。她轻手轻脚地在房间走了几圈，对房间的豪华阔绰叹为观止，尤其是那张既平整又宽敞的床更加神往，他觉得这张床比自己家里的床不知要高级多少倍，难怪住一夜三百多元，一个字：值。她摸了摸床单，看了看床垫，躺在床上感受了一下，她感觉太舒服了，心想，如果有一天把女儿带上在这里住上一夜那该多好啊！

李全科终于来了，一进门就说："我给你约的朋友是做建材生意的，很有钱，保证能帮你。"

范玲玲嫣然一笑，说："谢谢你，还是老同学好，要不，我怎么会认识这么有钱的老板呢。"

李全科快乐了，亮着眼睛说："同学是什么你知道吗？同学就是没有血缘的兄妹，得相互关照，相互帮助才对！"

范玲玲更高兴了，她说："你说得太对了，看来当领导的就是和我们老百姓不一样，同样的话从你的嘴里出来就是好听。"

李全科哈哈一笑："当然了，这就叫水平。"

范玲玲笑了笑说："要不，咱先去饭馆，一边点菜一边等吧。"

李全科说："不用，就在这儿等，饭馆人太多，不好说事。这里最好。"

范玲玲说："行，我听你的。"

李全科说："一会儿我还有个会，等他来了，我把他介绍给你，你们谈。"

范玲玲说："谢谢你，看来现在的领导也不好当啊！"

李全科说："是啊，现在的领导确实不好当，白天上班，晚上还得加班，一点闲时间都没有。"他伸出手说，"你把开房子的发票给我，我能报销。"

范玲玲笑着说："不用了，我有钱。"

李全科掏出三百元钱塞到范玲玲的兜里，范玲玲又把钱从兜里掏出来，塞还到李全科手里。

范玲玲说："票还没开哩，开好后我给你就是了，钱我不要。"

李全科一只手拉住范玲玲的胳膊，另一只手又把钱往她的兜里塞，两个人推来让去，李全科的手碰到范玲玲的胸部上，他的手像触了电，瞬间停在了空中。

范玲玲坐回床上，她想起那天在茶楼里发生的情景，脸一下子红了。李全科似乎早已把那天的事忘了，浑身一热就管不住自己。他的眼睛直直地，火辣辣地，好像要喷出火焰。突然，他冲过去一把将范玲玲抱住，并迅速地按倒在床上，不顾一切地翻身上去，他的头遮住了一片阴影，身子压住了中学的那段幻影，三下五除二，干脆利落地就把她的胸掏了出来。紧接着，他高歌猛进，把她的衣服全部扒了下来，硬生生地、迫不及待地拥了进去。

范玲玲没有反抗，但她的心有点发凉，她以为他至少会吻一吻，抚摸一下，说两句暖心的话，再关切地问一下她肚子上的伤疤，但他没有，性的冲动，兽的欲望胀满了他的头脑，也驱使他不顾一切。他现在只有一个愿望，就是尽快把她落实，让自己得到满足。

他打夯似的一下接一下冲撞着，满身大汗。她闭上眼睛，装出了一副享受的样子，虽然心凉，但高级的宾馆，安静的环境还是给她带来了安慰。她想，自己虽然被他轻而易举地占有了，但自己并没有吃亏，因为，自己要利用他，也需要他的帮助，需要他介绍业务，可以说是各取所需罢了，这样一算，她反而觉得划算，并有点沾沾自喜。另外，她认为这样一来，他们的关系就不寻常了，更加密切了，他就可以依仗他办事，办大事了，等她以后有钱，谁敢欺负、谁敢瞧不起，从此以后她可以挺起胸部，堂堂正正地从保险公司的大门进出，再不受业务主管的冷眼、同行的藐视了。再说了，今天的这个事情在门里关着，神不知鬼也不觉，谁都不知道，有什么大不了的！自己只是一个农村妇女，没有后台，也没有别的资本，既然人家喜欢自己，对自己好，自己也不能委屈人家，让人家心寒，应该知恩图报不是？

说起知恩图报，范玲玲的心更凄凉了，她现在要烟没烟，要酒没酒，要钱更没钱，用什么图报呢？只剩下这点本钱了，如果连这点本钱也不愿付出，那还有良心吗！还有，她的男人王大雷对她不好，成天在外边胡逛，瞎折腾，从来不把她当作人，他王大雷能胡整，她也能，有道是恶有恶报，善有善报，不是不报，时候未到，她今天这样做，也算是对他王大雷的一种报复和惩罚吧。另外，作为一个女人，一个风华正茂的女人，她也有自己的需求，也需要男人的关爱，自己好久没有享受过这样的关爱了。

终于，他消停了，像泄了气的皮球瘫在了她的身上。

她没有将他推开，而是用手轻轻地整理了一下他的头发，又擦了擦他的汗珠。这样的做法与其说是关心或者心疼，还不如说是奉承、拍马屁，既然把头磕了，还怕作揖吗？她想通了。

过了一阵子，他挣扎着从她的身上翻下来说："几点了？"

她说："六点半了。"

他说："我约的朋友应该快到了。"说完，一屁股坐起来，光着身子进了卫生间。

她穿好衣服等他出来，等他的朋友到来。

他出来了，基本恢复了人样。他向她笑了笑，拿着手机走了出去。过了一阵儿，他进来说："不好意思，我朋友有点急事不能来了，咱们改天再约吧。"

她的头像被棍子猛击了一下，一阵眩晕，心"咚"的一声跌到了冰窟，与此同时，她感觉自己被他骗了，受到了欺辱。但冷静之后，又碍于同学的情面没有表露出来。

他在她肩膀上拍了拍说:"最近扫黑除恶形势很紧,我就不陪你了,改天我请你吃饭。"

她苦笑了一下,没有言声。

他走了。她的眼泪滚过腮边,噼里啪啦掉在了地上。此时,她的脑子很疼,也很乱,她搞不清李全科是真正地帮她,还是在忽悠她,或者借着帮忙的名义占用她。她的心莫名其妙地又跳了起来。突然,她恨起了自己,恨自己轻浮,恨自己无能,恨自己随随便便和一个男人睡在了一起,一点不知道矜持和廉耻,甚至连一句好话都没得到就被人家拿下了。作为一个女人,虽然已走过了一生中最灿烂的季节,但花还在,花香还在,更应该懂得坚守和自重,怎么会这样放任呢?她仿佛看见有许多人指着鼻子在骂她,骂她是婊子、是野鸡,是不知羞耻的荡妇,简直没有一点自己的尊严。但过了一阵子后,她又反过来想,自己现在活成这个样子,几乎和街头的乞丐差不多,还有什么尊严呢?以自己现在的处境,即是有,又能值几个钱呢?家不是家、人又不像人,到这个分上,人家不嫌弃就不错了,不然,恐怕连一点活头都没有了。

以前,范玲玲在村子也算个门面人物。男人在外边开车子、挣票子,她在家里带孩子,数款子,日子过得既体面,又光灿。尽管后来货运市场萧条了,男人变坏了,但她从没有认为世界有什么问题,只认为家庭发生了改变。自从来到城市跑保险,她高一脚低一脚奔波,东碰西撞,经常头青面肿,灰头灰脑。她一下子明白了,她认为不是自己不努力,而是有钱把人当神活,把钱当纸烧,城里待腻了,跑到乡下找清净。没钱的人把人当牲畜活,天天干活,卖力气,农村里没钱挣,跑到城里当牛做马。那些当官的打一个电话,批一个条子,钱就进了腰包。老百姓流血流汗,一年到头还拿不到工钱。就拿她自己来说,求李全科办点事、介绍个客户都得把身子搭上,搭上就打上呗,倒也无所谓,谁叫她求人家办事呢?问题是你李全科也得讲良心、守诚信啊,享受了,舒服了,把馋解了,得给人家把事情办了是不是?你是答应过的啊,要不然,她也不会这样轻而易举地把自己送给你,你怎么就提起裤子不认人了?再说了,范玲玲现在日子潦草,无以为靠,你们既然是同学、是朋友,又占有了人家,怎能扔下她不管了呢?

范玲玲开始愤恨那些有权有钱的人，也愤恨自己，更愤恨自己的男人王大雷。她认为自己之所以能走到今天的这种地步都是王大雷逼出来的，要不然，她现在和别的女人一样，坐在家里吃香的喝辣的，没事了用化妆品打扮自己，像花儿一样享受阳光，享受春雨……她又痛恨李全科，她恨不得把他杀了，让他小瞧自己，欺负自己……

忽然，范玲玲想起自己的包里还有一包香烟，这烟叫好猫，二十五块钱一包。她原本是用来招待李全科和他带来的客人，客人不来了，她就拿出来抽，给自己解愁、解闷。

以前，范玲玲从来没抽过烟，但她的男人王大雷抽烟。他抽烟她不反对，因为他握着方向盘。据说，抽烟能帮人提神、静气，不会瞌睡，所以，她不但不反对，反而还给他买烟、点烟。另外，抽烟的男人常常能吸引她的目光，不是因为他们长得帅气，而是他们悠然自得的样子，以及那种扑朔迷离、仙仙欲醉的神态常常叫她羡慕和眼馋，甚至有一种想流口水的感觉。现在，一支烟在她纤细文弱的指间燃烧，烟雾在房间里弥漫，一团团、一簇簇、就像一幅迷蒙的画卷，也像一个个心灵的问号，到底是什么，她也说不清楚，也许，还需要斟酌、判断才能寻找出准确的答案。但是，她哪有这样的心情、这样的才能呢？烟是寂寞的，烟又是寂寞的填补，以寂寞填补寂寞，以空虚填补空虚，她现在唯一的愿望就是用抽烟填补寂寞，平息内心的疼痛和空虚。

又一根烟点燃了，她已经被烟雾包裹在了房子。她想和男人一样，把烟全部咽进肚子，又让烟从鼻子冒出来，最后，变成一串串冉冉升起的弧线，在空中飘荡、盘旋，多么美妙啊！但是，她不会，猛吸一口，呛得她咳嗽不止。

就在这时，她的手机响了。她以为是李全科打来的，仔细一看才发现是娘的名字。娘告诉她菲菲病了，让她回来看看。

她的眼泪又下来了，挂了电话往外冲去。

八

雨已经停了，星月找到天空，散发着自己的光亮，城里的万家灯火，把眼前打扮得流光溢彩。

站在宾馆门口，范玲玲心急如焚。此时，她什么都不想了，什么也不计较了，所有的烦恼、委屈被娘的电话驱散得一干二净。现在，她唯一的愿望就是马上回去，回女儿的身边去。

但是，从西阳市通往各县区的班车已经停了，要回去只有坐出租了。范玲玲把手本能地伸进兜里，掏出仅有的五百元钱，心里又陷入悲凉之中。她不知道坐出租回老家需要多少钱，但她知道这里距离自己的老家有八十多公里。她想，兜里的钱坐出租车可能够了，但要回去给女儿看病恐怕还差得很远。怎么办呢？眼下只有一个办法，那就是借。范玲玲把城里和自己有交往的朋友用脑子挨个过滤了一遍，确定有三个人能够帮自己。一个是卖化妆品的同学，另一个是杜涛，再一个就是李全科了。按照目前自己所在的位置，李全科和她的距离最近，也能在最短时间借到钱，可是，当她拿出手机准备拨打李全科的电话时，手僵了。她觉得自己不能给李全科打这个电话，更不能求他，她已经对这个人没什么好感了，想起来就烦，还有点恶心，她不想跟这人打交道，别说向他借钱，就是他把钱送来也不要。那么，又该向谁借这个钱呢？不用问就是卖化妆品的同学和杜涛了。杜涛在城中村做生意，距离她现在的地方太远了，卖化妆品的同学在城里居住，相对来说近一些。所以，为了节约时间，她给她拨去了电话。

电话很快接通了。卖化妆品的同学很热情，和她寒暄了几句就说，保险我是不会买的，你再别提这事了，如果有其他事情我都可以帮。范玲玲有点激动，她顺着同学的话尾，把自己女儿突然生病、急需借钱的意思表达了出来。同学问她要多少？她说两千吧。

电话那边没声音了，她以为同学在给她准备，可过了一会儿同学回复说，自己最近刚进了一批货，手头没那么多的钱，最多只有五百元，让她再想点别的办法。

范玲玲的心里又凉了，虽然很沮丧，但没有办法，因为，这不是她第一次碰壁了，也不是她第一次品尝被人瞧不起的滋味了，碰壁、被瞧不起可以说是她的家常便饭。所以，她顾不上生气，也顾不上多想，他把最后的希望寄托在了杜涛身上。

杜涛接通电话后问她在哪儿？她说在市里。紧接着，她就把女儿生病急需用钱并想马上回老家的事情说了一遍。杜涛让她别急，坐个出租先来他的店里。

挂了电话，范玲玲鼻子一酸，眼眶里不由了自己。她按照杜涛说的叫了一个出租来到杜涛店门口。此时，她发现杜涛的店门已经关了，杜涛站在门口正等着她。

没等出租车停稳，杜涛就拉开车门钻了进来。

范玲玲问："你没开门吗？"

杜涛说："关了。"

范玲玲说："还不到八点，你怎么这么早就关了？"

杜涛说："我也想回家里一趟，刚好咱们是伴儿。"说着，吩咐司机朝他们农村老家的方向驶去。

范玲玲想了想又说："你家也有事吗？"

杜涛说："没事，我心急了，想回去看看。"

范玲玲不知道，杜涛说心急了想回家，实质上是一种借口，他真正的用意是送她回家。他听到她的女儿病了，知道她很着急，很担心，又怕她路上不安全，所以，索性把小吃店的门关了，送她一块回去。

两个多小时后，出租车终于到达了范玲玲娘家的门口。杜涛把手中的一个袋子塞进范玲玲的手里："这里面有五千块钱和孩子爱吃的一些东西，你赶紧去看孩子，如果钱不够再给我打电话。"

范玲玲接过袋子，眼泪又下来了，她一边抹着眼泪，一边对杜涛说："谢谢你，我很快会还你的。"

杜涛说："不急，好好给孩子看病。"说完，回到了出租车里。

出租车在夜幕中消失了，而范玲玲却站在原地久久未动，她朝车远去的方向望着，好像有东西丢在了车上。

菲菲是发高烧引起惊厥。范玲玲回去前医生已经瞧过了，服了药，也挂了吊瓶，刚刚睡着了。范玲玲和娘说了一阵子话儿，用热水给菲菲擦了脸、额头和腋窝。菲菲醒了，看见妈妈扑了过去，"哇"的一声哭了。

范玲玲哽咽着没有说话，她紧紧地把女儿搂在怀里，眼泪也喷涌了出来，并从她的脸上流到了女儿的脸上，最后，与女儿的眼泪交织在一起，流在了娘的炕上。

那一夜，范玲玲躺在女儿身边没有合眼。她已经好长时间没有和女儿在一起了，她很伤心，也很内疚，觉得欠女儿的太多了。她想了很多，恨了很多，最后决定再不离开女儿了，再不让女儿过那种无爹无娘的日子了。

在妈妈的身边，菲菲睡得很甜，很香，梦乡里都在笑着，半张的小嘴还淌出了口水。范玲玲静静地看着，不停地抚摸着，又伸出自己的嘴，轻轻地在女儿的小嘴上亲了一口。范玲玲好久没有亲过女儿了，当她把自己的嘴凑到女儿的嘴上时，心里竟有点紧张和害怕。

次日一早，范玲玲接到杜涛发来的短信，问孩子咋样？她回复说不要紧。杜涛回了一个笑脸，没再吭声。

吃过早饭，范玲玲把女儿带到镇上的卫生院又挂了一次针，直到第三天确认菲菲的病好彻底后心里才踏实了下来。她没有立即回到市里，也没有再跑业务，一直在娘家陪着孩子。单位上周一的例会她也没去参加，经理打电话问她，她谎称病了。

这些天是菲菲最开心的日子，也是范玲玲最愉快的日子。菲菲除了去幼儿园，其余时间都和范玲玲在一起，形影不离。范玲玲也俨然把自己当成这个家的主人，除了做饭、洗衣服、打扫卫生，有时候还到田野里帮娘家干点农活。她心情好多了，已经把那些不愉快的事情忘记了。

九

在娘的劝导下，范玲玲带着菲菲回到了自己的家里。王大雷看见她娘儿俩进了家门，一下子得意起来，舌头一抬弹出一句："混不动啦？"

范玲玲没有说话，径直进了屋子。只有菲菲用目光狠狠地挖了王大雷一眼。

不管怎么说，菲菲是王大雷的闺女，菲菲不在的时候，王大雷也很想她，他多次想去丈人家把菲菲接回来亲热亲热，可自知理亏，没脸进丈人家门，只能把念头打消了。他和丈人家同在一个村子，无论哪边有什么风吹草动，都会传递到对方的家里，只是丈人家的人老实、本分，没人和他计较，这也无形中助长了他的嚣张和霸行。

其实，王大雷很寂寞也很孤单，实在没办法了只能去喝酒。酒是好东西，能让人忘记烦恼、忘记忧愁。喝了酒再睡一觉，什么烦恼和忧愁就没有了，也就不想菲菲了。因此，他多次用酒浇灌自己、麻痹自己。

为了讨好菲菲，王大雷专门到商店里买了点好吃的。但菲菲并不买他的账，把他的东西丢到了一边。王大雷拿菲菲没办法，只好扭头走人，中午饭也没吃。

晚上，范玲玲早早和菲菲睡下了。朦胧中，她感觉有人在扯动她的内裤，等她醒来时，王大雷已经趴在了她的肚子上。她想反抗，又怕惊醒身边的女儿，所以，狠狠地瞪了王大雷一眼，咬着牙，闭上眼睛，任他折腾。没想到这家伙没完没了，一连折腾了几次，每一次都像初婚时那样勇猛有力。范玲玲想，他怎么了，哪来的这么大的劲头？琢磨来琢磨去，琢磨出了两个可能。第一个可能是他没钱了，干灯吹火，在外边混不动了，不得不在她的身上发泄。另一个可能是他后悔了，想讨好她，但又碍于面子说不出口，用这种间接的方式献殷勤。那么，到底是哪一种可能呢？她自己也说不清，也许是第一个，也许是第二个，也许两个都有。想到这里，她一边佯装应承，一边暗暗骂道：狗日的，不要脸，不是很威风么，现在怎么绿得和菠菜一样了。

次日早晨，范玲玲早早起来做了点饭吃了就龙头上洗衣服。王大雷因劳动强度大，躺在床上没有起来，等他起来后，锅里的饭没有了。他一生气，火就蹿上来了，冲着范玲玲劈头就骂："我把你这个没良心的，我好心好意把你俩收留下，你竟然连一碗饭都没给我留……"说着，就举起了巴掌，但晃了几下没落下去。

范玲玲没有理他，依然洗自己的衣服。

王大雷讨了个没趣，朝门外走去。

晚上，范玲玲依旧挨女儿睡着，王大雷依旧骑在她的身上，这一夜，他只进行了一次就安静了，范玲玲反倒睡了一个好觉。

第三天，范玲玲先送菲菲到幼儿园。回来后才给自己做饭，她考虑了半天，还是多添了一瓢水。王大雷起来后见锅里有饭，不管三七二十一，盛在碗里就吃，并一边吃一边唧唧哼哼地唱了起来。范玲玲听后，觉得既好笑又可悲。

过了一个星期，范玲玲发现王大雷已经不太往外边跑了，就把菲菲交给他回西阳市了。她先去杜涛那里表达了谢意，然后回自己租住的屋子。此时，季节正值深秋，绵绵的雨水让她的屋子格外潮湿，加上好长时间没开门窗，里面出现了一股难闻的霉味。她打开门窗，把被褥晒在太阳下面，又把床单和被罩摘下来洗了一遍，最后才想起做饭。杜涛知道范玲玲好多天没有开灶，也知道她的屋里没有什么，打电话叫她来店里吃饭，范玲玲觉得不好意思，推辞了。杜涛没有办法，只好作罢。

范玲玲继续跑自己的业务，但半月过去依旧没有成绩。一天，年轻的经理冲着她说："你知道吗？因为你没有单子，拖住了大家后腿，大家连奖金都领不到。"

范玲玲看了经理一眼，脸上堆满了谦卑和愧疚，她恳求经理说："请您再宽限几天，如果再拿不来单子，我辞职。"

业务经理眼睛一斜，不屑地说："好，这可是你说的，我等你的好信儿！"

范玲玲没想到她随口一句应付，竟然成了对公司的一个承诺。她在公司的大门外站了好一阵子，瞧来瞧去不知往哪里走。晚上，她来到杜涛的店门外徘徊了很久，见客人走完了，才走了进去。杜涛高兴极了，赶紧让她坐下，紧接着要给她做饭。

范玲玲说自己不吃，也不想吃。杜涛问她怎么了？范玲玲含着眼泪把自己跑保险这多半年来遇到的风风雨雨、酸甜苦辣给杜涛说了一遍。

杜涛听了后非常惊讶："我以为你跑得不错，没想到连一个单子也没签下。"

范玲玲低下头说："我不来你这里的原因，就是因为没有成绩，没脸见你！"

杜涛说："实在干不成了，辞了算了！"

范玲玲说："我付出了那么多，又赔了那么多，我想一定会成功的，而且有几个人都答应了，可是，签单子时又突然变了。"

杜涛问："你平常咋生活哩？"

范玲玲说："我过去还攒了几个钱，另外，保险公司每月也有点补助，现在都花光了。"

杜涛问："你往后有啥打算？"

范玲玲说："我也不知道。"

杜涛正在绞尽脑汁地思索。范玲玲又抽泣开了,她说:"我今晚来没有别的意思,就是想告诉你,你借我的钱我暂时还不上,希望你能谅解!"

杜涛从纸盒抽了一张纸递到她的手里,安慰说:"我不急,你先把饭吃了,吃了饭咱再想办法?"

范玲玲一边擦眼泪,一边说:"如果我这月再没有业绩,就被辞退了。"

杜涛听了后转了两圈,突然说:"这样吧,我正好想办保险,我没时间,你就帮我办一下。"

范玲玲一听杜涛要办保险,一下子高兴起来。她抬起头,激动地问道:"你想办哪种保险?"

杜涛说:"随便吧,你看哪个合适就办哪个吧!"

范玲玲想了想,突然问道:"你不会是为了帮我完任务才办的吧?"

杜涛笑了笑说:"不是,我早都想办了,只是太忙,没有顾上。"

范玲玲笑得更灿烂了。半年多了,杜涛从来没有见到她这样开心,这样高兴。

第二天,范玲玲就和杜涛签了一个两万元"两全保险"合同,送到了公司。

为了感谢杜涛,范玲玲特意给杜涛买了一件羊毛衫。杜涛见范玲玲是诚心的,就收了下来,但一次都没有穿。范玲玲问他为什么不穿,他说自己整天和油烟打交道,怕弄脏了不好洗。

因为有了一个单子,范玲玲已经不像原来那样狼狈了。晚上,她没事了又来杜涛的店里,杜涛忙时她帮上一把,不忙了在一起聊天,逗开心。

转眼间到了冬季,王大雷的车突然有活了。范玲玲只好扔下自己的业务回家里照顾菲菲了。

一天晚上,范玲玲正和菲菲吃饭,王大雷回来了,一进门就黑风罩脸地朝卧室走去。范玲玲不知道啥事儿,懒得去问,继续和菲菲吃饭。过了一阵儿,王大雷走到范玲玲跟前问:"我的驾驶证哪里去了?"

范玲玲头也不抬:"我哪里知道!"

王大雷瞪大眼睛说:"我就放在家里,你不知道谁知道?"

范玲玲没好气地回答:"你的家多了,这个家我没看见。"

王大雷气坏了,举起拳头说:"我看你的皮又痒得很是不是?"话音未落,只听见"啪"的一声，他打了一个趔趄，差点倒在地上。

范玲玲回头一看，只见菲菲拎着一个笤帚站在她的旁边，俨然一个威武霸气的警卫员。王大雷一只手捂着后脑，一只手夺过菲菲手中的笤帚说："我把你这个崽娃子，竟敢打你的老子，看我咋收拾你。"笤帚在空中晃了半天，就是不见下来。

菲菲怒目圆睁，一手叉腰，一手指着王大雷说："你以后再敢打我妈妈，我就打你！"

王大雷的嘴里支吾了半天，也没支吾出什么，最后，把笤帚往地上一扔，转身而去。

范玲玲乐了，一把将菲菲揽在怀里："你干得好，这下，妈妈再不怕你爸爸了。"

菲菲挺着胸脯骄傲地说："有我，不怕他！"

十

自从挨了菲菲一笤帚后，王大雷老实多了。他不是怕菲菲，也不是怕自己再挨笤帚，他是怕这种事情传出去叫人笑话。当老子的让女儿教训了一顿，你说丢人不丢人？

其实，菲菲也根本没有把王大雷打成什么样子。五岁的小女孩，手上能有多大力气，别说她拿的是一把笤帚，就是一根棍子也把王大雷打不下什么。王大雷壮得和牛一样，牛挨鞭子还耕地哩，他挨一笤帚算得了啥？问题是这一笤帚不是别人打的，是自己女儿打的，这说明了什么？说明自己在这家里犯了众怒，成了众矢之的，连孩子都看不惯了。现在的他已经不是几年前的他了，腰包蔫下了，手里没钱了，已经不能给这个家庭带来什么了，也等于没有多大的地位了。从前那种唯我独尊、专横跋扈的时代已经过去了，既然如此，还有什么理由、什么资格去指责别人、打骂媳妇呢？媳妇和自己结婚十年了，每天起早贪黑给他做饭、洗衣服、铺床被、暖被窝，为了给自己生一个孩子，还做了一次宫外孕手术，差点把命都赔进去。尽管这样，还是挣扎着给他生了一个孩子，应该说没有功劳也有苦劳吧，自己凭啥动不动就骂，动不动就打她呢？人家也是娘养的，有人爱有人疼，有骨头也有肉，难道她的骨头贱，肉不值钱吗？既然这样，当初自己为啥要娶人家呢？

王大雷没事的时候在反思自己，他反思多次之后，就感觉自己的做法确实不对。想当初，他王大雷也是村子里人见人夸的小伙子，自己脸上有光，父母也很骄傲，就连村上书记村长见了他毕恭毕敬，老远就和他打招呼。其他一些有头有脸的人物就更不用说了，经常和他套近乎，交朋友。可这两年不同了，家里懒散了，朋友没有了，许多人见了他都不理睬，甚至躲着他走。还有人还把他和社会混混、二流子一样看待，背地里骂他他听不见，当面诋毁他的也不在少数。有一次，村上一个老人当面指责他，说他一个大男人，屁大点本事都没有，就知道欺负自己的女人。他听了很气愤，真想反骂几句，可是，他怎么也拿不出勇气。为啥呀？人家说得对，是事实啊，他没法狡辩，也无理狡辩，如果硬要跟人家胡搅蛮缠，只会招来更多的麻烦。

以前，王大雷的家也是村里的好人家，有一年，村上还给大门上挂了一块"幸福家庭"的牌子。现在，这块牌子虽然还在大门上挂着，但退了漆，蒙上了灰尘。范玲玲和菲菲在家的时候虽说生气，但烟筒还会冒烟，门口也有人打扫。范玲玲和菲菲一走，屋子立马像没有和尚的庙宇一样沉寂了下来。屋子没人管，垃圾没人倒，院子里的草长得比膝盖还高，就连他的衣服也像油葫芦一样光溜溜的，洗衣机塞不下了，只能堆在沙发上发臭。而这，只是一些表面上的事情，最要紧的是嘴巴几乎挂起来了。因为不会做饭，灶膛的火也没生过，一天三顿都是方便面，脸上瘦了一圈，身上的肉也掉了七八斤。王大雷的父母就住在隔壁，老人家明知道儿媳妇不在，偏不叫王大雷过去吃饭，为啥呀？用老人家的话说：活该！谁叫他不学好，胡乱逛，干那些没屁眼的事情呢？另外，老天对他也给予了应有的惩罚，这种惩罚不仅仅是在他的吃上、穿上，还有他别的地方。晚上，天上的月亮亮得像个银盘，挂在树上刺眼窝，别人的家里老婆娃娃热炕头，尽享天伦之乐，而他，和个孤鬼差不多，一个人躺在床上，没人和他说话，没人给他暖床。去城里撒野，兜里没钱，没钱就只能憋着。王大雷比谁都清楚，城里那些地方的女人可不是自己的媳妇，不管你过去对她多好，给她了多少钱，她们永远不记，她们只看当下，只认现在，当场交易，从不拖欠。没有钱就得靠边站，别说沾不上边，连摸也别想摸上一下。这么一算，自己的媳妇还是划算，不要钱不说，也不讲什么条件，啥时候想用就啥时候用，一次不过瘾，还可以来第二次、第三次，直到尽兴为止。

想到这里，王大雷一下子懊悔起来，他虽然没有流泪，但泪水已在眼眶里旋转了起来。他暗暗发誓，一定要洗心革面，痛改前非，早早地回到自己的家里，回到属于自己的世界里。

十一

这段日子，范玲玲在家里除了做饭、接送孩子，有时间还出去跑保险。她已经把业务从城市转移到了农村，虽然没有多大的收获，但花销少。

一天下午，王大雷结了运费后，给自己留了点吃饭、买烟和给车加油的钱，剩下的全部拿回了家里。当时，范玲玲正在厨房做饭。他不知怎样把钱递到范玲玲的手里，正在苦恼，突然想到了菲菲，他知道菲菲是家庭的桥梁，只有这个桥梁才能把他和范玲玲连在一起。于是，他灵机一动，大步流星地朝幼儿园奔去。

菲菲见了王大雷，不是惊喜，而是疑惑，她环顾了一下周围问："我妈妈又去市上了吗？"

"没有，在家做饭哩。"王大雷解释说。

"她怎么不来接我？"菲菲又问。

"爸爸接不是一样吗？"王大雷说。

"不一样！"菲菲嘟着嘴说。

"怎么不一样？"王大雷问。

"爸爸不好，妈妈好！"菲菲说完，潸然欲泪。

王大雷顿觉鼻酸，眼眶不由得也湿润起来。他慢慢地蹲下身子，紧紧地把菲菲抱在怀里，捂着鼻子哽咽着说："是爸爸不好，爸爸以后再不打你妈妈了，爸爸向你保证！"

"是吗？你说话要算数。"菲菲说。

"我一定算数。"王大雷说。

"咱们拉钩。"菲菲高兴了，伸出了自己的小拇指。

"拉钩上吊，一百年不许变！"父女俩的小指拉着小指，一齐发誓。

王大雷领着菲菲回到家里，范玲玲已经把饭菜端到了桌子上。王大雷没有急着吃饭，而是把菲菲叫到一边，从兜里掏出一个信封塞到她手里说："这是爸爸挣的钱，你给妈妈拿去。"

菲菲接过来，飞快地送到范玲玲的手里，范玲玲问菲菲："谁给你的？"

"爸爸让我给你的！"菲菲高兴地说，"妈妈，咱们有钱了，过年要给我买新衣服！"

范玲玲点了点头，又把菲菲揽进怀里。此时，晚霞落进她们院子，红红的、艳艳的。

临近年关，村子里洋溢着逐日高涨的喜庆气氛。

一天上午，王大雷又把结算的运费拿回了家中。不过，这次他没让菲菲代替他给范玲玲，而是直接放到了范玲玲的面前。范玲玲数了数，整整一万，比上一次还多了两千。她顺手抽了一沓塞到王大雷手里说："快过年了，给自己买身衣服。"

王大雷把钱还给范玲玲说："山西那边修高速，我明天就去那里运砂料，不在家里过年了。"

范玲玲睁大眼睛："过了年去不行吗？"

王大雷说："不行，那边活紧，不能耽误，你和菲菲好好过吧，你放心，只要结了账，我就把钱打回来。"

范玲玲扯动了一下嘴皮，什么也没说出来，她头一低，不争气的眼泪就滚了出来。她回到屋子把自己收拾了一下，然后进了县城，给王大雷买了一身棉衣和一双鞋，回到家里后天已经黑了。

王大雷穿上羽绒服，一边试一边说："今年冬天没有雪，不冷。"

范玲玲瞪着眼睛说："干冬湿年你知道吗？前半冬不下雪，后半冬肯定下雪，再说了，山西比咱这里冷，你一定要保护好身体。"

王大雷没有再说什么，穿着羽绒服笑了起来。范玲玲也挑起了眉毛。可以看出，这样的笑是会心的，幸福的。

那一夜，范玲玲把女儿安顿到另一张床上，早早和王大雷躺下了。三年了，他们一直分居在两个屋子，中间虽然只隔着一道墙，但心却离得很远。偶尔想起，内心涌动的不是幸福、温暖，而是厌恶和愤恨。这个夜里，她主动躺在他的身边，主动钻进了他的怀里，她的心里五味杂陈，她感觉自己又进了洞房，进入了一个新的世界……

王大雷当然不会放过这个机会，他理直气壮地行使了一个男人的义务，之后，就瘫在一边打起了呼噜。而范玲玲却怎么也睡不着，她几次起身，帮他把被子盖好，又把手伸过去，紧紧地将他搂住……

十二

除夕的晚上，范玲玲正在厨房里做年夜饭，菲菲迫不及待地穿上新衣在院子雀跃。突然，范玲玲的手机亮了，她打开一看，只见屏幕上闪现出王大雷发来的两个红包，红包上的还有四个大字"新年快乐"！

范玲玲来不及打开红包，赶紧回复："新年快乐！"随后又加了一句，"天冷，多穿点衣服！"

很快，王大雷回复："今年冬天没有雪，不冷！"

"对，今年冬天没有雪，不冷。"范玲玲重复着发了过去。不知不觉中，她的手抖了起来，眼睛也湿润起来。

正在这时，村子响起了爆竹声，燃起了烟花，噼里啪啦的爆竹和绚丽多彩的烟花一次次升上天空，把村子的欢乐放大，也把范玲玲幸福的脸庞放大。

范玲玲忽然觉得，这些爆竹和烟花不是为新年燃放的，而是为自己燃放的。

迷 茫

一

吴倩倩大学毕业前的最后一个晚上，郑重地在日记里写道："枯燥而漫长的读书生活终于过去了，我可以长长地舒上一口气了。明天，我就要离开这里，开启我新的人生，我希望一路阳光一路景，一歌声一路笑……"

然而，当她把所有的书本烧掉，满怀饱满的热情来到社会，准备用自己的知识实现自己的梦想、生命的价值时，却遭遇了一次又一次的烦心和困惑。也许，是她时运真的没到来吧，她先后走进的三家企业没一家是满意的，第一家太忙，整天加班加点，她吃不消。第二家专业错位，发挥不出自己的作用。第三家效益太低，有时连工资都发不出。所以，吴倩倩只能拜拜了。

有朋友建议她去沿海城市发展。她去了，结果又回来了。不是她没有能力，而是那边的气候不欢迎她。皮肤发痒不说，脸蛋上还长了一堆红豆。你说一个大姑娘家仙姿佚貌、如花似玉，扛一脸这玩意儿叫什么事儿？得，此处不留人，自有留人处，还是回自己的大西北吧，这地方高天厚土，钟灵毓秀，虽说不怎么发达，但也饿不死人。

掂量了轻重，算计过得失，吴倩倩回来了。她瞧不上家乡那个偏僻的县城，依旧把发展的目标锁定在省城。

下了火车，吴倩倩先给以前的房东家打了个电话，希望能继续租住过去的房子。但房东告诉她房子已经租出去了，再没有了。没办法，她只能先找家宾馆住下，然后，再寻找新的住处。

　　吴倩倩白天跑出去找房子，晚上在手机上查信息，眼看一个星期过去了，还没有找到令她满意的房子。价格低一点的环境差，没法住。稍微好一点的价格高，住不起。有一天，她好不容易找到一个像样点的房子，但没有热水。不行，女孩子是属"水"的，没有热水根本不行。

　　一天晚上，吴倩倩正躺在宾馆发愁，忽然，一个人从脑海里蹦了出来。这人叫康健，军人出身，甘肃静宁人。在西安当了三年兵，退伍后留下来一直打工。小伙子人很实在，只是相貌黑了一点，吴倩倩和康健之所以能够相识，缘于一次碰撞，确切地说是一次吵架。

　　那是两年前的一个中午，天阴着脸，一副将要哭的样子。吴倩倩下班后和同事去街道上的饭馆吃饭，屁股刚放在座位上，就被一个服务生端的盘子撞在了身上，最终，盘子摔碎了，菜汤洒了吴倩倩一肩膀。吴倩倩很恼火，立马和服务生吵了起来。后来，在饭店经理的调和下才息事宁人。当时，那个端盘子的服务生就是康健。

　　按说，事情过去后就算完了，谁料冤家路窄，吴倩倩竟然在自己的公司碰到了康健。原来，康健正是因为撞吴倩倩的事情被饭馆的老板解雇了，来这家公司当了装卸工。由于愧疚，康健见到吴倩倩很不自在，头也不抬。后来，两个人见面的次数多了，也就不计较了，吴倩倩身边没有家人，偶尔遇到力气活需要帮忙，康健随叫随到。慢慢地，吴倩倩对康健不但不恨了，反倒还有了好感，并成了要好的朋友。没事的时候，两个人一起吃饭，一起逛街。再后来，吴倩倩跳槽了，两个人见面就少了，更多的时候都是通过电话聊聊天，拉拉话。想到这里，吴倩倩快乐起来，拿起手机立马给康健拨了过去。

　　吴倩倩说："康健，你在哪儿？"

　　康健说："老地方啊。"

　　吴倩倩说："我没地方住了，你能帮我找个房子吗？"

　　康健说："你原来住的房子呢？"

　　吴倩倩说："我去了一趟广州后，房东租别人了。"

　　康健说："你现在哪儿？"

　　吴倩倩说："宾馆。"

康健没有说话，也没有挂电话。

吴倩倩是个急性子，等了半天没有声音就喊叫起来："喂，你咋啦？干吗不说话呀？"

康健这才吞吞吐吐地说："我帮你找找。"

三天后，康健到宾馆对吴倩倩说："对不起，房子没有找下。"

吴倩倩虽然很失望，但没有埋怨，她安慰说："没事，我知道你尽力了。"

康健问："你打算咋办呀？"

吴倩倩说："再找找看呗，实在找不下只能住高价了，不管怎么，都要比宾馆便宜。"

康健低下头，没有吭声。又过了一会儿，他支支吾吾地说："原来和我合租的那个小伙子回家去了，现在，我一个人住，如果你不介意，先搬我那里住几天，等你把房子找到好了搬出去也行。"

吴倩倩眼睛先是一亮，接着又滴溜溜地转了起来，她说："你啥意思？"

康健嘟着嘴说："我没啥意思，就是想给你省点钱……你不住就算了，等于我没说。"说完起身要走。

吴倩倩把拉住康健，按在凳子上说："你给我坐下。"

康健看了吴倩倩一眼，摇摇头又回到了坐过的凳子上。

其实，吴倩倩知道康健是为了她好，更何况男女合租的多了，不是啥稀罕的事儿，之所以会出现这种现象，因为很简单，就是房租太贵了，一个人负担不起。再说了，租房子的大多是外地来打工者，挣个钱不容易，出力气、流汗不说，有时候还得流泪、流血。要是把挣来的钱全交了房租，岂不是让血汗白流了吗？吴倩倩这么一想，心里更豁亮了，她倒了一杯水递到康健手里，又在房子走了个来回问："你的房子几个卧室？"

康健说："一室一厅一卫。"

吴倩倩说："我搬过去也行，但你要答应我一个条件？"

康健没好气地说："你说！"

吴倩倩抿了抿嘴唇，眨了眨眼说："房子我也不找了，就和你住，不过我住卧室，你住客厅，房租费一人一半。"

康健扑哧一声笑了，随后又苦着脸说："看来，吃屎的把拉屎的顾住了，看在咱们朋友的分上，我答应你。"

吴倩倩又补充说："你还不能欺负我。"

康健说："放心，我不欺负你的。"

吴倩倩笑了，与康健击掌为约。

当即，吴倩倩退了宾馆，跟康健去了他的住处。走到后，康健把自己的被褥从卧室搬到客厅，让吴倩倩住了进去。

最初几个晚上，吴倩倩警惕性很高，吃过饭就进了卧室，她很少和康健拉话，也很少在客厅逗留，进卧室后立马把门反锁起来，睡觉时不关灯，也不脱衣。过了几天，吴倩倩发现康健老实，没有什么坏心眼，便放松了下来。又过了几天，吴倩倩又发现康健不但老实，还会体贴人，知道她没工作没收入，不但买油买菜，还主动做饭。吴倩倩有点不好意思，几次趁康健不在把东西买回来，反倒遭到了康健的训斥，这样，只能把屋子里打扫干净，顺便把康健的衣服洗了。

二

吴倩倩终于找到了工作。

一天上午，吴倩倩正房里玩手机，忽然，一条招聘信息从朋友圈弹了出来。仔细浏览后才知道是一家新闻媒体的驻外记者站招聘工作人员。吴倩倩心想自己反正没事干，去试一试吧，不料，竟然被录用了。

对于吴倩倩的这份工作，康健没说好，也没说不好，他只用四个字表达了自己的意见：祝你好运。吴倩倩没有细细琢磨其中的意思，简单地做了一下准备就上班了。

记者站设在国际世贸大厦二十八楼。吴倩倩走进前有点担忧，她没有担心工资，而是担心自己能不能胜任这份工作，毕竟，这一行她从来没有干过，她怕活干不好，过几天又得走人！然而，当她真正地融入之后，才发现这工作并不难干，甚至还很轻松。

记者站一共五人，一个站长和四名员工。站长是男的，四十多岁。另外还有两男的和一个女的，年龄比自己大不了多少。男的一个姓张、一个姓董，他们在一个办公室，不但要采写新闻，还承担一些经营任务。那个女的姓李，比她大，她叫她李姐，她们俩同在一室，任务是在网站上推送稿件，搜集新闻线索。

吴倩倩刚来时不知道什么是新闻线索，过了几天就知道了。原来，所谓的线索就是在网络论坛或微信微博中寻找爆料信息，通过筛选成为采访的依据。比如某单位的违规违法事件；个别领导的贪污腐败行为；明星大腕的个人隐私等都属于新闻线索。如果检测到这类的信息，她必须在第一时间向站长汇报，如果确有价值，站长会安排小张和小董前去采访。

吴倩倩很珍惜这份工作，她很想用自己的表现来证明自己的能力。有一天，她在微博里看到一条爆料，称一家民营医院的医生给患者做手术时，竟然把纱布忘在了患者体内，导致患者腹腔感染、高烧不止，最后，不得不再次手术。吴倩倩知道这是一个好线索，第一时间给站长进行了汇报。站长只回答她一个字："好！"就让她回办公室了。两天后，吴倩倩没看到有稿子出来，很纳闷，又不好去问站长，试探着问了一下李姐，李姐告诉她，如果咱们的线索写成稿子发出去了就不是好线索，好线索是发不出稿子的。吴倩倩问原因？李姐说变成效益了。吴倩倩还不明白，想再问究竟，李姐说：这是秘密，不能泄漏，时间一长你就知道了。

果然，到了月底，站长把吴倩倩叫了过去，除了五千元工资，还发了她一千元奖金。

吴倩倩非常高兴，回住处没有做饭，拉康健要去餐馆庆贺。康健不但不去，还拦住她不让去。吴倩倩生气地说："我挣了钱你不高兴啊？"康健说："我当然高兴。"吴倩倩说："那为什么不去？"康健说："你看，咱都是农村来的，挣点钱不容易，能不花就不花，将来咱用钱的地方多着哩。"吴倩倩不爱听，反驳说："农村来的咋啦？就不能活得高兴一点？"康健没有回答，但就是不去。吴倩倩没办法，只好变一个方式说："要不，那咱买点菜自己做，这样也省钱！"康健脸上由阴变晴，两个人立马上街，顺便还提了一瓶白酒。

吴倩倩让康健歇着，亲自下厨。这时的她俨然一个家庭的主妇，锅碗瓢盆在她指挥下演奏着清脆的乐章。她知道康健爱吃辣子鸡，所以，先把买来的白条鸡洗净后剁成块，加了点葱姜蒜辣椒和老抽焖在锅里。然后在另一个锅里烧上油炸了点土豆。吴倩倩父母开过食堂，她见过辣子鸡的做法，虽然自己当时还在上中学，但对做这道菜的做法比较了解。她记得她家辣子鸡叫大盘辣子鸡，是爸爸去新疆学来的，一个三斤半的白条鸡做一大盘，再加上油炸的土豆块，客人都喜欢吃。吃完鸡块和土豆，再下一碗白皮面，白皮面光滑、筋道与辣子鸡浓郁的香融为一体好吃极了。吴倩倩不爱吃盘子里的鸡肉，却爱吃里边的白皮面，每次家里吃这道菜时她都是等到后边，有时候去厨房自己下面……她一边做一边给康健讲，不知不觉流下了口水。

不多工夫，辣子鸡就做好了，加上其他几个菜，饭桌上一下子摆满了。吴倩倩取来两个纸杯倒上酒，把其中一杯递到康健的手里，自己端起一杯说："来，为我们有钱干杯。"康健笑了，端起酒一口灌进了肚子。吴倩倩一把抓住他的胳膊说："别着急，祝贺一下再喝。"康健沉思了一会儿，往杯子添了点酒说："祝贺你，倩倩。"吴倩倩快乐了，喜悦的神色从脸上洋溢到了全身，她用自己的酒杯碰了一下康健的酒杯得意地说："这还像人说的，但愿你也能多挣钱，将来请我吃饭。"康健苦着脸说："这辈子恐怕不行了。"吴倩倩问："为什么？"康健说："你想，咱是个装卸工，靠力气挣钱，到现在连个媳妇都没有，哪有钱请客吃饭呢？等你有了男朋友，让他请你。"吴倩倩心里顿觉苦涩，但为了让快乐的气氛延续，她挣扎着笑了笑说："你一定会有钱的！来，咱们吃菜。"说着，把一块鸡肉夹在康健的碗里。

跟吴倩倩相比，康健更糟。他的家住在山圪佬里，干旱少雨，地薄人稀，全家五口人守着四间平房和两孔窑洞。康健的父母都是地地道道的农民，除了刨土地种庄稼再不会干啥。奶奶七十多岁了，因为瘫痪，躺在炕上起不了身子。另外，康健还有个小三岁的弟弟也是光棍。对此，康健急，康健的父母也急，但没有办法！如今这社会女孩子找对象不看人，先打听城里有没有房子，如果有，啥都好说，如果没有，啥都等于零。所以，没钱的小伙子最好啥都别想，想也是瞎想、白想，只有糊里糊涂，或许能安然一点，不然，夜里连觉都睡不着。

但康健是个男人，有血有肉，有情有感，他和其他的男人一样也有自己的需求，他多么希望身边有个女人能疼他、能爱他，永远和他在一起啊！他没有，他只能忍。

这些年，康健当过小区的保安、饭店的服务生，在街头散发过广告传单，还骑三轮车卖过菜、搞过货运，最后才进企业当了装卸工。装卸工这活虽然累，但相对稳定，一月四千多元的收入虽然不多，比起弟弟的两千多元可以说是天上地下了。所以，他很爱这个工作，经常加班加点，只要有钱挣，不睡觉也心甘情愿。他每月的工资除了给自己留点用的，剩余的全部打在了父亲的卡上。在康健眼里，吴倩倩也是个打工的，之所以挣得比他多，并不是她多么能干，而是她运气好，长得好看。通过多年的城市生活，康健深深体会到，女孩子的漂亮就是资本，有了这样的资本，办事顺当，挣钱也容易。

其实，不光康健这么认为，吴倩倩也是这么认为。她来记者站几个月来，工资虽然没涨，但奖金月月增加，最多的一个月竟然拿到了三千元。吴倩倩不知道其他同事拿了多少，她没问，站长也不让问，她总觉得自己是最多的，不然，外边有个会议呀活动呀站长总喜欢带她参加，甚至安排她参加。每次参加完后几乎不会空手，除了一些小纪念品、小礼物外，偶尔还领个红包、挣个车马费，更重要的是她感觉自己的身价高了，和过去不一样了。

当然，站长也偶尔带她和朋友吃饭。她发现和站长吃饭的人都不是一般人，有政府官员，也有企业老板，有媒体同行，还有明星大腕。吃饭的地方也都是一些有档次的酒店或者高级会所。不管在什地方，只要站长到场，大多都坐在主宾位置。那些平日里吆三喝四、耀武扬威的人物在站长面前像孙子一样，一个个毕恭毕敬、点头哈腰。当然了，这些人对自己很尊重，每每这样她反倒有点不太自在。而站长从不拘谨，他非常从容，只要有人敬酒，他都会应承下来，并把微笑挂在该挂的位置。

三

没事的时候，吴倩倩喜欢站在办公室的窗前远望，尽管她的目光常常被堆积的高楼、伸着长臂的塔吊以及高架桥等建筑物阻挡，但她还是经常去看，去瞧。她觉得自己往窗前一站，眼睛就亮了，心就畅快了，所有的烦恼就消散了。她有时也会想起自己的家，想起自己的父母和兄妹，想起曾经和自己一起读书、玩乐的同学和朋友。每到这个时候，她的眼眶就湿润起来，心里便有了一种急欲回家的冲动，那样的冲动既焦渴，又迫切，折腾得她久久不能安静。她甚至想变成一只鸟，插上翅膀飞回去，高高兴兴地和家里人坐在一起，聊聊天，吃个饭，对，就吃家乡的臊子面。吃过了再去田野、读过书的学校看一看。吴倩倩好多年没在家乡转过了，她已经不知道家乡变成啥样子？但她却记得家乡的天很蓝，蓝得像染了的一样，家乡的水很清，清得能照见人的影子。如果可能的话，她还想爬上家乡的山头，让火红的太阳晒一晒，让清凉的风吹一吹，最后，顺便挖点家乡的野菜，采点家乡的花朵带回城里，慢慢地吃，慢慢地看。可是，她的这一想法立马被驳回了，因为她有工作、有事业、有自己的理想和追求。为了这个理想和追求，她从小学读到中学，又从中学读到大学，整整奋斗了二十多年。现在，她终于熬出来了，刚刚稳定，暂时不能回去，必须安心地干下去。

当然，话说回来，家乡再好也比不上大都市好。吴倩倩虽然热爱家乡，怀念家乡，但她的梦想还是在都市里，虽然都市给她带去了许多烦恼、困惑甚至迷茫和泪水，但她还是爱，还是向往。因为，都市里毕竟繁荣、高贵、发达，能满足虚荣，给人希望，激发出内在的能动和力量，这都是家乡不会有的。何况，她已经从过去的郁闷中走了出来，走上了一条属于自己的阳光大道。她现在心情好，信心足，除了一份满意的工作之外，还源于有一个知心的朋友，这朋友就是康健。自从她和康健住在一起，康健就把她当成妹妹一样呵护，别看他大手大脚粗里粗气的，心里其实很温柔，也很细腻，屋子只要他在，她就觉得安全、觉得快乐。更重要的是他不和她争嘴，不和她吵架，事事都顺从她，按她的意思去做，从不让她生气，受委屈，他总是在她需要的时候出现，不需要的时候消失。另外，他嘴不油、话不甜，始终保持着对她的尊重和忠诚，没有一点让她担心的地方。有几次吴倩倩睡觉时故意把门虚掩着，康健也不进来。还有一次，康健发现了这种情况后还提醒她，让她把门关好，反锁上。这样的朋友别说打灯笼去找，就是上百度也搜不出几个。

为了不招惹是非，吴倩倩逛街时把康健拉上，有时候还把康健的胳膊挎在自己的胳膊上，让人感觉像一对伴侣，背地里却对康健说："我是为了省心，你可不能当真。"康健说："我本来就不是你的男朋友。"吴倩倩气急了，狠狠地在康健的身上砸了一拳说："你的脑瓜是木头做的，就不会灵活点？"康健问："我说得不对吗？"吴倩倩瞪着眼睛说："在外面就说你是我的男友，回去不能说，记住了吗？"康健挠了挠头说："记住了。"

　　李姐不爱说话，也不太开玩笑，整天坐在电脑前屁也不放。据说她的孩子五岁了，刚上了小学，她每天下班得回家做饭，晚上还要给孩子辅导作业。站上除过一个网站，一个微信公众号，还有一个视频号，偶尔有一些突发性的事情，站长还要求她们要制作成视频，在公众号推送。在吴倩倩的眼里，李姐是个很不错的人，虽然话少，但眼光一点不差，好多新闻线索都是她监控到的，好多视频也是她制作出来的。但站长好像不喜欢她，也很少教她过去，也很少安排她别的工作。小张和小董也不太和她聊天、开玩笑。吴倩倩分析过其中的原因，一直没找到确切的答案，但有一点她很肯定，李姐没自己漂亮。

　　小张和小董没事了找吴倩倩聊天，偶尔也叫一起在外边吃饭。站长不在的时候，吴倩倩也时常跑到他俩的办公室玩。

　　有一天，小张跟站长出去采访，小董一个人在办公室写稿子。吴倩倩悄悄溜过去，把一块巧克力放在小董的面前。小董很高兴，当即停下手上的活聊了起来。

　　吴倩倩好奇地问小董说："你们出去怎么采访？是不是和电视上的一样，一个人扛着摄像机，一个人举着话筒？"

　　小董告诉吴倩倩说："不一样，那是电视记者，用镜头和话筒记录新闻，我们是文字和摄影记者，用笔和相机进行采访和记录，当然，有必要的话也会拍一些视频做抖音。"

　　吴倩倩若有所思地说："我明白了，你们采访时能不能把我带上？我也想当记者。"

　　小董说："可以啊，下次采访把你带上，不过，得站长同意。"

　　第二天，吴倩倩做完手头的事情就敲开了站长的办公室。站长头也不抬地说："坐。"吴倩倩坐在沙发上，见站长一直用指头划拉手机，心里很不自在，她等了半会儿站长没抬头，就打算回自己的办公室。这时，她忽然发现站长的水杯里没水了，轻轻地添上水，又轻轻地送到了站长面前。

　　站长终于忙完了，问吴倩倩："有事吗？"

　　吴倩倩说："有点事。"

站长说："你说？"

吴倩倩说："我想当记者。"

站长先是一愣，接着笑了："想当记者？你会采访、会写稿子吗？"

吴倩倩嘟着嘴说："我不会，我可以学！"

站长收住笑容，喝了一口水说："记者这个职业不是谁人都能干的，不但要有较好的写作能力，还要有一定的语言沟通能力，更重要的是还得有丰富的社会经验，不同的采访对象需要不同的采访技巧，不同的采访环境需要不同的应对方式，有时候还存在安全的风险，你知道吗？"

吴倩倩说："我不知道，但别人能行，我也能行。"

站长又笑了笑说："我很赞赏你的勇气，这样，我正好去一个房产工地了解点事情，你跟我一块走吧，五分钟后咱们出发。"

吴倩倩高兴了，一阵风旋进自己的办公室。她对着镜子把自己整理了一下，然后，跑到门口静静等候。

站长出来了，她跟着他下到车库，坐上车出发了。

站长的车是奥迪 A6。之前，吴倩倩坐过几次，每次都是跟站长参加活动或吃饭。这一次，她以一个记者的身份跟站长执行任务，心里既激动又紧张。

路上，站长没有说话，目光一直盯在路上。吴倩倩好几次想请教一些采访的知识，可话到嘴边又咽了下去。

不多时，车子到了一个房产工地。站长把车停下后正要进售楼部，被吴倩倩拦住了。她问站长自己该干什么？站长说什么也不干，跟着走就行了。吴倩倩略一迟疑，挺起胸脯跟着站长走了进去。站长回头，她发现站长的眼睛亮了。

售楼部的人很多，有看房的，有谈价的，也有签协议的。站长和吴倩倩一进门就受到售楼小姐的热情接待。

售楼小姐微笑着说："上午好，请问，两位看房子吗？"

站长点头，吴倩倩也跟着点头。

售楼小姐问："之前有预约吗？"

站长说："没有。"

售楼小姐把他们带到楼盘模型图前说："欢迎两位来到我们的售楼部，你们是我们最尊贵的客人。现在，我先把楼盘所处的位置和基本情况简单地给你们介绍一下好吗？"

站长说："好。"

售楼小姐说："我们这个地方原来是一个国营粮站，在二环和三环之间，离市中心九公里，是政府重点开发建设的一个文化商业区，未来还将配套建设学校、医院、超市、幼儿园等，非常适合居住和投资，不知先生您是居住还是投资？"

站长说："居住。"

售楼小姐说："先生，这里最适合养心居住了，一看您是有眼光的人，这是您的太太吧？太漂亮了，选择了这位太太，您已经选择了人生中最大的幸福，如果能选择我们的楼盘，我相信，您的未来会非常成功、更加美好。"

站长也笑了。只有吴倩倩脸上微微发烫。

售楼小姐介绍完后，又把他们带到一处沙发上坐下，并送来两杯饮料后，做进一步介绍。

站长问："你们一共开发了几栋楼盘？房子都有多大的面积？"

售楼小姐说："这个小区共规划了三十八栋楼房，一期开发了十二栋，以后还要分期开发，预计五年内开发完毕。这十二栋楼房每栋都是三十六层，全部采用国标钢筋混凝土浇筑，质量没得说，可抗八级地震，这些，都请您放心。另外，我们的房子有三种户型，最大的一百五十八个平米；最小的一百零七个平米，还有一种是一百三十六平米。"

站长仔细看了一下楼盘的布局和宣传单后问："价格大概是多少？"

售楼小姐说："我们的房子是一房一价，一万六千五百元起步，最高一万九千八百元。"

站长选择了一套一百三十六平米的房子让售楼小姐计算，并强调说要六号楼东单元二十层的东户。

售楼小姐说："先生您真是慧眼啊，一看就知道是干大事的人，六号楼的位置最好，东边是小区广场，光线好、视野开阔，南边是通往出口的大路，交通顺畅，出行方便。西面是一条河流，北边还没有开发。二十层不高也不低，既摆脱了地面的喧嚣，也能呼吸到新鲜空气，太有眼光了。"说着，拿起计算器敲打起来，不一会儿就算好了。

站长看了看说："最近有什么优惠活动吗？"

售楼小姐说：有啊，交一万送五千元，交两万送一万元。先生，现在买最划算了，您只需交个定金，除上述的优惠活动外，开盘时还会有更多的实惠。

站长又问：你们有预售许可证吗？

售楼小姐说："预售证正在办理当中，估计很快就下来了。"

站长从包里取出一万元人民币。售楼小姐立即去财务室开了一张收据。站长拿上收据后就离开了。

出了门，吴倩倩迫不及待地追上去问："站长，你要在这里买房子吗？"

"不买。"站长回答。

"那你交钱干吗？"吴倩倩有点糊涂。

"以后你就明白了。"站长说。

下午上班后，站长安排小张和小董又去了一次售楼部。两个小时后，小张和小董回来了。又过了一会儿，站长办公室来了几个客人。客人走后，站长又把吴倩倩叫了进去，说："上午咱们去调查的那个楼盘搞违规销售，我之所以交钱，就是为拿到他们违规销售的证据。下午小张和小董去采访了，他们也承认了。刚才，他们的老板已经把我交的钱退回来了，并且给站里上了一些赞助。你知道这次调查叫什么吗？"吴倩倩摇头。站长说："叫暗访。"接着从抽屉里拿出了一个信封递给了吴倩倩。吴倩倩打开信封一看，竟然有三千元。

晚上，吴倩倩回去后康健还没有回来。为了给康健一个惊喜，她直接让楼下的菜馆做了几个菜送了过来。

康健见这么多好吃的，眼里放射幸福的光芒，他二话不说捏了一片肉放进了嘴里。吴倩倩见状，狠狠地踢了他一脚。康健知道吴倩倩嫌他没洗手，乖乖地进了卫生间，出来后吴倩倩已经把上次没有喝完的酒拿出来倒在了纸杯里，紧接着举起一杯说："本小姐今天又收红包了，来干杯。"康健睁大眼睛问："谁给的？"吴倩倩骄傲地说："站长呀。"康健一听，杯子僵在嘴边，笑立马没了。

对于康健脸上的这种变化，吴倩倩看得一清二楚，她知道康健不高兴的原因，所以并不在乎。康健放下杯子说："你们不是到月底才发奖金吗？"吴倩倩说:"我给你说过了,是红包,不是奖金"。康健又问:"那你们站长给其他员工发了吗?"吴倩倩回答:"不知道。"康健想了想说:"我觉得这红包还是少拿的好。"吴倩倩瞅了康健一眼说:"有钱不要咱傻呀?"康健说:"我不是那个意思。"吴倩倩问:"那是啥意思?"康健不说话了,端起杯子一口把酒灌进了肚子。吴倩倩捂住嘴,咯咯咯地笑了一阵儿说:"小心眼儿,赶紧吃菜。"

康健虽然吃着,但似乎有点勉强,他的脸一直紧绷着,过了一会儿又对吴倩倩说:"反正我觉得经常拿人家的红包不太好。"吴倩倩问:"怎么不好?"康健说:"你们的站长肯定喜欢你了,打你的主意。"吴倩倩又挖了康健一眼说:"不许你胡说,我们站长才不是那号人呢,他有老婆,比我还漂亮,人家根本看不上我。"康健说:"那不一定。"

吃过饭,康健把碗碟洗了,这就是他与其他男人不一样的地方。他的单位近一些,所以,他出门迟,进门早,大多时间都买菜、做饭。而吴倩倩虽然和康健有约在先,她负责做饭,他负责卫生,但实际上这样的分工不明确了,基本上是谁先回来谁做饭,谁有时间谁打扫卫生,这几乎成了一种惯例,两个人都很自觉,从没有因这些发生不快。但不同的是吴倩倩做饭时首先考虑的是自己,她想吃什么就做什么,从不和康健商量。而康健做饭时都要给吴倩倩打个电话或者发个信息,征求她的意见。有时候吴倩倩不等康健打电话、发短信,就把自己想吃的饭和菜提前告诉了康健。偶尔遇到堵车或天晚,康健还会去车站接她。吴倩倩很感激康健,好几次想用女性特有的温情表达一下,但康健却没反应,这样,热脸碰上冷屁股,她的心就凉了下来。吴倩倩不止一次地想,康健这人虽然老实,甚至有点窝囊,但善良、厚道、会体贴人,做个丈夫蛮不错的。

四

有爆料称:白河县有条河道非法采沙现象严重。站长随即安排小张和吴倩倩前去调查。

两个小年轻一大早就驱车出发了。因为不存在上下级关系,他们非常愉快,几乎一路歌声一路笑。这样,不到两小时就赶到了现场。他们把车停在河边,一边散步、一边观察。他们发现这条河道的采沙现象确实非常严重，不但有三台机械，运沙的车辆也络绎不绝。

小张拍了几张照片，就和吴倩倩回到了车上。

吴倩倩说："咱们是不是去他们办公室了解一下，看有没有手续？"

小张说："不能去。"

吴倩倩问："为什么？"

小张说："你不知道，凡是开砖窑、办沙场的人背景都很深，不是村上的书记村长，就是当地的街痞村霸，这些人关系复杂，大多跟黑社会串通，根本不把别人放在眼里，如果咱贸然前去，弄不好会发生冲突，到时候就不好收场了。"

吴倩倩很佩服小张有这样的采访经验，但又觉得调查不全，便问："现在咋办？"

小张胸有成竹地说："去水利局查一查，如果有手续咱们走人，如果没有，他们会着急的。"

吴倩倩感觉小张说得有理，竖起了拇指。于是，两个人离开了河道，来到了白河县水利局。经查看文件，确认该采沙场没有手续，属于违法作业。

这下，水利局的领导成了热锅上的蚂蚁。主管河道管理的副局长把记者带到宾馆，一边让记者休息，一边安排饭菜。

小张和吴倩倩觉得没有留下来的必要，准备告辞，副局长更急了，他从兜里掏出两个信封笑嘻嘻地对小张说："既然你们要走，我也留不住，你们来一趟很辛苦，这是我们的一点心意，请你们收下。"

小张严肃地说："我们有规定，不能收你们的钱。"

副局长说："没有多少，就一顿饭钱，你们总不能饿着肚子回去吧。"

小张想了想说："其实，我们的工作也需要支持，如果你们愿意支持我们，我们非常欢迎，不过，我得请示一下领导。"

副局长兴奋地说："愿意，愿意，当然愿意。"

小张走到一边，在手机上说了一阵儿，返回来说："我们领导原则上同意咱们进行合作，但前提是沙石厂得尽快办理手续，做到合法经营。"

副局长连声说："好！好！我们一定会督促他们尽快办理的，请放心。"

离开记者，副局长把沙石场老板叫自己的办公室里。老板一进门就大发雷霆："是哪个王八蛋告了老子的黑状，我非把他卸成几件不可。"

　　副局长把老板按在凳子上，劝导说："你先别发牢骚，目前，最要紧的是灭火，灭火你知道吗？"

　　老板往嘴里插上一根烟，点燃后长长地吸了一口，翻着眼睛说："灭火？咋样灭火？"

　　副局长苦着脸说："我的大老板呀，你是不是挣钱挣糊涂了，连这个都不懂！"说着，把拇指和食放在一起摩擦了几下。

　　老板似乎明白了："是不是让我出血？"

　　副局长笑了："看来你不糊涂。"

　　老板说："没问题啊，您说数吧？"

　　副局长张开拇指和食指说："你拿这个数，我帮你把事摆平。"

　　老板说："不就是八千元吗？我拿，我拿就是了。"说着把手伸进了兜里。

　　副局长摆摆手说："八千不行，得八万。"

　　老板从凳子上跳起来，眼珠子瞬间鼓得像天狗娃的弹丸。他把手里的烟往地上一扔，咬牙切齿地说："八万？太黑了吧，杀了我算了。"

　　副局拍了拍老板的肩膀说："你的命就值八万元吗？咱别发牢骚话了，现在不是发牢骚的时候。你好好想想，如果这事被曝了光，你的沙场就得关停，罚款，这个损失你算过吗？"

　　老板瞪着眼没有说话。

　　副局长又说："不光你，我和其他领导也得跟着倒霉，挨批评受处分算是轻的，弄不好连乌纱帽也难保。"

　　正在这时，水利局的办公室主任风风火火跑进来说："人家记者要走，我拦不住了！"

　　副局长朝门外看了一眼，又看了老板一眼，摆了摆手说："老板不想放事，我也没办法，人家要走就让人家走吧，大不了我这个副局长不当了！"

　　主任正要出门，老板拦住他说："不就几个钱吗，又不要命，我掏，我掏！"

　　副局长的脸上立马有了笑容："这就对了，搞企业就得学聪明点，不然，怎么混下去呢，再说了，留得青山在，还怕没柴烧吗？"

在返回的路上，吴倩倩抱着八万元的现金比抱着自己情人还高兴。她对小张说："我发现你特能干，几句话就把他们唬住了。"

小张笑着说："那是因为他们心里有鬼，干了见不得人的事，要不然，他们怕什么呢？"

吴倩倩说："你说得太对了！"

小张点了点头，但没有作声。

第二天，站长把吴倩倩叫到办公室，表扬她在沙石厂调查中和小张配合默契，表现出色，很好完成了任务，并勉励她放开手脚，大胆去干。同时，又发给她一个红包。

回到自己的办公室，吴倩倩既高兴又有点不安，她突然觉得这钱来得太轻松也太容易了，简直就和囊中取物一样。

转眼间半年多过去了，吴倩倩领过了多少红包自己也记不清了，在她的记忆里，只要有采访任务，多半有红包入账。以前，她每次拿到红包后都很高兴，回家后总要请康健撮上一顿。后来，拿的次数多了也就习以为常了，甚至觉得这些红包本身就属于自己，如果哪一次出去没有红包，反倒觉得不正常了。

五

站长去峪阳市谈合作，让吴倩倩一同前往。接到通知，吴倩倩心里先是一颤，但很快答应了。

回到办公室，吴倩倩的心还跳，好长时间无法平静。因为，她知道峪阳市距离省城五百多公里，当天去不能回来，肯定要在那里过夜。至于会发生什么她无法预料。

回到住处，她依然心神不定。她把该准备的东西准备好后，特意做了两个菜等康健回来。

康健终于回来了，她不知道怎么向他开口，就一个劲地给他的碗里夹菜。康健心情不好，原因是他在装货时不小心把一个包装箱摔坏了，领导要扣他的工资。

"一个烂箱子扣我二百元，太黑了！"康健怒气未消。

"不就二百块钱吗？何必生那么大气呢，加两个班就挣回来了。"她劝他。

"我一天从早到黑才挣一百多块？他嘴皮一抬就扣二百，要知道，这二百块钱放在我家里要买五六袋化肥哩。"康健说。

吴倩倩还是耐心地劝他，让他想开点，别计较，权当打麻将输了。

康健不言声了。吴倩倩邀康健出去散步，康健不去，她也就早早睡下了。

第二天早晨，康健天不明就上班去了。他大概怕领导找事，再扣工资，所以，比以往去早了一点。吴倩倩是十点多钟的飞机，她不着急，起床后冲了个澡，吃了点东西就打扮自己。站长来了，驾的还是那辆奥迪。她发现站长像变了个人，笑容辽阔，晴空万里。

出三环，上高速，半小时到达机场。然后，取机票、过安检、候机、登机，虽然麻烦，好在都很顺利。吴倩倩第一次和一个男人出差，也第一次近距离坐在自己领导的身边，感觉不似以往，恍惚中到了另一个世界，激动、兴奋、担心、惶恐，连她自己也说不清是怎样的一种滋味。

飞机起飞前，空姐讲述了乘客应该注意的事项和救生知识，让大家关掉手机，或者把手机调到飞行模式。吴倩倩关了手机，她看见站长也关了手机，不同的是站长关掉手机后从包里取出一本书读，而她什么也没带，包里除了女人用的化妆品和必需品，别的都没有。她有点不好意思，更觉得惭愧。

不到一个小时，飞机到了峪阳机场。接待他们的是峪阳市委宣传部的副部长，他给两个人安排好了食宿，约好下午和谢东升部长见面。

吃过午饭，吴倩倩没有睡意，她反复地调整自己，平静自己，用电视剧消磨自己。下午四点，准时走进了谢部长办公室。

谢部长非常热情，握着站长的久久没有松手。之后，站长把吴倩倩推到谢部长面前，介绍说："这是我的助手，吴倩倩。"

谢部长眼睛一亮，脸上就活泛起来，他又笑呵呵地握住吴倩倩的手说："欢迎！欢迎！来过峪阳吗？"

吴倩倩眉眼含笑，温婉地说："不瞒部长您说，我还真没来过峪阳，这是第一次。"

谢部长笑得更灿烂了，他自豪地说："那就多待几天，好好在峪阳转转，我们的峪阳可是个好地方，物华天宝、人杰地灵，有好多值得去的地方，特别是我们的草原，举起手就可以摸到蓝天、抓到白云。"

吴倩倩高兴地说："是吗？谢谢部长，我一定多待几天，好好地走一走、看一看。"

谢部长满意地说："好，不愧为一名好记者。"

其实，站长所说的战略合作，就是和峪阳市委宣传部签订的一份宣传协议。协议内容是峪阳市一年向网站支付一定数额的宣传经费，网站在一年内给峪阳市推送一定数量的宣传稿件。当然，稿件的内容都是反映峪阳市社会发展成果、文明城市形象、先进工作经验等正能量的稿子，其中还有一项重要的条款就是不发或慎发监督性稿件。吴倩倩后来才知道，这种合作持续多年了，他们来根本不用谈什么，只是例行了一个续签手续而已。

晚上，峪阳市委宣传部设宴为两个人洗尘。站长酒量大，一连喝了六杯还镇定自如。吴倩倩不胜酒力，两杯下肚脸上就桃花盛开。宣传部领导见她喝不了酒，也不强迫，招呼她多吃菜，更多地和站长互敬互饮。

回到房间，吴倩倩感觉有点累，刚躺床上，外边传来了敲门的声音。她以为是站长，心里咯噔了一下慌了起来，稍做平静后才打开了房门。令她意外的是站在门口的不是站长，而是宾馆的服务员。服务员端着果盘微笑着说："您好，这是一位先生让我给您送来的，请慢用。"说完，把果盘放在茶几上走了。

吴倩倩又一激动，竟忘了道谢，木木地在原地站了半天，她没想到平日里冷冰冰的站长竟然这样地温柔，这样地体贴，心里不由得荡起了一股甜蜜。她想把果盘端过去给站长说声谢谢，然后一起分享，但又怕影响他的休息。正在这时，她的电话响了，她以为站长打的，剧烈的心跳让她又一次紧张起来。她不敢去拿手机，甚至看都不敢去看。她也不知道几点钟了？十点？还是十一点？但她知道夜已经深了。她想站长这时候打电话给她，肯定是想让她去他的房间……她紧张得不得了，心猛跳，胸口也在怦怦地响，两只手用尽全力都压不住。她甚至觉得自己的骨头酥软了，支撑不起了自己。但瞬间后，她就把所有的紧张和慌乱抛掉了。她觉得自己应该化妆一下，涂点粉脂，喷点香水，再把眉毛描得弯一点、长一点，一定要以最美的形象、最温柔的姿态出现在他的面前，给他意外，给他惊喜。因为，这是她的第一次，又是在这样高贵的大酒店里，她不知道自己在这个酒店能住几天，也不知离开这个酒店后能不能再来一次，她觉得这个酒店很好，这个夜晚很好。她似乎看见了窗外的月儿很亮，所有的星星都已经醉了，所以，她必须珍惜，必须让自己难忘，让他难忘。她想，如果这时候有一瓶酒，最好是葡萄酒，有一枝花，最好是一枝玫瑰插在他的房间里，散发着酒香和花香，那该有多好、多浪漫啊……

她一边想，一边用颤抖的手抓起了手机。然而，意外又发生了，打来电话的不是站长，而是康健。

康健问她为什么没见回来，并说他在公交站等了两个多小时了。这时，吴倩倩才恍然记起自己没有告诉康健出差的事情。她很后悔，也很内疚，昨晚没告诉康健是因为康健的心情不好，可今天有那么多的时间，竟然连个信息也没发，太不应该了。

在吴倩倩的心里，康健对自己同样重要，这个人虽然没有本事，但处处想着她，维护她，从不让她受一点委屈。她做对了他支持，她做错了他包容，就连家务活来说吧，大多时候都是他一个人去干，每次做好饭都等她一起吃，她若没有回来，他宁肯饿着也不先吃。另外，他经常去公交站接她，生怕她路上不安全，出点意外。有一次，她半夜里突然发烧，为了给她买药，他跑了两公里才找到一家昼夜药店。回来后又是给她服药，又是给她热敷，一直折腾到了大半夜。想到这里，吴倩倩突然觉得自己太自私了，有点对不起康健。于是，在电话里歉意地回答："不好意思，我出差到峪阳了，因为走得很急，忘了告诉你，你早点回去睡吧，我办完事就回来了。"

挂了电话，吴倩倩的目光又落在了果盘上。不知为什么，她的眼里水汪汪的……

次日早晨，站长谢绝了宣传部领导的陪同，只和吴倩倩吃早餐。吴倩倩也终于找到了向站长道谢的机会。站长问："谢我什么？"吴倩倩说："谢你昨晚让服务员送来的果盘。"站长笑了，看了她一眼说："我当啥事呢，就这点事还值得一谢？"吴倩倩说："值，很值！"站长说："你说值就值吧。"吴倩倩又问："吃过饭去哪儿？"站长说："回！"

下了飞机，站长用车把吴倩倩送到了她所住的小区门口，并告诉她下午不用去办公室了，然后，消失在车流之中。

吴倩倩回到屋子，发现茶几上乱七八糟的，就知道康健闹过情绪。不过，有一件事却让她很是感动，这就是厨房里的案板上放着一盘包好的饺子，整整齐齐。吴倩倩揭开盖在饺子上边的报纸，一股浓郁的香气迅速扑入她的鼻子，她顿觉肚子饿了，嘴里有了口水，但打开灶火又迅速关了。

晚上，康健一进门就笑嘻嘻地对吴倩倩说："我领导这人不错，原来说罚我二百，其实只罚了五十。"

吴倩倩笑了笑说："世上还是好人多！"

康健说："就是。"

吴倩倩说："饺子啥馅？"

康健说："芹菜大肉。"

吴倩倩再没多问，给康健送了一个拥抱就进了厨房，康健也跟进去了，他们一起动手，一会儿就把饺子煮熟了。

吃完后，吴倩倩回了卧室，康健没有进去，也没问她和谁去的峪阳，这反倒让吴倩倩心里不太舒服。

六

吴倩倩继续她的稿件推送和线索监测工作。有时候她会情不自禁地想起和站长、小张、小董一起采访、一起签约、一起参加活动的风光。她已经对站上的工作性质、工作目的有了深刻的了解，也感觉记者这个职业太好了，不仅牛、威风，还能给自己带来一些额外的收益，所以，她非常渴望成为一名记者，一名真正的记者。为此，她花了两个月的时间自费参加了新闻知识培训班，并取得了《新闻从业人员资格证书》。但站长好像对她的事情并不关心，多次以机会不成熟为由推诿和拒绝。她很失望，也很寒心，她不明白其中的原因，心里揣摩了好多回也揣摩不透。

一天上午，吴倩倩刚刚敲开站长的办公室，站长就不耐烦地说："我给你说过总部没批，你怎么不相信呢？"她见站长不高兴就改话题说："我不是为这事来的，我是想在你这里找一些新闻采写方面的书读一读，提升一下自己的业务。"站长头也不抬地说："我这里没有，你到书店去找吧！"她碰了钉子，只能龟缩回来，刚出站长的门眼泪就下来了。那段日子，她简直太郁闷、太难熬了，她甚至连辞职的念头都萌发了……

康健一连几个晚上都在加班。吴倩倩待在屋里没人说话，电视就成了她唯一的伴儿。有天晚上，她从电视剧里看到古代皇宫里的娘娘、妃子为了出人头地，讨好皇上，挖空心思靠近皇上，有些为达到自己的目的，还采用一些卑劣的手段陷害对手。这样的情景让她陷入了深深的苦恼之中，她不止一次地想，难道一个女人想干点事情，只有把自己献给领导才能得到领导的支持和帮助吗？于是，她开始怀疑自己和站长的关系，怀疑站长是不是在真正地帮助她。她想，总部她没去过，总部的领导她也不认识，他们怎么会知道自己呢？她认为以自己的能力和水平完全可以完成站上的一切任务，也可以胜任记者这一职务，身份的事儿之所以未能解决，一定是站长作梗，故意为难自己。莫非站长他另有什么企图？突然，她想起朋友曾经说过的话：男人，表面上看起来老老实实，人模人样，背地里都是狼、都是鬼。女人要想征服男人，让他心甘情愿为自己卖命，光有甜言蜜语不行，得满足他，让他尝到女人的甜、女人的香，这样就一定会将他拿下。

吴倩倩当时听了后笑了笑并没有多想，现在，她反复回味，觉得朋友的话有一定的道理。目前，她的处境正是这样，论能力没得说，论条件也不差，关键是自己没有和站长处理好关系，或者说没有讨得站长的欢心，满足站长的某种需求。想到这里，她似乎醒悟了，并决定靠近站长，讨好站长，在最短的时间征服站长，让他心甘情愿地为自己办事。

李姐请假了，小张和小董去采访了，站上就剩下和她和站长。吴倩倩觉得这是老天开了眼，赐给她最好的一个机会。于是，她描了描眉毛，补了补嘴上的口红，重新给脸上抹上一层化妆品。这些化妆品都是韩货，虽然贵，但效果不错，经过一番打扮，她觉得自己更温婉、更迷人了。一切就绪，她离开座位，按住剧烈跳动的胸口敲响了站长的办公室。

"站长，我能进来吗？"吴倩倩问。

"可以，进来吧。"站长说。

吴倩倩轻轻地将门推开，又轻轻地将门关上，笑盈盈地走到站长面前。

"有事吗？"站长问。

“我那边没事了，想看看你这边有啥要做的没有！”吴倩倩说。

“那就帮我把桌子上的资料整理一下放在柜子里。”站长说。

“好的。”吴倩倩微微地放松了一下自己，并按照站长所说的去整理桌子上的资料，她一边整理，一边用余光观察着站长，但站长的眼睛一直在电脑上，看都不看她一眼，这让她心里很不是滋味。她心想，站长啊站长，你难道是属石头的？这么大一个美女在你的面前晃来晃去，你一点反应都没有吗？但她反过来又想，站长可能有很重要的事情在做，没工夫欣赏她，也顾不上和她说话。

材料整理完了，也放进书柜了，吴倩倩回头又看了站长一眼，见站长依然是原来的样儿，就想再寻点事做做，以此来拖延时间，但看了半天，也看不见该干些什么。于是，她准备给站长的杯子里添点水，刚伸手，站长的头抬起来了。

“你来站上多长时间了。”站长问。

“快两年了。”吴倩倩回答。

“你干得不错。”站长说。

“谢谢站长，这都是您关心、帮助和培养的结果。”吴倩倩说。

“你本身就很聪明，与我关系不大。”站长说。

“我说的都是真的，要是没有您的培养，我不可能有今天的成绩，我一直想感谢您，报答您，就是没有合适的机会。”说到这里，吴倩倩的心又剧烈地跳了起来，脸上不由得一阵发烫。

“话不能这么说，我应该感谢你才对，正是你和站上其他同志共同努力、密切合作，咱们才有了现在的成绩，也让我给上面领导有了一个满意的交代。”站长说完，从座位上站了起来，转过身子从柜子取了一盒茶叶递到吴倩倩的手里说，“这是今年的新龙井，你拿去喝吧，谢谢你。”

吴倩倩注意到，站长和她说话的时候目光不似以往，不仅观察了她脸、眼睛，还观察了她的全身。但随后的举动让她很是遗憾，站长不但没有留她的意思，而且连多聊几句的机会也不给她。吴倩倩很失望，在她看来站长送她茶叶，表面上是感谢她，实质上在打发她，让她早点离开。她虽然接住了茶叶，但心里并不高兴。

下班后，吴倩倩径直走进了自己的卧室。她很伤心，很难过，肚子里装满了委屈。

康健做好饭后不见吴倩倩出来，就去敲门。刚开始他只是轻轻地敲，见没反应，又使劲敲了几下，还没反应。康健急了，推开门闯了进去。康健见吴倩倩用被子埋着头，关切地问："咋啦，是不是病啦？"吴倩倩掀开被子说："你才病了呢！"康健笑了，摸了摸头说："没病就好，没病就好！"刚转身又回过头说，"饭好了，是你最爱吃的面鱼疙瘩，里边有西红柿炒鸡蛋，要不，我给你端进来？"吴倩倩没回答，拉过被子又捂在了头上。康健见吴倩倩不理自己，正要出去，被吴倩倩喊住了。康健不解地问："你到底咋啦？"吴倩倩坐起来瞪大眼睛说："你就是个木头。"说着，用手把眼睛一捂，呜呜呜地哭了起来。康健不知道自己哪里做错了，一时间慌了手脚，他在屋子转了几圈，才想起抽了一张纸递到吴倩倩手里。吴倩倩接过纸擦了擦眼泪，一把拉住康健问："康健，你说我好看吗？"康健说："好看。"吴倩倩问："我温柔吗？"康健说："温柔。"吴倩倩又问："那为啥没人喜欢我？"康健说："我喜欢你。"吴倩倩说："你骗人。"康健说："真的，你想，我不喜欢你能叫你和我一块住吗？只是……"吴倩倩追问："只是什么？"康健说："只是我没钱，不想让你受委屈。"吴倩倩眼泪又下来了，她拉过康健的手说："你抱抱我吧。"康健愣了一下，最后，才张开双臂把吴倩倩搂在了怀里。

过了一阵子，康健的手松开了。

吴倩倩问："怎么了？"

康健说："饭快凉了，我给你端去。"

那一夜，吴倩倩失眠了，康健也失眠了，两个人隔了一道门，却做了同样一个梦。

七

早晨刚上班，站长就把小张、小董和吴倩倩叫到办公室，说有人投诉平阳县人大常委会副主任乔某今天给儿子办婚礼，酒席预订了五十桌，明显违背了党的八项规定。站长让他们立即启程，前往平阳县进行暗访，并叮咛多注意安全。

平阳是个山区县，距离省城一百多公里。三人驾车很快就到了。稍事休息，他们兵分三路展开了工作。

小董去县人大统计在岗人数；小张把车停在平阳酒店的门口，用相机拍摄进酒店的人员；吴倩倩则扮成乔某的亲戚，进入酒店清点婚礼桌数。

为了掌握证据，吴倩倩进入婚礼的现场后，还在礼单上随了二百元的人民币。她发现婚礼的场面很大，除了大厅有五十桌外，十多个包间也被包了。

小董收获也不少，不到十一点半钟，平阳县人大的办公楼上已经成了一座空楼，除值班室有一人，再没有其他人上班。值班人员称，今天，他们领导给儿子结婚，大家去贺喜了。

而小张的录像就更清晰了，当天上午，平阳县召开全县农村工作会议。会议结束后，部分参加会议的人员从会议室出来，直接进入平阳酒店参加了乔副主任儿子的婚礼。

暗访结束后，按照站长安排，三人在离开平阳县前把了解的情况给该县纪委做了个通报。平阳县纪委书记看了录像惊呆了，他发现进入婚礼现场的不仅有许多县级干部，还有一个市级部门的领导。

"谢谢你们给我们提供的这一情况，但这事情涉及某些市县级领导，我们无权处理，我们会向县委和市纪委汇报的。"纪委书记客气地说。

"好。"小张说。

随后，纪委书记拉住小张的手微笑着说："你们有什么要求，请只管说，我们想办法协调解决。"

小张说："我们没什么要求，我们已经完成了领导安排的任务。"

三人正要离开，平阳县委常委、宣传部部长匆匆赶了过来。他拉住三人的手非常热情："你们来也不打个招呼，走走走，咱们先吃饭，先吃饭。"

小张对宣传部部长说："我们吃过饭了，谢谢部长。"

部长又说："既然吃过饭了那就休息一下，今晚住下，咱们好久没见了，得好好聊聊。"

小张说："我们回去还有别的任务，就不打扰了，下次吧！"

部长说："既然你们要走我也拦不住，这样吧，我已经跟你们站长通过电话了，站长那边的事情我来安排，你们三个来一趟很辛苦，我给你们准备了点这里的土产，你们带上。"

小张说："我们不能要你们的东西。"

部长说："这是我私人送你们的，与别的事无关，你们只管放心，回去后该怎样就怎样，我决不阻拦。"说着让人把三个包装精美的礼盒放进了车子的后备箱里。

在返回的路上，驾驶员换成了小董，他一边驾车一边对吴倩倩说："我觉得你也应该学个驾照买个车，不然，出门太不方便了。"

吴倩倩说："我早都想学了，就是没有时间。"

小董说："星期天可以学啊！现在不会开车，就像走路少一条腿，永远走不到别人前面。"

吴倩倩说："就是，不过有个车花费也大，加油、保养、买保险，哪一样都得要钱，我恐怕养不起。"

小张说："干咱这一行给车加油还用掏钱吗？"

吴倩倩说："自己不掏谁掏？站长能给咱报销吗？"

小张说："站长不报，自然有人报！"

吴倩倩疑惑地问："谁给咱报？"

小张从口袋里掏出三个信封晃了晃说："这不是有人报吗？"说着，给每人给了一个。

吴倩倩问："这是谁给的？"

小董说："当然是平阳县的宣传部长了。"

小张笑着说："我的美丽大小姐，你可得抓紧点吧，别再犹豫了。"

吴倩倩打开信封数了数说："真不少，够半年油费了。"

小张说："那可不是。"

吴倩倩想了想又说："咱们拿人家的钱不太好吧，万一让站长知道了就麻烦了？"

小张说："今天的稿子肯定发不了，你放心。"

吴倩倩问："为啥？"

小董笑着说："这么大的事肯定有人灭火，再说，发稿子也不是站长的目的。"

吴倩倩感觉有点糊涂，她说："那咋办？是不是应该把红包交给站长？"

小张说："这是人家给咱的，为什么要交给他呀？你没听宣传部长说，站长那边他已经安排好了，这就是说，人家给站长的工作早做好了。"

吴倩倩的嘴张了张，但没再吭声。

车子刚下高速，站长就给小张打来了电话。站长说："平阳县的领导搬总站的领导说情，这事情牵扯人太多，影响太大，稿子发出去对咱们也没好处，不如做个顺水人情算了，你们很辛苦，差旅费和油费站上报。"

挂了电话，小张扮了一个鬼脸说："咋样，让我猜准了吧？"

吴倩倩明白了。以前，站长偶尔给她发红包，她以为是喜欢她，照顾她，她现在才知道谁能弄到钱，能给站上创造收益谁就有红包，有奖励，只不过没有公开罢了。

晚上吃饭时，吴倩倩把自己想考驾照的想法给康健说了一遍。康健说："按说早该学了，不过咱是农村出来的，挣个钱不容易，再说，驾照学成了还得买车，哪有那么多钱呢？"吴倩倩思量了一下说："学，我必须得学，不仅要有驾照，还要有车。"

康健不言声了，收拾碗筷进了厨房洗去了。吴倩倩看了会儿电视，觉得没意思，也进卧室躺下了。

第二天，吴倩倩就报了一个驾校。为了支持吴倩倩，站长每天让她上半天班。这样，她上午在办公室，下午就去了驾校。周末，小张和小董还抽空帮她练车。三个月后，吴倩倩如愿以偿拿到了驾照。

康健很敬佩吴倩倩，敬佩她敢想敢干，敢作敢为。因此，在吴倩倩考驾照的那段日子里，他尽可能提前下班把饭做好，把屋子整理好。有时候还帮吴倩倩把衣服洗了，他让她进了门就有饭吃，出门时有衣服换。不仅如此，他不看电视，不拉闲话，把更多的时间留出来让她休息。吴倩倩没意识到康健的用心，一进门就跟在康健的后边，不是探讨开车的技巧，就是讲述驾校里的故事。她不止一次对康健说，等我买了车，第一个拉你去兜风。康健每次听了这样的话只是笑，不回答。

有天晚上，吴倩倩从驾校回来时天已经黑了，进屋后直接进了卧室。康健把饭做好后喊了几次不见吴倩倩出来，就推门进去了。此时，吴倩倩只穿着胸罩给肩膀贴膏药，见康健进来也不遮掩，反而叫康健给她帮忙。康健问她怎么了？她说扳方向盘胳膊肿了。康健迟疑了一下，还是把膏药接过来拿在手中，但不知怎的，他迟迟没动。吴倩倩催他快点，他的手抖了起来，膏药也粘在了指头上，待吴倩倩再催时才镇定了一些。他一边贴一边告诫自己，一定要管住自己，不能乱看，不能乱想，可是，他的眼睛就是不听使唤，总是往别的部位游动……

　　好不容易贴好了，康健长长地舒了一口气。他刚要出门，却被吴倩倩拉住了。吴倩倩让他别走，帮她把肩膀揉一揉。没办法，他只好回到她的身边，在她的肩膀上胡乱地捏了起来。忽然，吴倩倩抱住了康健的脖子，又把嘴贴到了康健的嘴上，先是轻吻，随后用舌头撬开了康健的牙齿。这样的情形，这样的时刻即使一块石头也会被融化了。于是，康健也抱住了吴倩倩的腰，接住了她的嘴唇，咬住了她的舌头，两个人浑然成了一体。康健满头大汗，他忽然觉得自己不是人了，是一只狼，一只发疯的狼，身体里的火星开始蹿动……他一只手搂着吴倩倩的腰，另一只手滑向了她的胸，她的肚子，他的嘴也不再局限在她的嘴上了，开始在她的额头、脖颈、耳朵，甚至肩膀上乱吞起来。而她，静静地闭上了眼睛，紧紧地蜷缩在他的怀里，除了顺从，还积极迎合，喉咙发出了局促的呻吟。她觉得此时的她也不是人了，是一枚柿子、一枚熟透了的柿子，被康健攥在手里把汁液都捏出来了，只剩下放进嘴里……

　　突然，康健停了下来，未等她睁眼，就夺门而出。

　　她凉了下来，呆呆地望着门，瞬间泪水婆娑。

八

　　说来也巧，吴倩倩拿到驾照不久，她的身份问题也解决了，她抑制不住内心激动和喜悦，跑到站长跟前就送上了一个飞吻。站长也没躲避，微微地笑了一下坐回了自己的椅子上。

　　吴倩倩也没有离开，她挑起眉毛说："谢谢站长，如果你晚上没事，我请你吃海鲜吧！"

站长想了想说："难得你有这份心意，行，那就去吧。"

吴倩倩高兴坏了，说了声晚上见，雀跃着蹦出了站长的办公室。

整整一天，吴倩倩依然沉浸在无比的兴奋之中，她不断地按住自己的胸部，不断地平静自己，并早早订下海鲜楼的一个包间。

站长如约而至。吴倩倩吩咐服务员打开酒盖，先给站长倒了一杯，又给自己倒了一杯，然后，深有感触地说："站长，你是我遇到的最好一个领导，能成为你的员工我非常荣幸，来，敬你一杯！"

站长也不推辞，爽快地喝了下去，他挥手让她坐下，说："能在一同共事都是缘分，你不必客气。"

站长的豁达和亲切让吴倩倩又感动了，她一边给站长添上酒，一边说："我说的都是心里话，要不是你收留我，我现在还不知在哪里飘荡呢？"

站长说："其实人都是这样，总是在不断飘荡中寻找着属于自己的归宿，咱们一样都不容易，每一天的努力，每一天的奋斗，都是想让自己的明天更好一点，让远方更近一点，你说对吗？"

吴倩倩连忙点头："你说得太好了，太深刻了。"

站长说："人走在路上，谁也不知道未来是什么样子，下一站是什么地方，走对了春风得意，天宽地阔，走错了寒风萧萧，碌碌终生。从你的目前看，虽然不能说你的选择是最正确的，最起码发挥出了你的才能，你说是吗？"

吴倩倩回答说："是！确实是，还望站长以后多关照，多培养。"

三杯之后，吴倩倩感到有点头晕，但为了让站长尽兴，她只得硬撑。站长是个心思缜密的人，知道吴倩倩不能喝酒，也不让她多喝，更多时自斟自饮。

晚餐结束了，吴倩倩去吧台结账，服务员告知已经结了。吴倩倩知道是站长结的，想把钱还给站长，但不知道怎么开口，想了想才说："站长，咱说好我请客。"

站长说："对啊，是你请我吃饭啊！"

吴倩倩说："那就应该我买单。"

站长笑了笑说："请客归请客，买单归买单，这不是一个概念。再说，我是你的领导，领导和员工吃饭，哪有员工掏钱的？传出去岂不让人笑话？"

吴倩倩还想争辩，被站长拦住了。站长说："今天我喝了酒，没法送你了，这样，我叫个出租你先回去，我还有点事情要办一下。"

吴倩倩还想说什么，站长已经给她把车拦下了。她虽然坐到了车里，但脸很烫，像火烤一样。

吴倩倩的眼睛一直看着窗外。窗外，车流如织，繁花似锦，缤纷灿烂的街道上既让她目不暇接，又让她心生嫉妒。她不止一次地想，自己算不算都市的一员？如果不算，自己每天在这里生活、工作，在宽阔的路上奔忙，穿梭。如果算，自己又是都市的哪一个员？哪一种元素呢？突然，"身份"两个字从她的脑海跳了出来，"户籍"两个字从她的脑海里跳了出来，"房子"两个字从她的脑海里跳了出来，各种各样的名词都从她的脑海里跳了出来，让她的脑子一下子疼痛了起来……

她的眼睛湿润了，她忘了自己在出租车上。司机发现她流泪，立马把车子停在了路边，问她是不是身体不舒，要不要去医院？她不好意思摇头说：没事。

九

一天上午，小董跟吴倩倩说他不想干了。吴倩倩问他为什么？小董说不踏实，有点害怕。吴倩倩问他怕什么？小董说他也说不清。

过了两天，小董果然辞职了。

小董走后，站长又招了一个男青年。吴倩倩接替了小董的工作，搬过去和小张坐在一个办公室，新来的小伙子接替了吴倩倩的工作，坐在吴倩倩原来的位置。吴倩倩虽然已经被认定为记者，但没有证件，单独采访并不多，一般只参加单位的活动和新闻发布会。偶尔也写一些稿子，但都是正面的，采访的对象也都是站长事先联系好的，吴倩倩去采访，实际上走了一个过场，大部分稿子是对方提前写好后送到了她的手里，或者直接传到她的电子邮箱里。

有天中午，吴倩倩刚参加完一个机器人项目启动仪式，站长来了电话。站长告诉她周原县一个乡镇两千多亩麦苗几近干枯，村民认为是种子问题，让她马上去了解。因为小张不在，吴倩倩只能一个人。她赶到受灾的村子后，几十号农民聚在村头等候着她。她很激动，一种从未有过的责任感和使命感一下子涌上了心头。她听了农民的讲述，又查看了受灾的麦苗，她似乎看到大家的心和麦苗一样黄、一样枯。她给站长进行了汇报。站长让她去种子销售店采访，她去了，店里的老板很牛，见她是女的，撂了一句话：上法院告去。然后，就不理她了。

眼看着采访陷入僵局，吴倩倩灵机一动，想到了种子的管理部门——县种子公司。

县种子公司的领导非常重视，热情地把吴倩倩接待了下来，并告诉她公司一定会积极调查，保证给记者和受灾群众满意的答复，同时，求吴倩倩不要报道此事，因为，种子公司已经从财政供养的事业单位变成了企业，六十多个人都靠育种子、卖种子吃饭，一旦这件事情被媒体曝光，他们的种子就卖不出去了，所有的员工都得丢饭碗、饿肚子。

吴倩倩为难了。老百姓因种子问题庄稼绝收，她很气愤。但种子公司的员工如果没有饭吃，她也很同情。这个时候，自己应该替谁说话，为谁叫屈呢？

她将难题推给站长。站长告诉她让种子公司把农民的损失承担了，再拿点钱支持一下咱们媒体，稿子就不发了。

种子公司的领导很乐意这样的处理办法。他们答应给农民赔偿损失，也及时给站上转去了三万元的经费，最后，还派车将吴倩倩送了回去。

十

吴倩倩的记者证终于办下来了。回到住处，吴倩倩一进门就蹦到康健面前进行炫耀。康健接过记者证，起初也很高兴，但慢慢地脸上又暗了下来。吴倩倩问他怎么了。他说记者证不像真的。吴倩倩夺回记者证猛推了康健一把："你胡说，站长亲自给我的还会有假？"康健说："我当保安时接待过记者，人家的记者证上有国徽和地图，这上面没有。"吴倩倩生气回了卧室。康健见自己惹祸，道歉说："我可能记错了，也可能现在的记者证变了，你先吃饭，权当我没说。"吴倩倩没有应承。康健就把饭送了进去。

次日一上班，吴倩倩就把康健说的话给站长重复了一遍。站长告诉她："康健说得没错，国家新闻出版署颁发的记者证确实有国徽和中国地图，但那是给报纸和电台、电视记者用的，咱们是网络媒体，网络媒体的记者证都没有那种图案，不过，功能是一样的，更何况咱们是国家级媒体，有哪个人、哪个单位敢不认呢？你放心吧。"说完，还把自己的记者证拿出来让吴倩倩对比了一下。吴倩倩见站长的记者证和自己的一模一样，终于放心了。

过了一个星期，吴倩倩带康健去买回了一辆小车。

其实，吴倩倩买车是咬着牙买的。她以前工作不稳定，收入低，根本没存下钱。在记者站上班两年，虽说收入不低，但花费大，缴销多，租房租车不说，还经常给自己添衣服，买化妆品，一月下来也剩不下多少。论她的经济状况，买车这等大事还列入不到开支预算之中，但作为一名媒体的记者，如果连个车都没有，成天只坐出租，太被人瞧不起了。所以，为了工作，也为了面子，她必须买，而且档次不能太低。

经过同事推荐，她给自己选择了一辆最新款的别克君威。首付了十万元，剩下的办成了按揭，她相信用不了几年，很快会还清的。

康健没有阻拦吴倩倩，相反，还拿出三万元给吴倩倩做了填补。为了感谢康健，吴倩倩接上新车就拉着康健在郊外兜了一圈，回去后，还请康健喝酒庆贺。康健也大方多了，不仅给吴倩倩垫了钱，还给她的车披了一条大红被面，燃放了一串长长的鞭炮。没事的时候提点水，把车子擦洗得干干净净。

有天晚上，吴倩倩做好饭还不见康健回来，就发了一个信息。信息没回，她又打电话，电话也没人接，吴倩倩就不安了，她开始不停拨，不停打，但是，不管她怎么打怎么拨，康健就是不接。她又等，等了两个多小时还不见康健身影。她怕了，一种不祥的预感涌上了她的心头。

吴倩倩驾车赶到康健单位。保安说康健下午卸货物时，一个包装箱子掉下来砸在身上，送到医院了。

吴倩倩的担心终于发生了。她含着眼泪跑到医院，医生告诉她康健的伤很重，正在手术室抢救。她问医生有危险吗？医生说不太好说。吴倩倩放声哭了起来，她一边哭一边等待，眼泪把袖子湿了半截。

康健终于出来了。他躺在手术车上，头上裹着绷带，脸上只露着一对眼睛。吴倩倩不顾一切地扑了过去，抱着就喊："康健，康健，你怎么了？你把眼睛睁开呀……"话音未落已泣不成声了。

康健没有回答。医生扶起她问："你是伤者的爱人吗？"她摇摇头。医生又问："那是他的什么？"她回答："朋友。"医生说："他瘫痪了，可能一辈子也站不起来了。"听到这话，吴倩倩的头像被猛击了一棍，昏厥了过去……

康健被安顿到重症监护室进行监护，手上挂着吊瓶，鼻子插着氧气。吴倩倩一直在他的身边守候着，她的眼泪流干了，声音也嘶哑了，面对眼前的这种情景不停叹息，却没有一点办法。她用自己的手拉着康健的手，久久地、久久地没有松开，她害怕自己一松，康健飞了，再也见不到了。

第二天上午，康健终于醒了。他看见了她，扯动了一下嘴皮，挣扎着笑了一下。她也笑了一下……

两月后，康健出院了，最终的结果和医生说的一样。

康健的单位结清了康健在医院所有的费用和工资。康健的弟弟叫来了一辆面包车，直接把康健接回了老家。

在康健住院期间，吴倩倩每天去医院看他，陪他说话，给他喂饭，还帮他洗脸、洗脚、洗衣服，经常到深夜才回住处。以前，吴倩倩总觉得房子太小，太拥挤。自从康健住院后，这感觉一下子没有了，反而觉得空荡荡的。特别是康健回老家后，吴倩倩愈发寂寞和孤单，她常常不能入眠，情不自禁流泪。为了改变这种状况，她更多地用看电视、玩手机来打发漫长的深夜，既是勉强地睡着了也经常被一些噩梦惊醒。后来，她找了一个女子合住一起，但女子懒得出奇，除了打扮自己，连手边的垃圾也不收拾。吴倩倩没办法，只能把一个又一个的不舒服放在肚子。

十一

一天上午，记者站突然来了几名公安人员，一进来就把站长带走了。临走时，领头的公安还命令站上的其他人暂停工作，保持电话畅通，随时接受调查。

吴倩倩吓出了一身汗，她不知道发生了什么，只觉得浑身哆嗦，好长时间都缓不过神来。站上的其他人也一片惊慌，不知所措。

小张告诉吴倩倩说："咱们的记者站可能是非法网站。"吴倩倩说："不可能吧？"小张说:"没有什么不可能的，既然公安都查来了，就说明有可能。"吴倩倩问小张说:"咱怎么办？"小张说:"我想过了，咱想跑是跑不掉的，只能把所有事情都推到站长的身上，再没办法。"吴倩倩听了顿觉寒冷。

一个月后，记者站被贴上了封条，站长被移送到了检察院。吴倩倩和站上的其他人员因认识态度好，免去了法律追究，分别给予警告和经济处罚。

吴倩倩又失业了。

一个黄昏，她迈着沉重的步子走在大街上。此时，残阳落尽，暮色向晚，有树不断叶飘落，时而在空中盘旋，时而被过路的人踩在脚下，她蹲下来拣了一片，猛然，她觉得自己的心很疼、很疼……

敬　慕

一

　　杜丽丽从神经外科调到神经内科，按说这是一件很正常的事情。当医生嘛，到哪里都是给病人瞧病，本质上没有多少区别。问题是杜丽丽的这次调整不是医院计划内的人事调整，而是一个临时决定，这样说来，就可能包含一些外在的成分或者人为的因素，如果真是这样，显然就不正常了。

　　那是一个风柔日暖的上午，阳光翻过秦岭，早早将渭阳市人民医院院长的办公室照亮，同样明亮的还有该院神经内科主任芮晓枫的额头。此刻，他被院长召见，正听后指令。

　　"神经外科的杜丽丽你应该认识吧？"

　　"认识！"

　　"人家找我几次了，想换个科室干干。"

　　"想换就换呗。"

　　"她想来你的科室，你同意吗？"

　　"同意啊！"

　　"行，我让人力资源部通知她明天就来报到。"

　　"好啊！"

　　芮晓枫没有任何思考就答应了。是啊，院长发话了，他能不答应吗？还有思考的必要吗？谈话完毕，芮晓枫起身告辞，却被院长拦住了。院长把嘴凑到他的耳边，压低声音说："这女人年轻、漂亮，你可要把握住自己，别给我弄出什么花花新闻来。"

"是吗？或许还真有新闻发生呢。"

"哈哈哈——"两个人都捧腹笑了起来。

次日早晨，杜丽丽果然来到了神经内科来。她径直敲开了主任的办公室，一进门就说："芮主任好，人力资源部通知我过来上班，请多关照。"

芮晓枫从座位上起来，微笑着说："欢迎！欢迎！"

"谢谢主任，希望我们愉快！"

"一定会！一定会！"

杜丽丽嫣然一笑。

就在这一瞬间，芮晓枫眼前突然亮了起来，心也随之动了一下，并立马有了一种不同以往的感觉。是啊，院长说得没错，这女人的确年轻、漂亮，虽然三十多岁了，丝毫没有走失原有的模样，再加上干练、率直的性格，确实跟别的女人不太一样。

芮晓枫把杜丽丽带到医生办公室和护士站，简单给大家介绍了一下就回到自己办公室去了，但内心却没有平静。

二十年前，神经内科和神经外科是一个科室，统称为神经科。后来，随着医院业务量的增大，医院把这个科室分成了"内""外"两科，虽然分开了，但两个科室和一个家庭的兄弟一样，经常在一起开展合作与交流，患者从神内转到神外，从神外转到神内，似乎是家常便饭，正常得再正常不过了，更多的时候，两个科室的主任、医生还会坐在一起对病情进行分析、讨论和会诊。当然，铁打的医院流水的患者，不管是哪个科室的患者，最后都出院了，只有医生和护士们依然留守在自己的岗位上，又去接纳新的患者。正是这样，两个科室的人员相互间都非常熟悉，甚至连每个人工资、奖金、家庭也了如指掌。

杜丽丽参加工作十多年，她是从西安医科大学临床医学专业毕业后来到渭阳市人民医院的。经过了一年的科室轮换实习，最后被安排到神经外科。据说，她的业务能力不错，人缘也好，很受同事和患者的喜爱。芮晓枫清晰地记得三年前的一个冬天，神外科住进一个五十多岁的脑瘤病患者，神志不清，昏迷不醒，需要立即手术。神外科为了谨慎起见，邀请芮晓枫前去会诊。当时，杜丽丽作为主刀手术医生的助手也参加了会诊。会上，她没有说话，只在一旁听讲，并把会诊的结果和制定的手术方案逐条逐句地记录了下来，最后，协助主刀医生出色完成了手术任务。再后来，芮晓枫每到神经外科，杜丽丽都是亲切地跟他打招呼，偶尔在上电梯或者途中碰见，也都热情地向他问好问安。

话说杜丽丽到神经内科上班后这段时间，一切都很正常。一天上午，科室接收了一位七十多岁的患者，只见他瘫在轮椅上扶也扶不起来。门诊出具的诊断是"患者严重心衰、肺衰，并伴有气管发炎、脑梗、半身瘫痪等"。患者家属说，他们给老人挂的是呼吸内科的号，但呼吸内科认为是神经内科的患者，所以，就转过来了。当时，患者坐在轮椅上，不说话，半昏迷状态，除了大口大口地喘气，再没有任何反应。儿女们跟了一大堆，个个心急如焚。

面对这种状况，医生和护士开始议论，有的说，这种病还是转给呼吸内科才合适。有的说，放到哪个科里都一样，关键是病太重了。还有人说，年龄这么大，家属不应该送到医院来，不怕路上出个意外？

作为科主任，芮晓枫没有吭声，他把患者仔细检查了一遍，随后说："患者除了上述症状之外，血压很高，脉象也弱，随时有生命危险。"他把听诊器塞进兜里，然后，用目光扫了一圈，很显然在征求大家的意见。

大家你看我，我看你，都不说话，有些还后退了几步。这时，只见杜丽丽站出来说："主任，如果你放心就交给我吧，我来负责。"

芮晓枫看了杜丽丽一眼，目光里充满感激，他略微思考后叮咛说："好吧！就交给你，一定要多加操心。"

当时，有同事拽了拽杜丽丽的袖子低声说："风险太大了，万一有个三长两短，你可要背一辈子黑锅！"

杜丽丽嫣然一笑，说："没事，当医生嘛，不能想得太多，要不就没法接诊了。"

杜丽丽安排护士立马给患者吸上氧气，随后，让家属把患者推到CT室和彩超室进行检查，为了防止路途出现意外，她临时指派一名护士随身监护，并告诉护士有什么异常情况立即汇报。

一个多小时之后，患者检查结束，杜丽丽也做好了治疗计划。她没有像别的大夫先给患者家人下达"病危通知书"，而是果断实施了救治措施，随后，又和患者家属进行沟通，了解患者病情的起因和病史，并把患者平常的饮食习惯、作息时间、性格特点做了详细记录，针对性地完善了治疗方案。与此同时，每隔一小时，还亲自到患者的床前观察一次，随时掌握患者情况。

次日，患者清醒了，呼吸也渐渐平稳下来。患者的儿女喜极而泣，纷纷拉住老人的手久久不肯松开……

患者在医院住了十六天，杜丽丽作为主治大夫每天根据观察和经验随时调整治疗方法，从挂针、服药、吸氧到针灸、电疗、人工按摩，患者不仅保住了性命，最后还能坐起来了，出院时竟然能独立行走，上卫生间了。

按说，这事算过去了。可半年后，有个农民模样的老人来医院找杜丽丽，他一见杜丽丽就把一个蛇皮袋子蹲在地上，脸上的皱纹立马变成了花朵。紧接着，他绕着杜丽丽走了两圈，全然不像一个脑梗后遗症的患者，走完后高兴地说："杜大夫，我上次被送来时，村里人都说我活到头了，看来，阎王爷还不想要我，想让我多活几年，哈哈——谢谢你，你是个好大夫，碰上了你是我一辈子的福。我是个农民，没什么报答你，今天带了点小米、黄豆和苞谷榛子，都是我自己种的，没打农药、没上化肥，你只管放心。"说完，转身走了。

这件事对芮晓枫触动很大，他没想到这么大年龄的一个心衰病、脑梗患者能恢复成这个样子。他后来听护士说，杜丽丽在老人出院后，每周都给他的家人打一次电话，询问老人恢复情况，并指导老人怎样服药，怎样吃饭，怎样锻炼……有个星期天，杜丽丽还开着车跑了七十多公里到老人家里看望了一次。

二

杜丽丽的丈夫叫李宗科，是杜丽丽的大学同学。当时，杜丽丽学的是临床医学、李宗科学的是口腔医学。两个人之所以能走在一起，缘于学校举办的一次球类运动会。在那届运动会的篮球赛场上，李宗科凭借自己潇洒过人的动作，娴熟的投篮技术，带领他们的班一路过关，捧得了同年级冠军的奖杯。他本人在征服所有对手的同时，也征服了一个名叫杜丽丽的美女。从此，杜丽丽记下了李宗科的名字，也爱上了篮球这项运动，学校只要有篮球赛事，她每场必到，如果有李宗科出场，她更是不停地鼓掌加油。有一次，国家篮球队在西安打比赛，杜丽丽排了一个多小时的长队，终于买来了两张球票，她特意把一张送到李宗科的手里，李宗科非常激动，晚上，两个人并肩走进了篮球赛馆。此后，两个人的关系就密切起来，生活上相互照应，学习中共勉共励，不久，便发展成一对情侣。大学毕业后，李宗科被分配到新疆工作，杜丽丽则回到了自己家乡渭阳市人民医院当了一名医生。据说，李宗科去新疆后非常风光，第一年，薪水便拿到了十五万元，第二年，医院就为他解决了一套住房。那样的工资待遇几乎是内地同行的三倍。后来，两个人结了婚。再后来，杜丽丽生了一个女儿。

　　李宗科所在的医院位于新疆地区的西北部，乘火车到乌鲁木齐后还要坐七八个小时的大巴才能到达。那里位于准噶尔盆地和塔城盆地的中心，北抵哈萨克斯坦，南连克拉玛依，共有汉、哈、维、蒙等二十多个民族，距离我国西北边陲的最后一个口岸——巴克图边防检查站不到七十公里。

　　刚结婚那几年，杜丽丽几乎每年都要去新疆一趟，给李宗科做一段时间的全职太太。第一次去是冬天，给她印象最深的是冷。她认为"冰天雪地""滴水成冰"这些在书本上学到的词语，只有在那个地方才能得到确切地解释。由于冷，那里的人大部分都待在家里，街道上很少有人出来走动，市民家门口堆积的雪几乎都高过人头。另外，那里的时差比关中地区要推后两个小时，北京时间的九点钟，关中平原已经艳阳高照，而那里的天才微微发亮。而北京时间的十九点钟，关中大地已经万家灯火，而那里依然是阳光灿烂。后来，杜丽丽选择在夏天前往，这样的选择无疑是正确的。因为，这时的新疆大地最辽阔、最诱人了，风吹草低，一望无际。李宗科所在的地方作为戈壁滩上的一个小站，在中国地图上似乎很难找见，但同样焕发着勃勃生机。城市周围没有大山，辽阔的草原和天空非常接近，站在草原上的任何地方，感觉像到了天边一样，加上微微的风徐徐吹拂，让人感到无比地凉爽和惬意。杜丽丽喜欢那里的夏天，她不止一次地走向大野，也不止一次地享受到了那里的辽阔和清凉。有一次,她和几个同样从内地赶去探亲的姐妹们一起,站在美丽的大草原上,头顶蓝天,手托白云,心情异常激动。还有一次,她带着自己的女儿,专门到巴克图边防线上转了一圈,目睹了我国家和其他国家的分界线,她发现这个分界线原来只是用一条铁丝网间隔着,铁丝网既把两个国家国土分开,又把两个国家的人民连在一起。也就是那一次,杜丽丽才知道了祖国的边防检查站上并不是千军万马,而是只有一名武警战士在那里值班、站岗,除了查验过往者的身份证明之外,再没有别的事情。

三

一天中午,杜丽丽在职工灶上打好饭,正想寻个座位坐下,忽然,她发现芮晓枫正好在一个饭桌前吃饭,就走过去坐在了他的对面。

"主任,怎么没回家?"

"今天事多,不回去了。"

"需要我帮忙吗?"

"不需要。"

"看来主任不信任我啊?"

"没有啊,你那么优秀,我怎么会不信任呢?"

"我优秀吗?"

"当然。"

"呵呵!"杜丽丽快乐了。突然,她环顾了一下周围,把自己盘子里一个鸡块拨到芮晓枫的盘子里,神秘地说,"主任,你知道我为什么要到你的科室来吗?"

"不知道!"

"你猜猜?"

"神外手术多,怕拿刀子呗!"

"不对。"

"工作太忙?"

"也不是。"

"心情不畅？"

"也不完全是。"

"那为什么？"

"暂时保密！"杜丽丽把头一歪，神秘一笑。

芮晓枫看了杜丽丽一眼，也笑了，但没有再问下去，杜丽丽也没有再去回答。饭吃完，杜丽丽主动把两个人的盘子收起来，送到了洗碗处。

回到办公室，芮晓枫的脑海仍有点游离，他的思绪依然停留在和杜丽丽聊天之中，一时半会无法收回。是啊？杜丽丽为什么跳槽，又为什么选择自己的科室呢？论收入，神外比神内高，论环境，两个科室差不了多少，她到底图什么呢？

其实，杜丽丽来神经内科，一不图收入，二不图环境，图的就是对芮晓枫的一种敬慕。在她的眼里，芮晓枫是一个很不错的男人，业务强，人品好，既没有知识分子的高傲，也没有当领导的架子，再加上他不抽烟，少喝酒，永远给人一种清新、明朗的感觉。

然而芮晓枫并不知道这些。转眼间半年过去了，他们之间的关系由原来的认识变成了同事，由同事变成了朋友。杜丽丽工作上有什么不懂的地方，喜欢向芮晓枫请教，芮晓枫心里有什么烦恼也愿意向杜丽丽诉说。

过了一段时间，医院让神经内科推荐一个人去北京进修学习，时间是一月。让谁去合适呢？芮晓枫犯难了，不过，他第一个想到的是杜丽丽。论业务，杜丽丽没说的，论资历，杜丽丽显然不够条件，但他还是希望把这个机会送给杜丽丽。

芮晓枫把杜丽丽叫到办公室，开门见山就说："医院让咱们科室派一名医生到北京去进修，你看谁去合适？"

"这是你的事，谁去我都没意见。"

"你想去吗？"

"想！"

"那就去吧，我给你报名。"

"别呀！"杜丽丽阻止说，"我想去，但我不能去。"

"为什么？"

"我年轻，资历浅，去了别人有意见，对你不好。"

芮晓枫愣了一下，然后微微一笑。与此同时，内心涌动出一种说不出的感激。他觉得这个女人太可爱了，不仅相貌出众，而且胸怀宽广，能善解人意，别说在女人中间，就是在男人堆里也是不多见的。

又过了几天，门诊转来一位男子，三十三岁，被父母拉着，情绪很不稳定，一进来就不停地喊叫，不停地骂人，并称他要杀人。听患者的父亲讲，他的儿子原本是一名优秀的大学生，大学毕业后在一家国有企业上班。前两年，企业进行人员调配，他从原来的行政科室调配到销售部门，结果，两年过去了，因销售任务没有完成，工资少了，奖金也被扣了。偏偏在这种时候，妻子又和他闹离婚，几样不顺心的事儿遇在了一起，让他的情绪失常，患上了病。

芮晓枫上前诊断时，男子竟然一把将他的听诊器抢去扔在了地上，差点摔坏。其他医生见状不敢靠前，纷纷埋怨门诊不该把这样的病人收住进来。

芮晓枫没有说话，他依然保持微笑，和病人交谈，给病人检查，最后，竟然将患者收了下来。

这样的决定让大家很不理解，一时间抱怨四起。而杜丽丽却没有吭声，她一直在旁边默默地听着，看着。

芮晓枫让护士长给患者安排了一个单独的病房，并让患者的父母留下来在身边陪护。他没有像给其他患者看病一样先进行一系列的仪器检查，而是开了一些氯氮平等微量的药物让患者服用，缓解患者的情绪。

安妥后，芮晓枫把杜丽丽叫进办公室。

"你怎么不说话？"

"我说什么？"

"拒绝患者住院啊？"

"咱们是医生，医生哪有拒绝患者住院的道理呢？"

"可这是精神问题的患者，可能对其他病人甚至医护人员造成危害。"

"我当然明白，但我更明白你既然决定让患者住院，肯定有办法控制他，治疗他。"

"谢谢你！"

"谢我什么？"

"谢谢你在我孤立的时候站出来，帮助我，支持我！"

"这是应该的。"

"为什么？"

"因为我信任你！"

"好，既然你信任我，我安排你一件事情，你能做到吗？"

"什么事情？"

"尽快把患者的妻子找到，让她来医院一趟，我要和她谈谈。"

"没问题！"

过了一会儿，杜丽丽进来了，她向芮晓枫汇报说："患者妻子联系上了，她说不来，原因是她已经决定和患者离婚，患者的事情与她没关系。"

芮晓枫认真地说："她说没关系就没关系了吗？目前，不是还没离吗？你必须让她来医院一趟，至于用什么办法，你自己想。"

杜丽丽虽然面有难色，但还是答应了。

次日早晨，杜丽丽终于把患者的妻子领来了。芮晓枫热情地接待了患者的妻子，并给杜丽丽伸出了拇指。他向患者妻子说明她丈夫的病情，希望她能够积极配合，让患者提早康复。

患者的妻子起初不愿意，说丈夫是个窝囊废，别的男人都能挣到钱，就他没有本事："人往高处走，水往低处流，谁愿意和这样的人过一辈子，放你，你愿意吗？"

芮晓枫没有从正面回答，而是换了一个角度告诉患者的妻子说："衡量一个好男人的标准不是金钱，也不是地位，应该看这个男人对家庭的责任，对妻子、对儿女的关爱程度以及他所付出的努力。"

芮晓枫列举了好多例子来证实自己的观点，并对她进行了耐心的劝解。患者的妻子被感动了，眼珠子红了起来。最后，终于答应芮晓枫暂时不说离婚的事情，想办法帮助丈夫先把病治好。

很快，这名患者的情绪得到了稳定，并开始和妻子、家人、医生谈笑风生了。芮晓枫适时跟进，在日常治疗的同时，还请来中医科的大夫用中药进行调理。使患者机体的脏腑功能及时找到了平衡，不到两周，患者康复出院。患者的父母非常感激，特意做了一面锦旗送给了芮晓枫。

"主任，你太伟大了。"送走了患者的家人，杜丽丽第一个给芮晓枫点赞。

"是吗？"

"是，你不知道，这个病人住下后，我虽然不反对，但为你捏了一把汗，你想，患者他那么年轻，要力气有力气，要个头有个头，真要是控制不住了，会出大乱子的。"

"我当然知道，但我更知道这种患者的病情大多是由于寂寞、孤独、失恋、失业或者是失去亲人等打击引起的，他们有一个共同的弱点，总认为自己没用了，活着没意思了，有一种被社会抛弃、被大家遗忘的感觉，想不通，钻牛角，久而久之导致精神失常。所以，我们就要抓住患者的这一心理，把他们的父母留下，把他们的妻子和孩子叫来，让他们感觉到自己并不孤单、并没有被遗忘，自己依旧有人关心，有人爱，从而消除内心的自卑，看到生活的希望，只有这样，才能把患者的心态调整过来，让他们回到正常生活的轨迹上来，最终达到治愈的效果。这是一种心理疗法，非常管用。"

杜丽丽拍手。

四

四月七日是"世界卫生日"。为了弘扬广大医务工作者"救死扶伤"的职业精神，提高医护人员"爱岗敬业"的光荣感和责任感，渭阳市卫健委决定利用这个节日举办一次"全市卫健系统院训故事演讲比赛"。

渭阳市人民医院作为全市医疗卫健队伍的排头兵，当然不甘落后，更希望借助这样的机会展现自己的风采。但由谁去完成呢？院委会经过多次研究，最终把任务交到了杜丽丽的手上。杜丽丽没有推辞，愉快地答应了下来。

本来，院里准备请一名报社的大牌记者撰写演讲稿，让杜丽丽停下手头的工作多准备几天。杜丽丽谢绝了，她说自己是一名医生，医生的职责是给病人看病，所以，该上班还得上班，该看病还得给人看病，至于演讲稿也没必要请人来写，自己抽点时间准备一下就行了。领导无奈，只好按她说的去做。

一个月后，演讲比赛如期举行。

这天，寂寞、孤独的渭阳市工人文化宫大礼堂打破了往日的宁静，可容纳一千多人的观众台上座无虚席。

杜丽丽有点激动，也有点紧张，因为，这是她第一次代表自己的单位参加这样的大赛，以前，她在中学和大学也参加一些这样的活动，但远不如这次隆重。

比赛从九点开始，组委会规定每个参赛单位只能选派一人，每次演讲不能超过十五分钟时间。杜丽丽第六个登台，她声情并茂、激情四射，圆润甘甜的嗓音一下子感染了全场的观众。

"院训是什么？它不是写在纸上的承诺，不是挂在墙上的标语，更不是含在嘴里的口号，它是一个医院的文化，理念，是历经风雨、千锤百炼而成的思想和精神，也是被一代又一代员工传承下来的仰望和支柱，它不仅能将员工的文化因子融合到工作服务的每一个细节，形成巨大的爱心、暖心和责任心，而且能驱动员工不断进取、不断向上的激情和热情。那么，我们渭阳市人民医院的院训是什么呢？它只有八个字：'大医精诚、仁爱仁心'。这八个字看似简单和朴素，其实深沉也很厚重。它已经暗藏在我们的心底里，铭刻在我们的骨子里，形成了我们医院'甘于奉献，大爱无疆'的医者情怀，'敬佑生命，救死扶伤'的职业信念；也成为我们医院实现一个个跨越，创造一次次辉煌最根本的动力和源泉……"

杜丽丽的声音通过麦克风不断放大。

"什么样的医院才是好医院？什么样的医生才是好医生？对于这一点，一个人有一个人的理解，一个人有一个人的解释。但是，我认为作为一所医院，特别是公立医院，必须把'精诚'放在前边，把'仁爱'记在心间。早在一千多年前，一代名医孙思邈就说过，'所谓的大医者就是以解除众生疾苦为大。'而这样的医者，必须具备高尚的品德，炽热的爱心，加上高超的医术，才能成为名医，只有这样的名医加仁心，才能撑起一家医院的大门，继而给百姓一个蔚蓝的天空。扁鹊救世济人敢于直言，华佗广施人道不分贵贱，李时珍尝遍百草著书济世等，这就是大医，这就是精诚，这就是一位好医生最具体的体现。如果说专业知识和技术是优秀医务工作者的硬指标，那么，医德和医风就是一家医院和一个医生的软实力。中央电视台《感动中国》

节目曾经给一位获奖医生这样评价：'人一辈子只要做好一件事，那就是对得起病人。' 多么平素又多么感人啊，虽不曾感天动地，却至今被人铭记。我们大骨科平均每天要接收上百名患者，主任朱鹏同志平均每天最少要完成四例手术。有一次，为了抢救一起交通事故中的重伤者，在一连做了六台手术后倒在了手术室里。我们的大产科是全市的重点科室，但有谁知道，在这个科室里至今有三位助产医生和五名护士，都三十多岁了还没有结婚，没有时间去谈对象；还有我们的 120 急救中心的队员，他们长年奔波在外，去年冬天，为了接诊西部山区一位突发病患者，在车辆无法到达患者家中的情况下，医护人员踩着厚厚的冰雪，冒着零下十五度的严寒，步行了两公里多的山路，用担架把患者抬到了救护车上……正是我们有无数个这样的好医生、好护士，有这样的大医精神，大爱情怀，患者才把我们的医院当成了家，百姓才把我们的医护人员当成了亲人……"

短短的十多分钟演讲几乎让所有的人屏住了呼吸。当她用一声"谢谢大家"结束自己的演讲后，全场观众同时起立，为她送去了长时间的掌声。

比赛结束了，杜丽丽当仁不让地站在了最高领奖台上。当她举起了金光灿灿的奖杯时，各种照相机、摄像机、手机从不同的角度将她的笑容放大，将她的名字放大。渭阳市人民医院的院长更是高兴得合不拢嘴，亲手把鲜花送到了杜丽丽的手里。

杜丽丽成了名人。从此，她上班下班，常常会收到不同声音的问候，遇到不同形色的眼神。院里有大大小小的接待和应酬都邀请她参加。起初，芮晓枫全力支持，时间一长他就为难了。杜丽丽似乎看出主任的心事，也从最初的随叫随到变成了有时间参加，没时间推辞，她推辞的理由很简单：我是一名医生，给患者看病才是最重要的。

有一天，市卫健委主任来医院视察工作。到了中午，指名道姓要杜丽丽陪同吃饭。杜丽丽经过再三考虑还是去了。

饭局虽然只安排在医院职工食堂的小餐厅，但气氛依然热烈。卫健委的主任让杜丽丽坐在自己身边。杜丽丽却自有分寸，只坐在了他对面的位置。

饭桌上，卫健委主任对杜丽丽大加赞赏，一句一个"人才"，一句一个"了不起"，后来，还吩咐院领导要重点培养，适时重用。

杜丽丽没有言语，她只是礼节性地应酬和微笑。

五

有天早晨，芮晓枫与杜丽丽在电梯口相遇。杜丽丽还是习惯性地一笑，问一声"主任早"。芮晓枫也笑了一下，回了声"你早"，随后，就一同进了电梯。当时，正值上班时间，电梯里的人很多，杜丽丽就站在芮晓枫的身旁，也许是挨得太紧，芮晓枫有点烫热，很快有了男人的反应。与此同时，他觉得周围的目光都盯着他，所有的嘴巴都议论他……他轻轻地向一侧挪了一下，但她的身子好像和自己的身子粘在了一起，挪来挪去都无法分离。于是，他静静地站在那里，极力地控住自己，尽量不去对接别人的目光，也不去审视别人的嘴巴。可眼睛好像不听使唤，不由自主地在别人的脸上游离，似乎做了贼一样心虚。他多么希望电梯能走得快一点，再快一点，尽快摆脱目前的这种窘境，可是，电梯好像有意和他作对，慢慢悠悠地走着，上一层停一次。他害怕极了，真想从就近的一层电梯口出去，但又怕误了上班时间……自我镇定了一下后，他发现电梯上的人并不是他想象的那样，有的在玩手机，有的看着电梯上不断变换的数字，也有的和同事聊天，讨论着家事、国事、天下事，根本没人盯他，也没人注意他。这让他多少舒坦了一些，但还是有点紧张和慌乱，直到出了电梯才长长地舒了一口气。进了自己办公室，他猛然觉得自己的大腿凉飕飕的，用手一摸，才发现自己内裤湿了一片。咦，幸亏没有渗到外边，不然，把人丢大了。

感情是一种生理上的现象，作为个体生命的人，是以心灵上吻合和感觉形成而存在的。人在与人的交往和接触中，难免会产生一些事业上的共识、情趣上的相投，生活中的关心，进而上升到尊重、仰慕和吸引，这样，日积月累就会把对方的好留在心中，形成了不同其他的异样感觉，因为这种感觉的甜蜜、温暖和美好没有任何事物可以比拟和代替，所以，一旦产生，就很难割舍和去除。

杜丽丽敬重的是芮晓枫的人格、素养和风度，仰慕的是他的学识、才能和为人。而芮晓枫看中杜丽丽的端庄、美丽和善良，欣赏的是她的率真、聪慧和干练以及她对工作的热情态度，对事业的积极追求。她来神内时间不长，但她的业务能力和责任心已经有目共睹。别的不说，就拿上次那个七十多岁的危重老人和年轻的精神分裂症患者来说，别的医生看到这种情况都畏手畏脚，打退堂鼓，她却临危不惧，挺身而出，不仅为芮晓枫分了忧，解了围，也为患者解除了痛苦，为医生这个光荣的称号增添了光彩。

事实上，许多医院的医生对待病人表面上看似认真，内心却不屑一顾，常常对入住病人有一种挑三拣四、说长道短的习惯，特别对农村或者出身贫贱的病人多多少少会歧视一点。在一些医生的眼里，病人永远是弱势人群，低人一等。而杜丽丽不是这样，无论什么样的病人，什么年龄，怎样的病情，只要分到她的手里，她都会一视同仁，总会用自己最真诚的态度，最积极的行动去重视、去对待。她上班后经常到病房里和病人聊天，拉家常，交流思想。不少经过她治疗过的患者出院时都留下了她的电话，加了她的微信，还有的和她成了朋友。这种人与人之间、医生与患者之间相互信任，相互尊重的关系在公立医院是不多见的。

再说自从那次和杜丽丽在电梯上相遇后，芮晓枫和杜丽丽还有过两次肢体上的接触。一次是在科室的一个会上，当时，芮晓枫正在会议室给大家传达院里的工作安排。他讲着讲着忽然感到有点口渴，就本能地伸手去端自己的水杯，结果水杯里的水没了。杜丽丽眼明手快，拿起水杯接上水就送了过去，就在两个人交接水杯时，他们的手无意间碰了一下。芮晓枫似乎有一种触电的感觉，随之而来的是一股暖流。还有一次是科室一位同事过生日，作为主任，芮晓枫对下属的这些事情特别重视，提前在医院斜对面的一家餐厅备了饭。下班后，除留下值班人员之外，其余的人全部到场，同庆同贺。这是一种惯例，每个人每一年都有一次机会。当然，也只有在这样的时候，这样的场所大家才能抛开工作中的烦恼，还原自己的本质，高高兴兴地坐在一起，享受大集体、大家庭一样的幸福和快乐。

宴会和以往相同，芮晓枫首先代表科室的全体同仁对过生日的员工说几句祝福的话，而后，大家就在欢快的掌声和音乐声中吹灭蜡烛，切开蛋糕，享受久违的美食。在这种场合酒是最忙碌的，芮晓枫能喝一点，但总量不行，他每次把杯子举得最高，却下得最少。大家都知道主任有这样天生的缺憾，也不强求，喝多少算多少。当领导嘛，能"与民同乐"已很不错了，别的都不重要。芮晓枫喝酒不行，但必要的互动还得照常进行，当杜丽丽走到芮晓枫的身后，俯身给他添酒时，他感觉到自己的肩头被什么烫了一下，并立马意识到是女人乳房的作用，这样的身体和心理体验，芮晓枫既羞涩紧张，又兴奋满足。

一连几个夜里，芮晓枫难以入眠。多少年了，作为一名职业医生，他看过的女性患者数都数不清。不同年龄、不同体形、不同性格的女性几乎天天遇见，天天接触，对于她们身体上的任何部位、任何隐秘早已了如指掌。也许，正是太熟悉了，他似乎已经麻木了，甚至在某种程度上对女性有点厌烦，但对于杜丽丽，他不但不厌烦，反而还有点心动，有点喜欢。他不知道她的出现对自己会带来什么，但只要见到她，不，只要想到她，他心里就甜丝丝的，暖洋洋的，这样的甜和暖是以前不曾有的，很长时间也无法消失，就像一棵树在地上生了根，拔都拔不掉。

日本山梨大学研究人员发现，人脑中存在着两类相反的催眠肽，一类是催无梦睡眠肽，另一类催有梦睡眠肽。实验结果表明，人在做梦时，脑血流动和葡萄糖代谢水平都比不做梦时要高，同时，还会产生一种来自骨髓和淋巴结的物质和睡眠肽，有梦睡眠肽能使人寿命延长。

从这个意义上讲，人做梦未必是一件坏事，做梦可以锻炼脑功能，促进脑运动，能对大脑白天接受的事物进行更好的处理。许多时候，我们在梦中可以同时拥有两个世界，既刺激又壮观，与不做梦的人相比，经历更多，色彩更多。有医学专家还说，做梦的人不容易患脑出血和脑瘤、痴呆症等疾病。

六

周日，芮晓枫正在家里补觉，迷迷糊糊被妻子摇了醒来。妻子告诉他，刘峰被车撞了。

"什么时候？"芮晓枫从床上弹起来。

"昨天晚上。"

"人在哪里？"

"就在你们医院。"

芮晓枫穿上衣服，正要往外跑，被妻子一把拦了下来。

"人已经没了。"

"你为什么不早点告诉我？"

"我也是刚刚听弟说的，弟说你的电话关机，没办法才打到了我手机上，弟还说肇事车辆是渣土车，车开得很快，人当场就没了。"

芮晓枫不吱声了，生命的无常和脆弱，让他又一次陷入了深深的悲哀当中。

芮晓枫和刘峰是好朋友，小时候住在同一个小区，同读一个小学。刘峰人不错，憨厚、老实、仗义，就是书读不进去，初中毕业后没再上学。后来，去甘肃的张掖当了兵，在炊事班干了三年就回来了。不过，这三年也没白混，学了点做饭烧菜的手艺，结婚不久和妻子开了一个饭店，钱没少挣，把自己弄出个大肚皮，患上了高血压、糖尿病。刘峰每次来医院看病都要找芮晓枫，芮晓枫和妻子也去过他的食堂蹭过不掏钱的饭，所以，关系一直不错。

一月前，刘峰到医院来找芮晓枫，硬要拉芮晓枫去喝酒。芮晓枫推辞不过，下班后就找了一个烧烤摊坐下，他们一边吃烤肉，一边聊天，一边喝啤酒。刘峰说自己不想开饭店了。芮晓枫问他为什么？刘峰说太累，想歇一歇。芮晓枫问他是不是有点可惜？刘峰说是可惜了点，不过也想通了，钱这东西是永远挣不完的，够用就行，如果为了钱把人累垮了，就不划算。后来，刘峰给芮晓枫带来了一盒"关中十大碗"的招牌礼盒，并说自己的饭店说不定哪天就转让了，再想吃就吃不到了。芮晓枫万万没有想到，刘峰辛辛苦苦了这么多年，刚刚从人生的长夜里醒悟过来，还没来得及好好享受生活就匆匆走了……

在医院的太平间里，当芮晓枫用颤抖的手掀开盖在刘峰身上的白布时，泪水一下子涌了出来，他想起和刘峰每次见面、每次谈话、每次喝酒的情景，心里有一种钻心般地疼痛。

刘峰生前的同学、朋友都来了。大家一边安慰刘峰的妻子和孩子，一边帮助料理刘峰的后事。这些同学和朋友大多是刘峰生意场上的，也有酒桌上的，唯独芮晓枫是唯一的一名医生，也应该是最有知识、最有文化的人。但在这样的场合，在一个死者的面前，他似乎是最尴尬，最没用，医生这个高尚而亮丽的名词，在这里已失去了他的任何价值和意义。

最后一次送别刘峰是在殡仪馆里。芮晓枫再次目睹了一个生命变成一把灰烬的全部过程。他的眼泪掉下来，仿佛石头砸在胸口。然而，就在他的身边，他听到有人在谈论家庭、孩子和教育，有人在探究抗衰、防老和失眠，还有人在分析健身器械、医疗用具、保健用品的作用效果……芮晓枫听了后，总感觉不是滋味，他发现人们对生命的垂爱，对死亡的恐惧既那么真切而强烈，又那么滑稽和可笑。

殡仪馆这个地方，与其说是一个人生命的终点，还不如说是人生的教堂，许多书本上、课堂上学不懂、道不明的东西，在这里会顿彻顿悟。什么理想啊、事业啊、权力啊、尊严啊都是个屌，随时可能通过这高高的烟囱消失在天幕之中。人啊，能活着不容易，能活好更不容易了。所以，不能想得太多，顾忌太多，活一天就应该开心一天，活一天就应该快乐一天，说不定哪一天，殡仪馆悼念厅的头像就换成了自己。

芮晓枫想到这里，又想到了杜丽丽，此时此刻，他多么想她啊……

关中地方邪，说谁谁就来。芮晓枫送别了刘峰回到办公室，杜丽丽就进来了。芮晓枫先是一愣，接着就高兴起来，他赶忙招呼杜丽丽坐下，并亲自取杯子给她倒水。

杜丽丽还是嫣然一笑。她接过杯子，道了一声谢谢，不等芮晓枫开口，就把一纸调函放到他的面前。

"主任，市卫健委调我过去，这是调函，院长说让你看看。"

"你……你要调走吗？"芮晓枫在纸上扫了一眼，脸色苍白，他觉得自己的头"嗡"地一下。

"是！其实，这个事情已经说起多半月了，我原来不打算过去，但卫健委派人多次做我工作，我没办法！"

"你去干什么？"

"说暂时在办公室当副主任，以后再做调整。"

"院长同意吗？"

"院长刚开始不同意，但卫健委毕竟是咱们的顶头上级，最后还是同意了。"

芮晓枫难受极了，他低下头鼻子一酸，只觉得眼眶里有东西要掉出来。但他还是竭力地控制住了自己，毕竟，他是一个男人，一个当了多年的主任，这样的时候，他必须冷静，必须分清事情的轻重。或许，这就是现实吧，在现实面前，任何人必须面对，必须低头。

"好事啊，你去吧，我支持你！"芮晓枫故作笑意。

但是，他表情上的细微变化还是没有逃过杜丽丽的眼睛，杜丽丽深情地看了他一眼，红着眼圈说："我会来看你的！"

这样的安慰让芮晓枫的心里更加难受。他看了杜丽丽一眼，默默地坐回座位，他用手顶住自己的额头，不知道该怎样回答才好。很快，他把杜丽丽来到医院，特别是来到神内科后和自己工作、相处的每一个细节闪电般回忆了一遍，最后，把手放在桌子上，撑起自己的身子说：

"什么时候过去？"

"明天。"

"好吧，晚上我和科室的人欢送你。"

"不用了主任，如果可以的话我只想和你一个人坐坐。"杜丽丽低下头，喉咙里有点哽咽。

芮晓枫没有抬头，摆了摆手说："还是把大家都叫上吧！"

杜丽丽出去了，芮晓枫把自己关在办公室里，眼泪像决堤水一下子涌了出来。

晚上，老地方。芮晓枫不仅第一个到场，还让在场的人第一次见识了自己的酒量，半两的酒杯一口一个，一喝就是三下，吓得大家都傻了眼。

"主任，您可不敢再喝了！"

"我为什么不能喝？"

"您平常没喝过这么多啊！"

"平常归平常，现在归现在！"

"您还是少喝点吧，喝多了会伤身体的。"

"没事！"

那天晚上，芮晓枫喝得酣畅，喝得淋漓，结果把自己喝醉了。

杜丽丽心里难受极了，她没想到自己会在这样的场合，以这样的方式和自己敬慕的人道别。

次日早晨，杜丽丽准时去卫健委报到。

一个月后，芮晓枫受医院安排，赶赴西藏阿里参加了援藏工作。

双 生

一

马金莲这辈子最大的功劳是给老李家生了两个儿子。提起这事，还得从二十世纪的八十年代说起。

当时，国家实行计划生育，一对夫妇只能生一个孩子。但是，由于关中西部的大部分农村山大沟深、地广人稀，所以，政府本着具体问题具体对待的原则，在执行中适当放宽了一些尺度，允许第一胎是女孩的农村家庭可以再生一胎。但无论什么原因都不能生第三胎。马金莲就是在那时候出名的，她结婚后第一次生了个女子，第二次生了双胞胎男娃。这样，既没有违反政策，又让老李家得了双子，全家人喜出望外，乐不可支。

在过去，女人生娃可不是一件简单的事情。她们从小长到大，从娘家嫁到婆家，原来都叫"姑娘""丫头"，结婚后立马就变成了"媳妇""婆姨"，如果说洋气点叫"妻子"。她们来到人世间的任务是什么？就是给老祖先传宗接代，给丈夫生儿育女。命好点的结婚后第一胎就生个男娃，欢欢喜喜，安然自得。命苦一点的女人生了一炕娃娃也找不出个"带鸡鸡"的，灰头灰脑、垂头丧气。还有些女人命更惨，儿子女子都生不出。这下，遭人戳脊梁不说，一辈子抬不起头。

其实，令马金莲自豪和骄傲的还远不止这些。她的丈夫李三魁在家里的男性中排行老三，他大哥在一个国有企业当工人，结婚后媳妇生了一个女子就不敢再生了，原因是他吃的是公家饭，如果媳妇再生一个孩子，"饭碗"就保不住了。他二哥虽是农民，不牵扯户口问题，但媳妇本事不行，生了两个都是女子，原本想等个机会再生一个，没想到第二个女子生完后，从医院还没回来，就被计划生育工作组半路给逮住了，当即拉到乡上的卫生院给结扎了。这样，老李家延续香火的重任就落在了三媳妇马金莲身上。马金莲真行，她没有让老李家失望，更没让全村的人看老李家的笑话，在第一胎是女娃的不利情况下，顶住了巨大的压力，第二次一胎双胎，生了两个男孩。

孩子满月那天，老李家可体面了，他们把全村子的人叫到家里来喝酒。到场的男男女女、老老少少无不羡慕李三魁福大命大造化大，有两个儿子在后边长着，将来就剩下享清福了。马金莲更是风光得不得了，她顶着一块红围巾，胳膊夹着两个儿，不停地在人群里来回显摆。有人注意到，她走路的姿势变了，说话的口气也变了，话头话尾都是儿子来儿子去的，好像她能得不得了，给蚂蚁把眼镜也能戴上。

也就是那天晚上，马金莲给两个儿子都取了名字，一个叫安安，一个叫乐乐，安安乐乐，大富大贵。

俩儿子上学后，李三魁从老宅分出来，申请了一块新宅地，盖起了一座两层小楼房，楼房外边全部用瓷砖贴面，里边用高级涂料粉刷一新。当时，在整个村子都是一道亮丽的风景，谁看了都眼红。

有人说，小楼房盖起后，李三魁身上脱了三层皮，掉了几斤肉，眼仁子都变成了两盏灯笼。马金莲也没睡几个安稳觉，她做饭、烧水、搬砖、供水泥，一双葱白的手变得和树皮一样，手背上也裂开了几道口子。但大家知道，尽管这两口子吃尽了力，流尽了汗，但他们的心里是甜的。因为，他们有两个儿子，享福的日子在后边哩。

二

转眼间，二十多年就过去了。马金莲从一个花枝招展的年轻少妇变成了一个叶瘦花残的半老徐娘。而她的两个儿子却像门前的白杨树，见天都在生长，高大魁梧，威武雄壮。

因为书念得不咋样，安安读完初中就去了一所民办职业学校，混了两年啥用没顶，只得跟着李三魁去城里打工。乐乐虽然多读了几年书，最后还是被大学的校门无情地拒在了外边，依然没有逃脱当农民的厄运。小伙子回来后也没事做，听说广州、深圳那边的钱多，就想跑过去揽点回来，没想到一圈还没转完，撞了个鼻青眼窝肿，没捞到钱不说，反而赔了一河滩。没办法，只能灰溜溜地跑回来了。好在马金莲心眼多、点子稠，打发乐乐学了个开大货车的手艺，跟着亲戚到新疆的吐鲁番给人家当司机去了。

乐乐一年回家一次，安安却一直住在家里。渐渐地，两个都长大了，成了名副其实的青冈木小伙。马金莲和李三魁商定，先给安安张罗一个媳妇，等把安安的婚事安顿好再给乐乐办当。

一天晚上，李三魁和安安打工回来，马金莲把饭端在桌子上，三个人一边吃一边说事。

马金莲说："安安，你也老大不小了，该成个家了，在外边有相中的女子没有？"

安安不好意思地回答："我成天在砖头缝里钻着，和钢筋水泥打交道，连个女娃的面都见不着，怎么可能呢。"

马金莲说："妈知道了，明儿个我就托人给你介绍一个，你说，你要啥样的？"

安安羞羞答答地说："当然要漂亮的。"

马金莲笑了，拍了一把自己的胸部说："没问题，就凭我儿子这模样，咱家里的这条件，看上谁咱就娶谁。"

安安乐了，高兴得连饭都刨不到嘴里。

第二天，马金莲把自己收拾利索，就去找村上的刘媒婆。刘媒婆五十多岁，说媒是她的半个职业，凭借三寸不烂之舌成就了不少姻缘，也捞了不少好处。有人说，她的嘴和别人的嘴不一样，把黑的能说成白的，把扁的能说成圆的，有时候还能把骡子和马驹配成一对。她这人有个特点，腿勤、嘴快、信息广，吃够喝饱后专爱往人堆里钻，谁家的小伙子没娶上媳妇，谁家的闺女没找到婆家，她打听得一清二楚。为了使自己更具专业化，她特意买了一个笔记本，把方圆几个村子里年轻人的姓名、年龄、属相全都记录了下来，有相配的就往一起撮合。前些年，刘媒婆红得和灯笼一样，家门前和唱戏一样，出出进进的人几乎能把她家的门槛踩断。这些年，年轻人都是自己谈对象，根本不用人来介绍，找她说媒的人家也就少了。所以，她跑也是白跑，不如过去那么欢了，有人求她，她就给操个心，没人求她了也就待在家里歇下了。

马金莲为了表达对刘媒婆的尊重，特意买了一箱奶和一把香蕉，并把好心情搬出来搁在脸上，这才跨进了刘媒婆家的大门。刘媒婆的家门是敞开的，不养狗，也不养鸡，出出进进都很畅通。没等马金莲开口，刘媒婆便风摆杨柳般地迎了出来，她拉住马金莲手中笑盈盈地说："我说今儿喜鹊老叫个不停，原来有贵人到了，金莲，你可是个大忙人，怎么到我家来了？"

马金莲笑呵呵地说："这不是想你了么！"

刘媒婆知道马金莲的儿子还没娶上媳妇，估计是为这事来的，所以，就把她领进屋子，一边找杯子倒水一边说："是想当婆婆了吧？"

马金莲更高兴了，神气地说："谁说不是呢？儿子都大了，还得劳烦你不是！"

刘媒婆说："你那两个儿子一个比一个俊，一个比一个端正，他们后边的姑娘肯定都排队哩，还能轮着我去操这份闲心？"

马金莲咧嘴笑着说："有倒是有，可没有排队，但是，他们领来的我一个都看不上，所以嘛，还得请你出马，给说个心疼的、俊俏的，事成后我马金莲绝不会亏待你。"

刘媒婆说："人家现在都自谈哩，根本不用人去说媒，我早把手辞了。"

马金莲说："自谈的都靠不住，还是媒人介绍的稳当，我知道你是老江湖，只要出马，绝对没有问题。"

刘媒婆说："既然你把话说到这个分上了，我就给你操个心，等有合适的我给你打电话。"说完，两个人相互把手机号码留了下来。

果然，不到一个月，刘媒婆就给安安介绍了三个姑娘。第一个姑娘是邻村的，听说安安没啥挣钱的手艺，也没有多少文化，见了一面就拜拜了。第二个姑娘在西安的一家饭店打工，没时间回来，她和安安加了个微信，两个人聊天时，对方第一次发一个笑脸，第二次就直奔主题，问安安在城里有房子没？安安回复暂时没有。人家连第三句都懒得去聊，立马把安安从她通讯录中拉黑了。第三个姑娘相对要好一点，她本人在城里一家商场当营业员，为了和安安见面还专门请了一天假。第一次见面，安安按照刘媒婆叮咛的请姑娘吃了一顿饭。当时，双方都比较满意，聊得也很投机，姑娘没有提出任何条件。第二次见面，姑娘叫来了几个朋友给自己做参谋，安安自然得掏钱请客，吃完饭，大家四散而去。第三次，姑娘主动邀请安安去歌厅唱歌、跳舞，安安还拉了人家的手，搂了人家的腰。一月后，双方的父母正式见面。

马金莲觉得这事十有八九没有问题，特意选了一个吉利的日子把家里打扫干净，并买了水果、瓜子等摆在茶几上，还提前在镇上的食堂里订了一桌饭。谁知，姑娘的母亲一进门张口就问："不知道孩子将来在哪里结婚呀？"马金莲赶忙赔着笑脸说："你看，家里两层哩，这么多房子让孩子随便挑，他们看上哪间就住哪间。"刘媒婆也帮着插话说："就是，这么多房子哩，还能没有孩子住的地方？想住哪间就住那间。"姑娘的母亲却不屑一顾，她抿了抿嘴说："家里有十层也没用，我是说城里的房子在哪一块地方？"马金莲嘴里乱支吾，半天回答不出。还是刘媒婆灵机，她接过话茬说："你看，家里这么多房子都闲着，先让孩子把事办了，至于在城里买房的事情家里也在考虑，以后肯定会买的。"姑娘母亲的脸色立马变了，屁股一扭转身就走，临走时还撂下一句话："等啥时候在城里把房买下了，再说这事。"

马金莲气得嘴都吊起来了。刘媒婆一走，她就拉开被子躺下了，连午饭都没吃。

李三魁也很生气，但他毕竟是个男人，肚量相对要大一些，他撅着屁股把饭做熟，又端到炕边对马金莲说："不愿意就不愿意呗，有啥大不了的，我就不信咱安安还娶不下个媳妇，来，把饭吃了再说。"

马金莲从被窝里爬起来，苦着脸说："我生气的不是女子她娘，我是不明白现在怎么成这个样子了，给个女子非得在城里有房子才嫁，她们是跟人过日子？还是跟房子过日子？难道住在城里不吃就能饱吗？"

李三魁劝解说："现在就这世道，没办法。"

马金莲说："这世道变得也太快了，简直跟脱裤子一样。"

李三魁没有再说什么，他心里明白，如今，随着城市化进程的不断加快，人们的思想观念已经和过去大不一样了，种地、务农已经不是他们的主要职业，打工、做生意、挣钱才是发家致富的根本途径。在他的周围，有些人早已经不种地了，地都是荒的，地里的草比人还高，人都进不去。有些地虽然还被种着，但只选一些土壤厚的、水能浇的、产量高的来种，或者能"长"钱，能"造"钱的来使用，小麦、玉米这些传统意义上的农作物早已经退出了历史的舞台，农民已经不是社会的主人，大家只要去农村走一走、看一看就会知道，现在的村庄几乎都是空的，除了一些固守的老人之外，大部分人都进城当了"市民"。有些人虽然在农村住着，心却在城里，见天就往城里跑，特别是年轻人，他们有钱买房，没钱的租房，都在城里打工，做点小生意，长年累月不回农村，有少数只是在收种季节才回去两天。现在，种粮食有播种机，割麦子有割麦机，只要给钱，机械一突突就把粮食收回来送到家里，根本用不着人去动手。再说了，改革开放这么多年了，物价涨得和疯了一样，就是农民的粮食价格不涨。农民也是人，他们也读过书、会算账，都知道一个少两个多，谁愿意守着那一点土地吊命命呢？除非那些年纪大的，没有本事的待在家里混日子。

李三魁不是没本事的人，他年轻时就学了一身瓦工手艺，垒砖头砌墙是他的本行。他和村子大多数同龄人一样成天在外边打工。为了多挣几个钱，他经常早出晚归，有时候还住在工地上不回家。也难怪，自从三个孩子出世后，五口人的家庭几乎是他一个人支撑，能不辛苦吗？特别是家里盖了一座二层小楼后，他几乎一天也没有在家里待过，天天到城里找活干，就是雨雪天也不错过。尽管如此，日子还是紧巴巴的。五年前，他的女儿考上了一个大学，他一年挣的钱一半都供了女儿，现在，女儿虽然毕业了，不用自己再去供养，但没有一个像样的工作，去省城打工，钱没有挣多少，人忙得焦头烂额。李三魁知道女儿不容易，也不指望她能给家里添补几个，能养活自己就行了，家里事情还得依靠自己。所以，到现在他也没有攒下多少钱，更没办法在城里给儿子买房。当然，村子有和他家境差不多的人在城里买了房，给儿子成了家，但人家只有一个儿子，拆墙卖砖、砸锅卖铁狠下心只是一次，迈过这个坎儿就没事了。而他与别人不同，膝下有两个儿子，要买都得买，一买就得两套，如果这样，就是把他和老婆油榨干，骨头卸成件变成钱，也不可能做到。好在李三魁的两个哥哥负担轻，常年照管着自己的父母，给自己省了不少事情，要不然，他现在恐怕提着裤子都找不着腰。

三

　　时间不声不响又过去了半年。这天，马金莲去镇上赶集，恰巧碰见了自己小时候的一个同学，两个人见面都很亲热，不由得拉起了家常。同学问她家里情况，马金莲叹了口气后，就把安安找对象遇到的那些事情一五一十地说了一遍。同学听完后很是同情，认真地告诉她说："现在姑娘谈对象都是这样，非得在城里有房不可，有些不仅要房，还要有车，时代变了，和过去不一样了，我想你应该知道吧。"马金莲说："我家有那么多房子都闲着，不想在城里买房。"同学劝导说："不买不行啊，这是硬杠杠，现在农村打光棍的小伙子多得是，不信，你回去打听打听，越往后越不好办。"

　　马金莲当然知道自己村上有好几个小伙子三十多岁了还没有媳妇，不是他们长得差，而是家里穷，没有钱。这些小伙子没有媳妇，心里就不痛快，一天到晚在棋牌室打麻将，在饭馆里胡吃胡喝，啥事也不愿意干。莫非自己的儿子将来也会成为这样？想到这里，她不由得害怕起来，回家里早早做好晚饭，就等丈夫和安安回来。

　　暮色里，李三魁和儿子安安拖着疲倦的身子进了家门。碗还没端在手里，马金莲就发话了，她开门见山直奔正题："我看安安婚事不能再拖了，越往后越不好办。"

　　"就是，你去给亲戚朋友说说，多给操个心，有合适的咱就办。"李三魁说。

　　"这不是操心不操心的事情，关键是人家现在的女孩子都要求城里有房才肯嫁人，我想过了，既然人家都在城里买房，咱也买上一套。"

　　"城里一套房好几十万哩，就咱那点家底恐怕连个厨房都买不起。"李三魁说。

　　"这个我知道，但不买不行啊！不买人家女子就不进门？你难道想让安安打光棍不成，安安都快三十岁了。"马金莲说。

　　"我也想买，钱从哪里来？"李三魁说。

　　"这个我想过了，买房子不是能在银行按揭吗？先把咱家的钱拿出来交个首付，剩下的咱一边挣一边再还，实在不行就在大哥和二哥那里借点，总之，这房子不买不得成。"马金莲很是坚定。

李三魁不言声了，低着头只管往嘴里刨饭。

马金莲又把头转过去，对安安说："安安，你这几天没事了打听打听，看城里哪里的房便宜一点，咱过去看看。"

安安点了点头说："成！"

对于在城里买房子这件事，安安是全力支持的，这是给自己办好事，自然比谁都积极。以前，他自己没钱，不好给父母开口，既然现在家里把这事提到了议事日程，下决心要买，他当然很高兴了。所以，从第二天起，他一边在城里打工，一边打听房子的信息。当他得知城里的新福路一带房子比较便宜时，特意领着爸妈看了一趟。

这是一个艳阳高照的日子。安安领着爸妈来到城里，好不容易找到了两家售楼部，进去后却发现里边的没几个人。起初，他们以为是房子卖完了，最后才知道这两年的房地产市场不景气，房子卖不动。

本来，马金莲打算看个合适的定下来算了，可被李三魁拦住了，李三魁说："房子没人买，是因为房价太高，咱现在买就等于挨了个大价钱，咱要不等一等，等房价掉了再买也不迟。"

马金莲将信将疑地问："房子能掉价吗？"

李三魁果断地回答："能，肯定能！"

李三魁常年在外打工，他知道房地产开发商都是靠银行贷款支撑的，银行的贷款长着腿，时间越长利息就会越多，许多房产商倒闭了，就是被银行利息"压死"的，所以，楼房一旦建成就得尽快出手，尽快把资金回收回来，还银行的贷款和利息。

马金莲是一个地地道道的农村妇女，她虽然掌控着一个家庭，但更多的时候都是围着锅台绕圈圈，很少出门，见的世面也不多，对社会上的事情不懂，也不去打听，丈夫说什么她就听什么，丈夫讲什么她就信什么，所以，根本没法去做认真的分析和研究，加之考虑到丈夫和儿子一天到晚很辛苦，挣点钱不容易，所以，就听了丈夫的话，把买房的事情暂缓了下来。

仅仅过了一个春节，城市的房地产市场风云突变。房价像火箭发射一下子蹿了上去，有些地段好的房子一天涨一个价，隔夜就变样。更令人可笑的是价格低的时候没人去买，也没人去问，价格涨得高了，买的人就多了。大家好像有意识地等待房子涨价似的，只有等价涨了才肯把钱拿了出来。有了这样的机会，许多积压了多年无人问鼎的楼盘一夜之间被抢购一空，连一些期房、没有影子的楼盘都要排队抽号，提前进行预订。

马金莲肠子都悔青了，她把李三魁骂了个狗血喷头。李三魁自知理亏也不和她计较，任凭她怎样去骂也不还口。但是骂归骂，房子终归还得要买，给儿子的媳妇还得要娶。马金莲这下很是坚决，她谁的话也不听，谁的话也不信，选了个日子和安安进了城，当天就定下了一套两室两厅的现房。房子一共是六十八万元。马金莲把箱子底的存折翻了出来，加上女儿打过来的总共凑了二十万元先交了个首付，剩下的都办成了按揭。售楼小姐给他们计算了一下，按照二十年房贷来算，每月需给银行还款两千多元。

回到家里，马金莲的心里五味杂陈，她见了李三魁第一句就说："这回咱把钱都折腾光了，看以后的日子咋过呀？"

李三魁反倒想通了，他笑着说："咱给儿子买了房，办了正事，又不是扔到河里打了水漂，怕啥？"

马金莲说："一个月要给银行还两千多块钱哩，你说这钱从哪里来呀？"

李三魁说："我和安安不是还挣着哩么，你不愁。"

马金莲叹了一口气说："光安安一个儿子咋都好说，可是，咱还有乐乐哩，我能不愁吗？"

李三魁说："车到山前必有路，你放心，到时候咱会有办法的。"

自从给安安在城里买了房后，马金莲家的生活一下子就变细了，用关中人的话说，细得和绳子一样了。她一年到头不给自己买一件新衣服，不给家里割一斤肉，从不多花多一分钱。粮食是自己地里种的，菜是自家地里长的，街市的东西她一概不买。过去，马金莲是村子有名的串门客，村东村西到处都有她的身影，拉堆堆、扯闲话也数她去得早，可如今，连影子也不见了。知情的人知道她到山坡上挖地去了，不知情的人还以为她住在城里当了"市民"。而李三魁更是可怜，五十多岁了，每天比鸡还起得早，摸黑就往城里跑。别人揽活时先要看活路重不重，脏不脏。他顾不了这些，只要有钱挣，再苦再脏都去干，他白天干，晚上干，连中午也不歇息。工友给他说，这挣钱没有错，吃苦也没有错，但得把肚子填饱。李三魁不是这样，他早晚在家里吃，中午在城里只吃一碗扯面，吃够是一碗，吃不够也是一碗，实在不行就要点面汤，泡点从家里带的馍凑合一下。过去，他抽的烟一直是十元一包的"好猫珍品"，后来换成了五元一包的"美猴王"，现在，他连"美猴王"都不抽了，干脆让老婆在镇上买点旱烟叶子用纸卷着抽。

而安安不管这些，他该吃照样吃，该喝照样喝，动不动还叫几个狐朋狗友去城里唱个歌，看个电影。这姑娘们也都是势利眼，以前，安安城里没买房子时，认识安安的姑娘都装不认识，不认识的连个面也不愿意照。现在，听说安安在城里买了房，一个个就往安安的身边凑，有的还主动请安安吃饭，甚至有姑娘为了把安安追到手，还愿意和他一起过夜。

没有多久，有一个叫兰兰的姑娘就送上门了，马金莲搭眼一看，俊，满心欢喜，不等兰兰坐稳，就把红包递到了她的手里。兰兰也不推辞，接到红包后就甜甜地叫了一声"妈"。马金莲的心里像灌了蜜，屁股一下子就抡圆了。

按照关中农村的风俗，小伙子和姑娘谈对象，如果都看上人，就要谈彩礼。这是一件重要的事，马金莲原本想和兰兰谈谈就算了，可李三魁却很认真，他认为娶媳妇嫁闺女是一件大事，马虎不得，所以，咱必须把人家父母请过来，锣对锣、鼓对鼓说一说才对。

马金莲觉得李三魁说得有道理，毕竟，人家把女子养育了一场，不容易。怎么着也得尊重人家。

"不知道人家那边的礼钱是多少，太高了咱可担不起。"马金莲说。

"这好办，如果人家要得太高，咱只能给安安再另找了。"李三魁回答。

"就是，现在咱城里有房哩，不怕没姑娘进门。"马金莲神气地说。

三天后，安安给马金莲报喜："兰兰她的父母没有意见，她们那边也没有啥要求，一切都按咱这边的风俗办，至于彩礼，让咱有个意思就行了。"

马金莲的心终于放进肚里了，她庆幸儿子找了个好媳妇，也庆幸自己遇到了一个好亲家。安安结婚那天，马金莲在城里的大酒店摆了三十桌酒席，风风光光、热热闹闹。

四

安安结婚后，乐乐的婚姻问题立马提到了议事日程。因此，马金莲依然闲不下来，她白天忙着干活，晚上却像烙饼子一样翻来覆去睡不着。

乐乐生性内向，不如安安活泛，平日里除了给人开车，很少和他人交往。他唯一的爱好就是抽烟，几年下来，烟抽了多少别人不知，但他的两个指头都变成黄颜色了。新疆比陕西冷，到了三月才能干活，国庆节过了一个月就干不成了。因此，一年最多也就挣九个月钱，虽然只有九个多月，但乐乐攒下的钱比安安多。只是他的钱他不做主，全部被马金莲要去给安安装房子结婚了。如今，他连买烟的钱都没有了。

李三魁在安安结婚后的第二天就出去揽活了。

早晨，天麻麻亮，李三魁就从炕上爬起来了，他骑上自己的摩托车，带上瓦刀和铁锤朝城市奔去。他悄无声息地潜入城市，怀着对城市的血海深仇，拿出自己浑身的力气鸡一样不停地刨着。他的手常常流血、眼常常流泪、心常常受伤，但是，为了让乐乐也能在城市有一套房子，他必须刨，得拼命刨，有时候，还得带上自己的老婆马金莲一起刨。他知道自己的任务还没有完成，一天也不敢休息。马金莲很心疼自己的丈夫，安安住在城里，乐乐去了新疆，她一闲也跟着丈夫进城里打工去。起初，李三魁不让马金莲去，后来，她死缠软磨非去不可，他也就同意了。从此，家门被一把大锁看管，连麻雀燕子也很少进去。

马金莲一边出去干活，一边给乐乐张罗媳妇。半年后，娘家的一个邻居给乐乐介绍了一门亲事，但女方要求城里有房。马金莲早就预料到了，所以，她和丈夫商量起来。

李三魁说："咱再贷点钱，先给乐乐把房子买下。"

马金莲说："安安的房贷还背着哩，再贷拿啥给人家还呢？"

李三魁说："不贷又有啥办法呢？"

马金莲说："咱还是在亲戚那里借点，借的钱没利息！"

李三魁说："没利息对着哩，但欠下的人情债更不好还！"

马金莲说："那咋办？总不能不给乐乐娶媳妇吧。"

李三魁说："我也没办法！"

马金莲说："都怪咱命苦，养了两个儿子，辛辛苦苦挣点钱都给儿子买了房。你看人家老大和老二家养的都是女，日子过得多自在？今天吃这，明天喝那，三天两头还出去旅游。老大的婆娘前年逛了一回北京，去年逛了一回海南，今年还准备去日本呢，我一辈子了连西安都没去过，天天是个忙，啥时候才是个头啊！"说着，眼角里渗出了泪花。

李三魁不吭声了，他知道马金莲这些年不容易，跟自己东奔西跑、早出晚归四处干活，吃了不少苦，受了不少累，他看在眼里，疼在心里，但没有办法。他也很苦，也很难受！但无论多么苦多么难受还得想办法把乐乐的媳妇给娶回来，不然，他这一辈子的任务没有完成，给祖先也没法交代。

马金莲和李三魁继续打工，他们白天干活，晚上找亲戚朋友借钱。半个月过去了，他们只借了不到十万元。

李三魁沮丧地说："过去，谁家砌个墙、垒个锅灶都来叫我，我随叫随到，连工钱都不要。现在，咱想借点钱渡个难关，人家宁肯把钱放在柜子发霉，也不给咱借，太没良心了。"

马金莲说："不要说别人了，亲兄弟都这样，你大哥当了一辈子工人，女儿还是个公务员，咱给人家下了一场话，才给咱借了一万块钱，你二哥虽然是个农民，比你老大厚道得多，一次就给咱借了三万。"

李三魁说："别说了，都怪咱没本事，咱要是有本事，也不用求人家。"

马金莲说："不是咱没本事，是人家运气好，生的是女子，不买房也不娶媳妇，要是把他们换成咱，说不定还不如咱呢！"

李三魁说："我下辈子再不要儿子了。"

马金莲扑哧一声笑了，她瞪了李三魁一眼说："你不要儿子鸡巴痒得很。"

李三魁狠狠地挖了她一眼。

五

安安结婚住在城里，很少和兰兰回农村家里。马金莲和李三魁打工忙，也不太到安安那里去，这样，一个家就自然地变成了两个家。

一天，李三魁出门打工去了，马金莲没了活干，就带了点苞谷榛子给安安送去。她进了安安家门，见安安躺在沙发上玩手机，兰兰在厨房做臊子肉，一下子高兴了起来。她一年多没割肉了，一闻到肉香的味道就流口水，于是，赶忙放下手中苞谷榛子，挽起袖子准备给兰兰帮忙，不料，被兰兰用肚皮挡住，不让进厨房，兰兰说她的手成天挖抓脏东西，不干净，还是少进厨房的好。她一生气转身就走，安安和兰兰也没有留她。

又过了半年，兰兰生了一个大胖小子。马金莲高兴坏了，跑过去专门照料了多半个月。对此，兰兰还是不高兴，兰兰认为马金莲照料她的时间太少，经常找借口和安安闹矛盾，弄得小家庭很不愉快。马金莲知道他们闹矛盾的原因，也没工夫去管，继续挣自己的钱。说句心里话，她已经顾不上安安了，她对安安的义务已经尽到了，她现在最重要的要赶紧挣钱，给乐乐买房，娶媳妇，乐乐一天不结婚，她就一晚上睡不着觉。

马金莲跟着李三魁又去城里给房子装涂料，临走前，她到自家地里剜了一袋子菠菜，准备中午给安安送去，一方面看看自己孙子，另外想歇歇腿，蹭一顿饭。谁知，当他们兴高采烈进了安安家门，却戗了一鼻子的灰。

那天中午，安安没在家。兰兰见他们进门，脸色唰地一下就阴了起来，开口说："有事吗？"

马金莲举着笑脸说："这不是想孙子了吗，就过来看看！"说完，就把菠菜放在厨房，洗了洗手，准备去抱孙子。

兰兰横着眉毛说："我儿子生下来就没有爷爷和奶奶，你还是不要碰的好，省得弄哭了我哄不下！"

马金莲的头像被棍子猛击了一下，当即一阵眩晕，过了一会儿她才清醒过来。她抖着嘴，颤着声音说："我没想到，你竟然是这么一个不讲理的媳妇，别忘了，这房子是我掏钱买的，这个家也是我的家！"

兰兰可不吃这一套，嘴茬比马金莲更厉害，她不屑地回答："我当然知道这房子是你买的，既然是你买的，你就留着住嘛，为啥要给我住哩？"

"我！我！"马金莲气得打战，半会儿说不出话来。

李三魁终于开口了，他指着兰兰说："你太过分了。"说完，就拉着马金莲走出了门。

兰兰得意，头一扭说："哄娃哩，不送！"

李三魁把马金莲领到一个面馆坐下，买来了两碗扯面。马金莲哽着喉咙，不停流泪。李三魁劝解说："吃饭，下午还要干活呢！"马金莲更伤心了，她抹着眼泪说："要知道安安的媳妇是这个德行，我就不要她。"李三魁说："咱权当没有她这个儿媳妇。"马金莲说："我想孙子得很！"李三魁说："你先吃饭，过两天给安安打个电话，让他把娃送回家来，你好好抱上两天。"

马金莲终于止住了眼泪，她用筷子在碗里剁了几下，结果还是吃不下去。李三魁没办法，只好让她提前回家去了。

马金莲装了一肚子气回到家里，一进门拉开被子就躺了下来。她越想气越多，越想越想不通，正准备把中午发生的事情打电话告诉安安，不料，门外传来刘媒婆的声音。马金莲赶忙从被窝爬起来，把刘媒婆迎进屋子，拿着杯子准备倒水，却发现水壶是空的，她有点不好意思，要去厨房烧水，被刘媒婆拦住了。

刘媒婆说："上次给你安安没把媳妇说成，我心里一直过不去，总想找个机会把人情给你还上。"

马金莲苦笑了一下说："看你说的，这有啥嘛，是人家姑娘家看不上咱家里，又不是你不愿意，有啥过不去的！"

刘媒婆说："你不是还有个儿子叫乐乐吗？这次，我给你盯实了一个，保管没问题。"

马金莲说："现在的女孩子都要城里有房才嫁人，咱不急，等我在城里把房子买下了再说。"

刘媒婆往马金莲身边挪了挪说："这次我给你说的这个女子条件低，城里没房也能成。"

马金莲有点惊讶："还有这么好说话的？"

刘媒婆说："就是，不过这女子结过婚，但没有孩子。"

"我说怎么好说话哩，原来是个二茬子？"马金莲脸上的笑容立马消失了，她说，"我乐乐还是青冈木小伙哩，要说你就给说个姑娘家，二茬子我们不要！"

刘媒婆拍了拍马金莲的肩膀说："现在这社会，头婚和二婚有啥区别哩？有几个姑娘结婚时还是处女吗？你何必那么认真哩？"

马金莲说："不管怎么说我都不要二婚。"

刘媒婆说："就你家现在这情况，想给儿子找个初婚，一个字：难，两个字：很难，你不是不知道，现在的姑娘找对象看的不是人，而是房子、车子和票子，城里有住房是最起码的条件，如果条件再高一点还得有个小车。我知道给安安的买了一套房已经把你两口子的油榨干了，我不信你还能再买一套？依我看你就放实地点吧，只要找个女的不瘫不拐，能生会养管她头婚二婚呢！"

听到这里，马金莲不高兴地说："谢谢你，我儿子就是打光棍也不找二茬货，这事情你就不要操心了！"

刘媒婆站起身，眼睛翻了几翻，抬腿就往外走，她一边走一边在嘴里边说："你就等着吧，这辈子你儿子能找个姑娘我跟你转……叫花花还嫌米汁稠！"

刘媒婆走后，马金莲把自己和刘媒婆的所说的话回顾了一遍，虽然感觉很气，但也有点后悔。她后悔自己一时冲动把刘媒婆得罪了，又后悔自己把话说得太绝，没有留下余地。是啊，乐乐都三十多了，到现在没有一个人给他说媳妇，就是自己的兄弟姐妹、姑姑姨姨也很少说起过。刘媒婆是为数不多给乐乐提亲的人，即便说的是二婚，也算是给自己操了心，自己怎么能这样对待人家呢？以后，万一用着了怎么进人家门哩？

马金莲再次陷入无边的烦恼之中。

六

一连好几天李三魁都没有活干。为了给乐乐买房，李三魁一天两头见不到太阳，他恨不得八只手去挖钱。但偏在这个节骨眼上，却没活干了。说来也怪，最近劳务市场一直不太景气，像下了一场雪冷清清的，不是李三魁一个人没有活干，大部分"卖天天"的农民工都没活干了。对此，一部分人很焦虑，不停在徘徊、等待。还有一部分人却表现得非常淡定，一副无所谓的样子。既然没活干，索性好好玩，这样，挖坑、打牌的场合就红火了起来。

李三魁明显属于前一部分。他整天在劳务市场的大门口等候着，见个人就跑过来就问人家要不要干活。他没玩，不是他不会玩，是他根本就不敢玩。他年轻的时候也是村上有名的玩家，挖坑、打麻将、下象棋，一样也挡不住，晚上还经常玩通宵，有时候连饭都顾不上吃。可是，他现在不玩了，他是个把一分钱掰开当两分钱花的人，他赢得起却输不起，万一玩输了怎么办。他甚至连牌场看都不看一眼，他知道这玩意诱惑力强，看一看就会心动，就会手痒，若再有人在旁边鼓捣，说不尽就会掺和进去了，所以，不仅不玩，而且不看，他在内心的深处暗暗告诫自己。

　　这天，李三魁正在发愁，同村的一个工友走过来告诉他，郊外的一个厂子要建仓库，需要五六个匠人干一个多月，因为给的工价低，没人接手。李三魁当即骑着摩托去厂子和老板谈判，经过讨价还价，最终达成协议。

　　李三魁是这样想的，尽管这个活工价很低，没有多少利润，但好歹比在劳务市场闲坐着强，所以，他和几个工友商量了一下就把活接了下来。施工的前一阶段一切都很顺利，但在即将完工的一天下午，李三魁不慎从仓库顶上掉了下来，虽然被及时送到了医院，终因伤势过重而死亡。

　　事后，厂家给李三魁的家里一次性补偿了七十多万元。半年后，马金莲用这笔钱给乐乐在城里买了一套房子。

　　又过了一年，乐乐娶了媳妇成了家。至此，马金莲的两个儿子都安然地住进了城里，过上了幸福美满的日子。而马金莲依旧住在村子那个二层小楼房里。因多年劳累，她的身子已经走形，积下了许多病痛。她再也跑不动了，白天，除了给自己做点饭吃，剩下的时间就点燃艾草，熏灸疼痛的关节和肩背。到了晚上，她一个人躺在空旷的屋子里，没人和她说话，就连吃药时给她倒一口热水的人都没有。

　　又一个清明节到了，马金莲一大早起来把屋子收拾干净，然后，包了一案板饺子。可是，她等了整整一上午也没等回一个影子。于是，她分别给安安和乐乐打电话，问他们怎么还没回来。安安说他们一家人在外地旅游去了，回不来。乐乐说他开车给人家送货，没有时间。马金莲的眼泪瓣里啪啦就下来了，她坐在院子里哭了很久、很久，最后，挣扎着站起来，带上冥币、香和蜡烛，慢慢地朝李三魁的坟茔走去……

余花落处

一

朱满才是个诗人。

据说,朱满才的诗写得不错,在报刊上发表过,还出过两本诗集。但这些所谓的成绩似乎给他的生活没带来多少好处,反而让他的日子潦草了许多。

朱满才所在的村子叫朱家滩,距北京很远,离县城很近。北京的阳光雨露时常洒满了他的村子,县城里的柏油马路也通到了他的门前。这些年,朱家滩的好多人披着北京温暖的阳光,沿着门前宽阔的马路搬到城市去了,唯有朱满才等少数的人依然驻守在村子里。用朱满才的诗描述:我们热爱家乡,热爱家乡的每一寸土地,一旦离开家乡,我们将无法生存……

朱满才热爱家乡,却不喜欢老婆。不喜欢老婆很正常啊,可问题是朱满才天天吃着老婆做的饭,夜夜睡着老婆暖的床,不仅如此,两个孩子也长得和枪杆一样高了。对于这个问题,朱满才自有自己的说法,他说:饭是老婆做好后叫我吃的,孩子是体验生活不小心生下来的。

青年时代,朱满才在朱家滩小学当民办教师。当时,朱家滩小学有四个民办教师,男的、女的,教语文的、教数学的。后来,一个转成公办了,一个考上大学了,还有一个扔下教鞭做生意去了,只有朱满才既没有转正,也没有考学,更没有下海做生意,他不忘初心、牢记使命,一如既往坚守着自己的岗位。

那年代，书是最强的兴奋剂，注入神经让人着迷，抱着一本书，如同抱一个美女，既开心快乐，又飘飘欲醉。朱满才就是在这个时候爱上诗的，他白天给孩子上课，晚上在灯下读书，读着读着心就热乎了起来，模仿着书上的文字写了起来。什么北岛、舒婷、顾城、海子、杨炼等都成了他的偶像，也成了他生活中最大的动力。为了诗，他顾不上回家，顾不上吃饭，一写一个通宵，一写一沓稿纸。再后来，上级一纸文件，民办教师一律清退。这样，朱满才只得背着自己的诗稿回到家里。

二

朱满才的老婆叫王彩娥，她明明知道朱满才不喜欢自己，还是坚持给朱满才做饭、洗衣、养孩子。朱满才瘦得像猴，没有多少力气，他的手只要攥上锄头，不出半个钟头就起血泡。这时候，粉嘟嘟、肉乎乎的王彩娥就会像碌碡一样滚到朱满才的面前，先用自己的桃花眼狠狠地瞪朱满才一眼，接着就张开自己灿若丹霞的小嘴朝朱满才的血泡吹两口热气，再从兜里掏出手绢把朱满才的手裹住、扎紧。然后，一把夺过朱满才手中的锄头说：我知道你不是干活的料，回去写你的诗去。每每听到这话，朱满才心里像灌了洋槐蜜，不由得咧嘴乐了，他跳跃着弹出田地，轻飘飘地回到家里，先给自己泡一杯茶，再给嘴上点一支烟，然后，往桌前一坐，一边喝茶，一边抽烟，一边写诗。

一年中总有几段时间，王彩娥为了锄禾、拔草、收麦子、搬玉米、务果树，被太阳晒得跟包公一样，回到家里还得给朱满才做饭吃。无论她回来多迟，朱满才都会在家等待着，从不下厨。

朱满才诗写得好，但要发表在报刊上并不容易。他每发表一首，都要把样报或样刊带到村子的广场上给大家看，给大家读。起初，村子的人都围着看，听他读，还有的给他鼓掌、伸大拇指，更有人把他的诗抄下来带回家里反复读、反复看。可后来，看的人少了，听的人也少了，拍手的伸拇指的人更少了。再后来，所有人都不看，也不听了，见他拿着报刊过来转身都走了。还有一些没眉没眼的人骂他是神经病，脑子被驴踢了，不知道挣钱，尽干那些不打粮食的事。朱满才听了非常气愤，他嘲讽说，农民就是个农民，没知识、没文化，天生下就会卖力气，一点出息没有的。

　　村上的人不喜欢朱满才，朱满才也看不起村上人，朱满才干脆和村上的人不来往了，把诗拿到县城里找有文化、懂艺术的人。县文化馆的李馆长是搞创作出身的，他对朱满才很是欣赏，朱满才每次带着诗去，他都要认真地读上几遍，并给朱满才点赞。朱满才喜欢李馆长读他诗时的神情，更喜欢跟李馆长在一起，他认为自己终于找到了知音，自己的成绩终于得到了肯定。于是，创作起来更用心，更努力了，一旦有诗发表，立马跑到县文化馆向李馆长汇报。这样时间一长，朱满才和李馆长就成了朋友。朱满才一来，李馆长就把手头的事放下，他们一起喝茶、一起谈诗，一起谈中国文学的发展局势，谈作家圈里的是是非非。朱满才更是把自己心里想的、准备做的一股脑地搬出来说给李馆长听，而他所有的构思、所有的计划都会得到李馆长的肯定和支持。到了中午，朱满才拉着李馆长去喝酒，喝到高潮后，李馆长就朗诵朱满才的诗。这个时候，朱满才感觉自己像飞起来一样，仿佛天空都是他的。

　　那样的时光太好了，诗终于成诗，酒终于成酒。

　　起初，朱满才请李馆长喝酒，李馆长还装装洋蒜，摆出一副要结账的样子，不等他站起身子，朱满才就把他按在座位上，神气十足地说："您别，我这有稿费，稿费是干啥的？就是喝酒的。"这样，朱满才就抢先把单买了。后来，两个人喝的次数多了，李馆长干脆连样子也不做了，他只管吃只管喝，歇马乘凉，尽情享受。

　　其实，行内的人都很清楚，在报刊上发表一首诗并没有多少稿费，更何况，报刊并不是天天发表某位作者的诗，谁的诗也不一定每一首都能发表，就连那些大咖大腕级的诗人也不是靠稿费养活自己的，他们中有些有固定的工作，有些靠名气捞点外快和赞助，还有些用自己的书画作品卖钱，搞创收。按照朱满才的实力和水平，一年能在地市级报刊上发表五六次已经阿弥陀佛了，省级刊物偶尔才能上一两次，至于国家级的报刊他连边都沾不着。因此说，他挣的稿费非常有限，别说吃不了几顿饭，说难听点，连两瓶像样的酒都买不下。但朱满才有自己的办法，他家里种了二亩半的苹果树，虽说都是老婆王彩娥一手操持，但毕竟有他的份额。所以，他只要把王彩娥当苹果树轻轻一摇，喝酒的钱自然就有了。王彩娥虽然不高兴，但该给的还是要给，谁叫她是诗人的老婆呢？给诗人当老婆就得比别人的老婆辛苦、大气、自认倒霉。不然，就没有资格当诗人的老婆。

有一次，朱满才的诗又发表了。为了去县城和李馆长分享，很委屈地把王彩娥搂了一夜。次日早晨，精神抖擞的王彩娥不等朱满才开口，就从箱子取了五百元扔到朱满才面前。朱满才抓到钱往兜里一塞，乐呵呵地跨上自行车走了。细细琢磨，这一夜好像一场交易，朱满才陪王彩娥睡觉，王彩娥还得给朱满才付劳务费似的。

说实话，李馆长这人还是挺有良心的，朱满才请他喝酒，他一直记在心里，也一直想对朱满才有所回报和帮助，这不，机会终于来了。就在李馆长和朱满才认识后的第三个秋天，省作协要举办一个全省中青年作家培训班。按规定，一个县区一个名额，李馆长经过反复考虑，还是把这个宝贵的名额送到朱满才的手里。

朱满才很珍惜这次机会，在培训班的十多天里，他一直专心听讲、认真学习，一堂课也没缺，一个盹也没打。不管是小说课、诗歌课还是散文课，他都听完了，并做了一本子的笔记。到了晚上，好多学员跑到省城繁华的街道花天酒地，只有他和少数几个学员待在宾馆，借着床头微弱的灯光默默复习，细细领悟。

在培训中，朱满才对班上的一些学员很不理解，他不知道这些学员大老远跑来是干啥来的，授课的老师可都是著名的作家和大学教授呀，为什么不好好听、不好好学呢？难道这些学员的水平比老师高、作品比老师好吗？更让朱满才无法理解的是他身边一个同学只参加了一个开班仪式就没踪影了，试问，对得起作协吗？对得住自己吗？朱满才甚至想，省作协的领导是不是吃饱了撑的，拿这么多的钱，费这么大的劲办这样的培训班到底有没有意义？至少在朱满才看来意义不大。因为，他亲眼看见，这个培训班到最后几天，学员连一半都没有了。

话说回来，不管培训班对别人有没有意义，对朱满才的影响还是蛮大的。他除了掌握更多的写作技巧外，还了解到国际国内文学创作的趋势。回到家里一连创作了三组诗，有一组还被省外一家杂志采用了。对于这样的收获，朱满才非常高兴，他把刊发自己作品的杂志美美亲了一口，又把发表的诗歌高声朗诵了一遍，然后，骑着自行车给李馆长送去。

三

一天上午，泡桐花在窗外摇晃着，树影婆娑，花香暗动。朱满才白手净面，照例在屋子写诗，他像一个匠人，把石头般呆板的文字一个个搬出来，用一种巧妙的方式组合成一个整体，然后，精心雕刻、细细打磨，直至这些文字放射出光亮才停了下来。朱满才满意地点燃了一支，长长地吐了一口气，那种自豪的神情好像稿费已经从空中飘过来了，等着他伸手去接。

晌午，王彩娥按时从地里回家。这一次，她从菜地里抽了一把蒜薹准备做蒜薹面。朱满才背着双手在厨房里转了一圈，看到王彩娥手中的蒜薹嘻嘻一笑说："蒜薹好，蒜薹好，要是蒜薹和肉炒在一起就更好了！"王彩娥扑哧一声笑了，她瞪了朱满才一眼说："哪颗牙想吃肉了，叫我看看？"朱满才还了一个白眼没有吭声，转身出去了，直至王彩娥把饭做好才从太阳地里回来。

王彩娥收拾完锅上的碗筷，照例去地里干活。那段时间，她正在给苹果树拉枝、摘花，忙得一塌糊涂。朱满才和往常一样，吃完午饭就去睡觉，他不睡不行啊，不睡觉就没神，没精神就没灵感，没灵感就写不出诗。于是，他把碗往旁边一扔，头一歪就倒在床上，紧接着腿伸得长长的，酣睡扯得匀匀的，就连王彩娥啥时候端走碗，啥时候给他盖上被子都不知道。

下午，朱满才还在床上睡着，朦胧中手机响了。打来电话的不是别人，正是县文化馆的李馆长。李馆长一开口就恭喜说："祝贺你啊朱大诗人，又读到你的大作了，不错不错，写得太棒了！"

朱满才听到李馆长的声音乐得山河破碎，眼屎差点掉进嘴里："谢谢李馆长，这都是您关心、关爱、指导的结果啊！"

李馆长依然在笑："我有什么功劳啊，都是你的勤奋、你的智慧换来的啊！"

朱满才也笑："改天请您喝酒！"

李馆长说："酒肯定要喝，不过不用你破费了，今晚，县上有几个文朋诗友要聚一聚，你没事的话也来热闹热闹！"

"没问题，我一定来。"朱满才心潮澎湃，爽快地答应了下来。

那晚，坐落在县城中心广场的凤凰大酒店六号包间高朋满座，欢声笑语，而朱满才陈旧的衣衫下却掩着一颗滴血的心。他在想，明明是文人相聚，没人谈创作、没人谈作品，一个个却念着如何挣钱、怎样发财的经。他感觉很无聊、很尴尬，喉咙里不断发出感叹的声音，不断用酒缓解自己的厌恶和不满。他甚至想离开酒桌，找一个僻静地方一个人吃，一个人喝，哪怕吃的是一碗面、一盘花生米，喝的是几块钱的酒，或者啤酒，也比这里舒服。但是，他最终坐了下来，因为，这里有李馆长，是李馆长请他来的，他就是再不高兴、再不舒服，也得看李馆长的面子，无论如何也不能让李馆长难堪。

酒宴终于散了，朱满才推着自己的车子迎风走在大街上，心情极为沉重，他后悔参加这样的聚会，他觉得和这些人坐一起太乏味、太没意思了，他们哪里是文人啊，简直就是一群商人，出口是钱，闭口还是钱，好像钱是他们的娘，是他们的舅一样。更让朱满才难以理解的是李馆长竟然和这些人混在一起，简直把文人的名声都糟蹋了。

走着走着，朱满才感觉有点累，想找个地方歇一歇，可是，他放眼望去，大街上万家灯火，却没有一个属于自己的亮光，就连一个座位也没有。正在这时，一股风吹了过来，他打了一个寒战，同时，心里也难受起来，眼里不觉滚下了几颗泪珠。昏暗中，不时有人与他碰面，也有人与他擦肩而过，但没有一个人站在他的面前，为他擦去脸上的泪迹……

突然，他的手机响了，不用看也知道是王彩娥打来的。他最不爱接王彩娥的电话了，可是，出于夫妻间的责任又让他不得不接，所以，不等王彩娥开口，他就不耐烦地说："过一阵子就回来了！"一说完就把手机挂了。没等他把手机装进兜里，铃声又响了，他极不情愿地把手机拿出来，这一次不等他出声，王彩娥抢先发话了。王彩娥显得很兴奋，声音也很大，她在手机里说："满才啊，你在哪里呀？你不是想吃蒜薹炒肉吗？我给你炒好了，赶紧回来吃吧，放凉就不好吃了。"朱满才刚张开嘴巴又僵了下来，身子像根木头桩子钉在原地半天未动，过了好好长时间才恢复了原形。他仰起头，看了看头顶的夜空，给嘴上插了一支烟，点燃后长长地吸了一口，又大大地吐了一口，最后，抹掉眼角的残泪，跨上车子朝朱家滩骑去。

四

春末夏初的季节，朱家滩山清水秀，花香四溢。这个曾被不少户外运动爱好者誉为"天然生态、秦岭氧吧"的村子一下子热闹起来，村里村外，人流如织。

一天上午，王彩娥去了苹果园干活。一个叫草珊瑚的女子踏进了朱满才家的大门。她进门后先把一塑料袋的水果递到朱满才手里，接着就从包里掏出一沓诗稿请朱满才指教。朱满才笑嘻嘻地接住水果，又笑嘻嘻接住诗稿，然后点燃香烟，一边抽，一边哧啦哧啦地翻阅起来。

大约五六分钟个样子，朱满才抬起了头，目光从草珊瑚的脸上滑到身上，又从身上滑到了脚上，好像一块碌碡要把她撵碎似的。草珊瑚虽然不太自在，还是极力地迎接着没有回避。

"这！这也叫诗吗？"忽然，朱满才脸色一变哆嗦了起来，他抖着嘴唇，绕着草珊瑚走了一圈。

草珊瑚的脸刷地一下红了，她垂下头，感觉无地自容。

"我知道你想出名，想当诗人，可诗就这么好写？诗人就这么好当吗？随便把文字拉在一起分成行就是诗吗？"

"谢谢朱老师指导，我会继续努力的。"

草珊瑚的脸越来越烫，实在待不住了，收起诗稿后离去了。

草珊瑚走后，朱满才长长地叹了一口气，过了一阵子又后悔了起来。他想，自己不应该对草珊瑚那样说话，也不应该把她打发走了，不管她的诗写得如何，也算是自己的一个同行，她能找自己，说明她尊敬自己，崇拜自己，更何况她很年轻，身上味道也很新鲜，和她在一起比跟王彩娥在一起的感觉好多了，怎么能这样对待她，又让她走了呢？于是，他狠狠地在头上砸了一拳，跨上自行车追了出去。

朱满才追了一段路程，没看见草珊瑚的身影，一生气，朝车子踢了一脚，不料，车子倒在路上没有什么，自己的脚趾头反而被撞破了。

有些日子，朱满才一首诗也写不出来。这种现象在行内叫作"断电"，意思和一台手机没了电是一个道理。大部分的作家诗人都遇到过这样的情况，也都有给自己"充电"的一套办法，有的用阅读来汲取营养，补充自己的不足；有的以游山玩水的形式来启发灵感，扩大自己的视野。而朱满才给自己"充电"的方法和别人不一样，他既不读书也不游山玩水，而是喝酒。与朱满才喝酒的人并不固定，有同学、朋友，也有文化馆的李馆长，有时候他还会去酒吧、夜总会之类的地方喝上一次，顺便找个妹妹陪一陪。朱满才和朋友喝酒时话很多，牢骚也多，喝多了就哭，哭得很伤心，很难过。和酒吧的妹妹喝酒时话很少，牢骚也少，喝多了就笑，笑得很开心、很快乐。偶尔，他还会借助酒的力量拉拉妹妹的手，搂搂妹妹的腰，拉了手，搂了腰还不过瘾，就想开个房子体验生活。可是，妹妹不是王彩娥，手可以拉，腰也可以搂，开房子得另当别论。

有一次，朱满才在一家夜总会喝酒后，摇摇晃晃地拉着一个妹妹要开房。妹妹把自己的胸部贴在朱满才的肩膀上，又把喝了鸡血一样的嘴巴凑到朱满才的耳边，笑嘻嘻地说："大哥，开房子可以，得给我这个。"说着，又开手指在朱满才眼前晃。朱满才知道其中的含义，他用手把妹妹的手指攥在一起低声说："我是诗人，和诗人睡觉是你的荣耀，怎么还要钱呢？"妹妹一听，脸色立马变了，一把将朱满才推倒在地上，厉声说："诗人是个屁，诗能吃还是能喝？"瘫在地上朱满才像一只被抽掉脊梁的犬，半天爬不起来。

五

喧黄虫叫了，朱家滩的人天不亮就起来了。有的磨镰、有的擦锄、有的给自己的小机械加油，紧螺丝，只有朱满才躺在自家的床上扯鼾声，他身上被子上下颠簸，一如风浪中的小船颠簸起伏。

晨曦将他家的院落打回原形时，王彩娥的早饭也做好了，她知道朱满才起来还得一阵儿，就从粮库里取了些袋子整理起来。这些蛇皮袋子大多是装过化肥的，化肥撒在地里，袋子就成了空的，这时候，王彩娥就一个一个地收了起来用水洗净，搭在铁丝上晾干，最后，卷起来放进仓库等着装粮食。她很细心，先把一些新的和比较新的挑出来铺在地上，用手把四角捋平，放好，然后，再把那些烂了角的，有洞眼的放在另一边，准备用布头打个补丁。她就是这么一个人，心眼小，性子直，对家庭极度真诚，始终如一。她从不多想，也不知道啥叫委屈，和朱满才过了二十多年，一日三餐顿顿做饭，每次做饭前她几乎都要征求朱满才的意见。朱满才说吃什么，她就做什么，朱满才不吃什么，她就不做什么。从不自行做主，更不为自己考虑，她不停地变换花样，不停地提高自己的烹饪技能。有一次，朱满才的嘴馋了，想吃羊肉饺子，王彩娥骑车子专门跑到县城里割了一次羊肉，不料，在回家的途中遇上暴雨，被浇成了落汤鸡，但她没有抱怨，只说自己的运气不好。

而朱满才对王彩娥从来没有关心过，他除了关心自己、关心诗，别的都不关心。那些被他吹得和气球一样的稿费没有一分钱用在家里，也没有花在王彩娥身上，而王彩娥却把自己种粮食、卖苹果的钱都存在家里的银行卡上。村里的好多人家搬城里住了，没有搬的也把房子翻新了，而朱满才家的房子还是二十年前时的老样子，不算结婚那回，一次涂料也没刷过，一件家具也没添过，就这样，他们以静制动，以不变应万变，迎送着岁月的朝朝暮暮。

初秋的一天，王彩娥骑着三轮车去县城卖苹果，正好遇见了县文化馆的李馆长。李馆长开玩笑说："彩娥呀，你不要顾着挣钱、有时间也把自己打扮打扮，不然朱诗人就看不上你了。"王彩娥虽然嘿嘿笑，但心里还是咯噔了几下。

卖完苹果，王彩娥找了一家澡堂子，把自己塞进去水里泡了两个小时，她一边泡一边用手搓，经过反复地泡和反复搓，王彩娥的皮肤一下子白净了许多，脸上也焕发出光亮。晚上回到家里，朱满才瞪着弹丸一样眼睛，探照灯般地把王彩娥从上到下审视了一遍，突然，把眼皮合起来变成了一条直线，不等王彩娥坐稳，就将她按倒在了床上。那一夜，王彩娥不明白朱满才哪来的那么大劲儿，骑在她身上折腾了三次，最后，还从后边体验了一回。更让王彩娥意外的是，第二天，朱满才竟然没问她要钱。

六

县文化馆召开"金秋诗会"，朱满才应邀参加。会上，朱满才尽管用一口醋熘普通话朗诵了自己的诗作，还是赢得了阵阵掌声。

"朱老师，您的诗写得太好了。"身旁的一位朋友竖起拇指说。

"谢谢！"朱满才说。

"像您这样有才华的人，放在咱这里太可惜了！"

"哈哈，瞧你说的，老天爷把咱生在了这里，不在这里还能到哪里去？"

"以您的水平，要是在北京、上海、广州那些大城市早都出名了。"

"是吗？"

"是，大城市太需要像您这样的人才了，如果您去了一定会大展宏图，光芒四射。"

"不可能吧？"

"不瞒您说，我的一位同学在广州搞影视剧创作，一年要挣这个数哩。"朋友向朱满才伸出了三个指头。

"三十万？"

"不是三十万，是三百万！"

朱满才愣一下。

"我读过您的诗，你的水平不在我朋友之下，只是咱们这个地方太小了，发挥不出你的能量。"

"谢谢你。"朱满才心里热了起来，他挠了挠头，窘迫地问道，"咱在大城市人生地不熟，恐怕不行！"

"您想多了，大城市不是咱这个小县城，干个啥都要凭关系，那些地方凭的是能力，靠的是实力，只要你是个人才，到处都抢着要。"

朱满才豁亮了。诗会一结束，他就迫不及待回到家里，把自己想去大城市的想法给王彩娥说了一遍。

"想去就去吧。"王彩娥淡淡地说。

"这么说，你支持我？"朱满才感觉有点意外。

"支持咋，不支持又咋？你想干的事情我啥时候拦过你，再说了，这么多年你在家里搞创作，也没见搞出个啥名堂，天天还要让我伺候着，你不在了，我还能轻松一点。"王彩娥说。

"好，有你这句话我就放心了。"

那天晚上，朱满才坐在朱家滩的村头，一只手夹着烟，一只手撑着自己的下巴，心里久久不能平静，他忽然发现这个朱家滩太荒凉，太偏僻了，一点也不像人待的地方，更不是诗人待的地方，他怎么也想不通，他的娘怎么会把他生在这么一个穷山恶水的地方……

一个风轻云淡的早晨，朱满才踩着故乡的露珠出发了。

朱满才没有去上海、广州，而是选择了北京，他想，北京是我国的首都、全国的政治文化中心，肯定更需要各种各样的人才。

临走前，王彩娥把自己卖苹果攒了两年的钱塞到朱满才兜里，又烙了一个厚厚的硬面锅盔连同一些衣服和日用品装进朱满才的皮箱里。朱满才把锅盔和衣服掏出来扔在一边，全部换成了自己的诗集，另外，他还把自己的诗集装了两箱，一起托运了过去。

刚到北京的第一天，朱满才就在天安门广场和王彩娥进行了视频。王彩娥从视频里不仅看到了她仰慕已久的天安门城楼，还看到了人民大会堂、人民英雄纪念碑。王彩娥每看到一处都激动不已，到最后眼泪都流出来了。越是这样的时候，朱满才越是得意，他不停地变换角度，不停地问王彩娥："北京好不好？"王彩娥说："好！"他又问："想来不想来？"王彩娥说："想来。"朱满才更神气了，他哈哈哈地笑一阵子，然后底气十足地说："你等着，等我挣了钱就把你也接到北京，咱们游故宫、登长城、上天坛，去颐和园，逛一逛大名鼎鼎的王府井大街，尝一尝最正宗的北京烤鸭……"每听到这些，王彩娥的身子里像灌满了氢气，飘了起来。

过了三天，朱满才又给王彩娥发视频。这一次，朱满才在北京的奥林匹克公园。"看到了吗，这是鸟巢，二〇〇八年举办奥运会的地方，气派吧？"王彩娥睁大眼睛："哇，太气派了！"紧接着，朱满才又转了一下方向："这是水立方，比赛游泳的地方，漂亮吗？"王彩娥又把眼睛眯在一块："太漂亮了。"

又过了三天，朱满才给王彩娥发视频。这一次，朱满才既没在天安门广场，也没在奥林匹克公园，而是在自己所住的宾馆里。他说："北京好是好，就是花费太大了，住一天得三百多元，这三百多元要是换成苹果，要拉一架子车哩！"

王彩娥倒很开通，安慰朱满才说："我能想到，要不然咋叫首都呢？穷家富路，出了门别怕花钱，不够我给你转。"

通过朱满才给她的三次视频，王彩娥已经对北京有了基本的概念，但她还是期望能通过朱满才更多地了解北京。

过去，王彩娥把手机放在家里，现在，她把手机装在兜里，有时候还攥在手里，随时等待着朱满才给她打电话、发视频。有时候，她很想给朱满才打电话，发视频，问问朱满才的情况，可又怕影响朱满才的工作，所以一直没有联系，她知道朱满才有时间一定会联系她的。

朱满才去北京的事情两个孩子虽然知道，但从不过问。原因是他们都在镇上的中学上学，住校，一周只回家一次，每次回来后吃饭、睡觉、洗澡、筹钱、换衣服、添日用品，忙得像打仗一样，根本没时间过问。但主要的原因是他们对自己的父亲没有多少感情，也不抱什么期望，倒是王彩娥不断在孩子的面前提念这件事情，这才引出了一些话题。

女儿叹气说："半截子都入土了，才灵醒了，早干吗去了？"

儿子不屑说："想去就去呗，在家里也没啥用，走远了倒也清静。"

女儿补充说："对，眼不见心不烦！"

王彩娥并没有生孩子的气，因为，他了解自己的孩子，也了解自己的丈夫，并且对自己的丈夫很有信心。

孩子去学校后，王彩娥思绪未消。她一边干活，一边把朱满才和北京连在一起，美滋滋地畅想了起来。

在关中地区，每个村子都有一个人群聚集的地方，这地方有的在广场，有的在某个商店的门口，有的在古老的树下或者有特殊标志的地方，不管在什么地方，作用都是一样，那就是专门给那些无所事事的人提供了一个拉闲话、谝闲传的场所。村子里只要有指甲盖大点事情，都会通过这个地方迅速发酵、扩散。

朱家滩也不例外，他们聚集的地方就在村子中心一棵古老的皂角树下面。过去，村子里人多，凑热闹、拉闲话的人也多，迟早去皂角树下都会有人。这些年，大家都忙着挣钱，也有一些搬到城里去了，所以，皂角树下的人自然就少得多了，虽然人少，但阵地还在，三三五五的人还是经常能凑在一起。

最近，村子里新闻少，朱满才去北京的话题就一直没有降温。一天下午，几个人聚在皂角树下谝闲传，谝着谝着又把话扯到朱满才身上。

一个外号叫"慢人"的中年男子说："依我看，咱村上属满才有本事，会写诗，外边还有关系，不出去不说，一出去就是北京，很了不起。"

另一个外号叫"老牛肉"的老人说："有文化就能吃轻松饭，听说他写一首诗要挣几百块哩，这回去北京，肯定是挣大钱去了。"

两个人的话音刚落，立马遭到一个人叫"烂嘴"的中年妇女反驳，她说："你们知道啥？满才他屁本事都没有，手里也没钱，就是有钱也是他老婆王彩娥务苹果挣来的，不信你们去打听打听，他写诗挣的那点钱连买擦屁股的纸都不够。"

另一个人称"赛金花"的妇女插嘴道："就是，他家里烂包的和逃荒的差不多，要是有钱，早把房子翻新了。"

慢人说："人家不翻新房，是攒着钱在城里买房呀。"

烂嘴说："他满才这辈子在城里能买套房，我跟他姓朱。"

有一天，王彩娥在地里干完活往家走，正巧路过皂角树下，看到几个人拉话拉得热闹，也凑了过去，没想到她一过去，立马就成了大家追问的对象。

有人问王彩娥："满才这两天往回打电话了吗？"王彩娥咯咯一笑："打来么，隔二见三往回打呢。"有人问："满才在北京干啥哩？"王彩娥又咯咯一笑："我也不太清楚，听说写个啥书呢。"还有人问："满才没说啥时候把你领到北京去转呀？"王彩娥还是咯咯一笑："满才说了，等他把书写成了就领我去。"没人问了，王彩娥也就不回答了，她坐在人群中间，看见有人笑，有人嘀咕，猛然，她觉得自己高了许多，心里不由得一阵甜蜜。

七

一个晚上，王彩娥从电视上看到北京气温骤降，最低降到了零下十二度。她担心了，因为，她的满才临走时没带多少衣服，更没拿一件棉衣，会不会冻着呢？王彩娥又想，北京那么大，商场那么多，卖衣服的一个挨一个，把人都能挡倒，满才肯定会给自己买一件穿上的，不可能冻着。但这个想法在她脑海只停留了几秒就被推翻了，确切地说被事实推翻了。因为，王彩娥了解朱满才，她知道朱满才是个省事人，不会做饭，不会买东西，嘴里吃的，身上穿的都是她一手操办的，她可以肯定，朱满才一定还穿着单衣单裤，肯定被寒冷的天气冻着了。想到这里，王彩娥坐不住了，她把电视调到静音，抓起手机给朱满才打了过去。

电话停机。再打，还是停机。

起初，王彩娥以为朱满才的手机没电了，没有多想。次日，她再次拨打还是停机，心里发毛了，肚子像怀了鬼胎一下子不安起来。与此同时，手机上的数字也不听使唤了，像一条条小鱼从她的指缝里溜来溜去。

王彩娥尽量不朝坏处去想，虽然她的身子摇晃了起来，但她还是使劲地控住着自己。她想，满才肯定太忙了，在干一场轰轰烈烈的大事，所以故意把手机停了，她相信他不会有事的，也不可能有事的，她也相信他有时间会把电话拨回来的。

王彩娥不断地安慰自己，振作自己，强迫自己把心放宽、放大。白天，她尽量不出门，如果出门就直奔目标，避免和村上的人接触。晚上，她连电视也不看了，抱着手机牢牢不放，她把手机连接在充电器上，始终让手机保持充足的电量。不仅如此，每当手机有点动静，她都以为是满才发来了信息，都会以最快的速度将屏幕打开……

再说朱满才，他在北京转了一个星期后开始寻找工作。他是个诗人，当然希望找个与文字有关的职业。

第一次，他把自己收拾精神，背着诗集找到了一家文化传媒公司，结果，门没进就被打发了。他认为这家公司的员工没素质，欠教养，不尊重人。

第二次，他来到另一家文化公司，刚一进门，业务经理就接待了他。朱满才心里顿觉起暖，坐下后，从包里拿出自己的诗集送给了业务经理。业务经理翻了翻诗集，微笑着对朱满才说："朱先生，您很有才啊，不知道您送我书是什么意思？"

朱满才说："让你读啊！"

业务经理继续笑："对不起，我不懂诗，也没时间去读。"

朱满才说："再没时间也得读啊，诗是高雅的文学艺术，你不知道吗？！"

业务经理点头说："确实高雅，但我不懂！"

"那你们还叫什么文化公司？这不是扯淡吗？"朱满才把没有喝完的半杯茶往桌子上一蹲，夺过诗集转身就走。

业务经理赶忙追上去，从兜里掏出一张钞票，笑嘻嘻地递到朱满才的手里说："我明白您的意思，我买一本。"

朱满才瞪了业务经理一眼，扬长而去。

第三次，朱满才遇到了更为气愤的事情。当他兴冲冲地来到一家大的文化公司时，一位漂亮的女子接待了他。一听他是诗人，连忙后退了几步，并摆手说："赶紧走，赶紧走，我们这里不接待'死人'，'死人'请送殡仪馆去。"

朱满才知道女子没有理解他的意思，再想解释，已经被保安推了出来。

回到宾馆，朱满才的气不打一处来，他一边骂，一边狠劲地抽烟。与此同时，他对北京的文化市场也有了自己的看法。他认为北京虽说很大，但懂文化的人没有几个，那些所谓的文化馆、文化公司都是一些样子货，根本不懂文化，也可以说是拉着文化的大旗，用文化的符号给自己装门面，贴金粉。别的不说，他们连诗都不懂，对诗人都不尊敬，这样的公司能叫文化公司吗？简直不可思议……

一天晚上，朱满才翻来覆去睡不着，他掰开手指一算，自己来北京已经两月多了。这两个月多的时间他几乎跑遍了北京的大街小巷，走进过大大小小与文化有关的公司和部门，可是，还是没把自己推介出去。他想过放弃，想过回自己的朱家滩算了，但他却不甘心。他认为凭自己的才华，自己的能力，一定能在北京闯出一片天地，只是时运不济，没有被人发现和重用而已，他甚至把自己比作为一匹千里马，没有遇到伯乐。

功夫不负有心人，这一次，朱满才终于得到了一家网站的赏识。

"你的诗写得很好！"网站总监看了看朱满才的诗集说。

"希望得到您的指正。"朱满才面露喜色

"你确实是个人才，但不知你跑过广告没？"总监说。

"没有。"朱满才说。

"这很简单，你到企业跑一跑，让他们在咱们的网站做点宣传，然后，把钱转到咱们的账户上就 OK 啦。"

"这么简单？"

"是的，我想凭你的才华肯定没有问题。"

"我试试！"

"我们会按你拉来广告的金额给你分成的，到时候，你不但能挣到钱，你的名气也就大了。"

"好。"朱满才答应了。

带着网站发给他的工作证，朱满才回到了宾馆。他想了一个晚上也不知道该怎样去拉广告，也不知道到哪里去拉广告。后来，他去书店里买了一些关于广告营销方面的书籍，看了一些相关的知识和技巧就开始跑了。

朱满才从小企业跑到大企业，从大企业跑到合资企业，甚至一些行政单位，跑了半个月一个广告也没有跑下。网站的总监摇着头说："看来，你只会写诗，不会挣钱。"

朱满才睁大眼睛说："我能，我一定能。"

朱满才继续跑广告，他白天顾不上吃饭，晚上顾不上睡觉，把全部的力气用在了业务上。为了支持朱满才的工作，王彩娥又给朱满才的银行卡上转来了八千元。朱满才为了省钱，从一家涉外旅游宾馆搬到城中村一个私人的小旅社里。他除了北京，还把周围的几个县区甚至乡镇都跑到了，遗憾的是只拉回了一个五千元的广告，得到了一千元的提成工资。

朱满才感觉很累，走路都打起了摆子。尽管如此，他还是不想把自己的遭遇告诉王彩娥，所以，他索性把原来的手机停了，换了一个新的号码，暂时断去和家里的联系。他很想自己的家、很想自己的朱家滩，每到夜深人静的时候，他常常面对着窗外的月光发呆，眼眶里也不由得渗出泪水。是啊，在这个家里，他是一个主、一尊神，想吃啥就吃啥，想喝啥就喝啥，随便要什么东西，王彩娥就得乖乖地送到手里。可现在，他来到北京，神的地位没了，主的威风丢了，走哪儿都没人要，没人理，别说是人了，简直和大街上流浪的狗差不了多少。

朱满才又没钱了，他不好意思再给王彩娥下话，又从私人宾馆搬到了郊区一个搬迁户里。他放弃了新闻网站的工作，决定继续用自己的诗来推介自己。

这一次，朱满才没有再找文化公司，而是直接找到一个文化馆。文化馆的领导正好想要搞迎新春诗歌朗诵会，就把朱满才推荐给辖区的一个单位写朗诵诗。单位也答应给他五千元的稿酬，但前提是诗一定要好。

朱满才非常高兴，很快就写成了一首三百多行的长诗送到了这家单位。

单位的领导看过后认为他的诗语言落俗、立意陈旧，没有采用。朱满才气炸了，怒冲冲地回到住处，正想把诗稿撕掉扔进垃圾桶，猛然又停了下来。他想，中国有句俗话叫"东方不亮西方亮"，既然全北京到处搞迎新春诗歌朗诵会，也证明别的单位也需要这方面的诗。于是，他找了一家打印店把自己的诗打印了二十份，分别送给了不同的单位。他相信自己的诗一定能得到认可，也一定能给自己创造收入。

为了减轻等待给内心带来的煎熬，朱满才找了一个送水的工作。正好，他的自行车骑得很溜，在这里派上了用场。

送水是个苦差事，收入按送出水的数量计算。朱满才白天跑，晚上也跑，有时候扛一桶水找几个胡同，跑多半个小时。

北京人好，不嫌水送得迟，只要送到就可以。有些人见他可怜，给他烟抽、给他饭吃，也有些人把半新不旧的棉衣披在他的身上。每到这样的时候，朱满才僵硬的手就软和了，心里暖洋洋的，好几次，腮边挂上了晶莹的水珠，连他也分不清是清鼻涕还是泪水……

朱满才没有将送水的活干下去。这工作太累了，他已经吃不消了。再说，他是个诗人，他来北京的目的不是送水，而是实现诗人梦的。所以，没干多久又给辞了。

又过了几天，朱满才实在没钱花了，就背上诗集上街去卖。

第一天，他在附近一个路边把书摆下，到天黑一本也没卖出。

第二天，他来到市中心的一个路口，一上午也没有人买。朱满才心想，这北京人咋咧，这么好的书怎么没人买呢？难道都不识字，都没有文化？他想，不识字不可能，没文化也不可能，肯定是大家对自己没有认识，对自己的诗不太了解。于是，他买来一张红纸和一支签字笔，把自己的简介和最满意一首诗写在红纸上和书摊放在一起。

一个过路的青年瞅了瞅红纸上的字和地摊上的书，歪头说："哼，这破书还卖钱呢？送我都不要。"

一个提着菜篮子的大妈走近书摊，皱着眉头问："你卖啥书？"

"诗集！"朱满才回答。

"诗集，我不要！"大妈摇摇头，撇嘴说，"要是菜谱，我买一本。"

过路的人笑，朱满才也笑，但朱满才的心里却在滴血。他想问大妈，难道我的诗还不如菜谱高贵吗？可是，话到口边又咽了下去。

　　一位中年男人走过来，先看了一遍纸上的诗句和简介，又拿起书翻了翻，最后从兜里掏出一百元钞票递给朱满才。朱满才很高兴，掏出钱准备找零。中年男子说不找了。朱满才过意不去，又送了中年男子一本。

　　突然，书摊前出现了三个穿着制服的城管，其中一个年轻点的走到朱满才面前说："这个书摊是你的吗？"

　　朱满才说："是。"

　　城管说："这里不能摆摊，赶快拿走。"

　　朱满才说："我是诗人，我卖自己的书，没有搞投机倒把。"

　　城管说："自己的书也不能摆！"

　　朱满才问："为什么？"

　　城管说："这里是城市公共场所，不允许乱摆摊点，要卖，请到指定的地方去卖！"

　　朱满才说："我不知道哪里是指定的地方？"

　　城管说："你把摊子收起来，我们带你过去！"

　　这时，围观的人越来越多。有人看朱满才可怜，劝城管网开一面；有人劝朱满才把书收了，免得遭受处罚；还有人似乎对朱满才的书有了兴趣，拿在手里翻阅了起来。

　　朱满才这才知道理屈，但又不想放弃这个地方，于是，从兜里掏出一包烟抽出三根递到城管的面前，祈求说："城管同志，我是外地来的，没找下工作，身上钱也花光了，连房租都交不起了，你看，能不能行个方便？"

　　年轻城管推开朱满才的手说："不行，我们有规定。"

　　另一个戴眼镜的城管走到朱满才的面前说："我听出你是个外地人，也看出你是个诗人，但没想到你这么可怜，这样吧，你把书收起来，算一下是多少钱，我全买了。"

　　朱满才喜出望外，赶忙按照眼镜城管所说的把书收了起来，整整齐齐地堆在一起。眼镜城管从兜里掏出钱照价付给了朱满才。朱满才深深地鞠了一躬就离开了。

望着朱满才远去的背影，三个城管不约而同地叹了一口气。他们找来了一条袋子，把朱满才的诗集全部装了进去，之后，送到了一家废品收购站里。

八

年关将至，朱满才送出去朗诵诗还是没有消息。他索性去各单位询问，结果，回答都惊人相似："对不起，您的诗我们看过了，写得不错，但不适合我们这次活动，希望下次能够合作。"

朱满才病了。不知是感冒还是其他原因，躺在床上直冒虚汗。他没钱去医院，只能在药店买点药凑合吃着。可是，三四天过去了，他的病不但没有好转，反而还加重了许多。他的房东得知他有病，给他送水、给他送饭。朱满才很感激，但他知道，人家的房租一分也不会少的。他忽然想起了王彩娥，想起了这个傻乎乎、肉墩墩的女人，他不知道她现在在干什么？在家里做饭，还是去县城卖苹果？如果她在自己的身边该多好啊……

北京飘起了雪花，星星点点的雪花被风吹着，时而在空中盘旋，时而在地上铺展，让平日里喧嚣街道安静了许多。

朱满才感觉自己好了一些，支撑着从床上爬起来，他隔着玻璃望着窗外，病痛、寒冷、孤独让他不由得伤心起来。他的眼睛湿润了，眼眶里漫出了汹涌的泪水，他怎么也想不通，自己一个神圣而伟大的诗人，怎么会落到如此地步……

在回家的列车上，朱满才蹲在车厢的连接处，啃一口烧饼，喝一口水，他用沾满残泪的目光审视着车厢里的每一个人，心一阵比一阵疼痛。到了自己的县城，他没有立即回家，而是在一个饭馆吃了一碗家乡的臊子面，然后，抱着饭馆里暖气片坐了一个下午，直到天色向晚，才朝自己的家走去。

土豆花开

一

李金柱和田凤娥结婚的那天晚上，家里来了好多闹新房的人。他们俩被折腾了好长一段时间，直至半夜才消停下来。

客人走后，田凤娥困得撑不住了，拉开被子躺下了。李金柱似乎没有睡意，坐在沙发上一根接一根抽烟。烟雾把屋子塞满了，烟头在地上丢了一堆，他仍然没有住嘴。

田凤娥被烟呛得受不了，捂着鼻子说："不早了，睡觉吧！"

李金柱看了田凤娥一眼，嗡哼哼地从喉咙里挤出了两个字："不急！"

田凤娥见李金柱没有动静，把头往被子里缩了缩，不再吭声。过了一阵子，她实在忍不住了，又把头探出来说："赶紧睡吧，你不看都几点了，明儿还有事哩！"

李金柱看了田凤娥一眼，没有说话，继续抽自己的烟。

田凤娥不高兴了，推开被子坐了起来，一边用手煽动面前的烟雾，一边说："你这是咋咧？我的话你没听见吗？"

李金柱这才把没有抽完的半根烟扔在地上，用鞋踩灭，然后，嘟着嘴说："娘有话要给你说！"

"这么晚了，明儿说吧。"

"不行，就现在说。"

"那就说吧！"

李金柱出去了，不多工夫领着娘走了进来。娘进了门二话不说就"扑通"一声跪在了地上。

田凤娥吓了一跳，不知道出了啥事，赶忙从炕上溜下来，拽着娘胳膊就往起来拉："娘你这是咋咧？赶紧起来，赶紧起来！"

娘一把鼻涕一把泪地哭着，不管田凤娥怎么拉、怎么拽，就是不起来。田凤娥叫李金柱过来帮忙，李金柱不但不动弹，反而连看都不看一眼。田凤娥的气上来了，骂李金柱是个木头。李金柱还不动弹。田凤娥也没办法，只好依着娘也坐在地上。

娘哭了一阵子后终于开口了，她一边抹泪，一边拉住田凤娥手说："我娃乖，娘对不起你。"

田凤娥有点纳闷，忙接过话问："娘，你咋就对不起我了？"

娘又抹了一把眼泪说："娘有个事求你哩，你一定得答应娘。"

"咱都成一家人了，有啥求不求的，只要我能做到，一定会答应你的，娘你说。"

"那娘就说了，你千万不要生气！"

"娘你说，我不生气！"

田凤娥慢慢地把娘扶起来安顿到沙发上，并从水壶里倒了一杯水递到娘的手里，然后，站在身边等娘说话。

娘接过水，喝了一口，又把水杯还给田凤娥，用袖子擦了擦眼角的泪水说："我娃乖，娘知道你是个好娃，一定会听娘话的。"

"嗯，我一定听娘的话！"田凤娥回答。

"我娃乖，你看，娘一辈子命苦，生了金柱和银柱两个儿子，今儿个算是给金柱把婚结了，娶了你这么心疼个媳妇，娘高兴得很，可是，银柱也大了，还没个媳妇么……"说着，眼泪又下来了。

"这个我知道。"田凤娥说。

"我娃乖，你不知道，咱家穷，给你和金柱结了个婚就把家里倒腾空了，外边还借了一摊子债，银柱恐怕这辈子都娶不上媳妇了。"

"娘别愁，等我有时间回娘家找人给银柱张罗一个就是了。"

"我娃你也知道，咱这山里一个媳妇二十多万哩，你就是给张罗一个，咱也没钱娶呀？”

田凤娥沉默了，不由得也低下了头。她知道娘说的都是实话，自己和金柱订婚时，娘家就要了十八万元的彩礼，更何况那还是三年前的事情，听说现在彩礼又涨了，最低也得二十多万。想到这里，她一时语塞，不知该怎样给娘回答。

“金柱今年三十一岁才结了婚，银柱也二十九岁了，按说，他也该结婚了，可是，咱没钱，娶不起呀，他没媳妇，娘心里疼啊！”娘越说越伤心，越说眼泪越多，让田凤娥不由得难受起来。

突然，娘又跪在地上，一把抱住田凤娥的腿声泪俱下：“我娃乖，你今天进了李家的门，你就是李家的媳妇了，你明里是金柱的媳妇，暗里也就是我银柱的媳妇，就算娘求你了！”

“你说啥？”田凤娥的脑子嗡地一下，像被什么猛击了一下，她以为自己听错了，又问了一遍。

“娘是说，你给金柱当媳妇，也要给银柱当媳妇！”

“娘，你不会说胡话吧？”田凤娥听清后，惊讶地睁大眼睛。

“娘没有说胡话，娘说的是心里话，你不知道，银柱多可怜吗？他长这么大连个女人的气味也没闻到过，他也是个男人，来人世一场不容易啊，你就可怜可怜他吧，答应了吧！”娘一边抹泪，一边哀求说，“这是咱家的事情，关了门旁人不会知道，只要你答应，娘保证你以后啥活都不干，啥力都不出，娘好吃好喝伺候你！”

“我不答应！”田凤娥气愤地回答，然后，一转身爬到炕上，把被子往头上一蒙，呜呜呜地哭了起来。

二

田凤娥迷迷糊糊睁开眼睛，已经是第二天的上午了。这时，阳光水汪汪地从窗玻璃中渗透进来，把整个屋子照得透亮。田凤娥感觉自己头晕乎乎的，眼睛又酸又痛。她摇了摇头，揉了揉眼睛，好一阵子才清醒过来。她慢慢地坐了起来，轻轻地掀开被子，她突然发现自己那崭新的结婚服还穿在身上，虽然出现了许多皱褶，但依然闪烁着美丽的光芒。她有点激动，又有点失落，激动的是这样的衣服让自己太漂亮了，失望的是自己的身边却不见新郎。她已经记不清自己的新婚之夜是怎样过的，也记不清这个夜里都发生了什么，她只觉得很困，很累，还想再睡一会儿。

金柱进来了，端着一盆热水放在盆架上，见田凤娥醒来了，笑嘻嘻地说："起来啦？起来就下来洗脸，洗了脸咱们吃饭。"说完，取了一双拖鞋送到炕根。

田凤娥看了金柱一眼，突然想起了昨晚上娘说的话，不觉又伤心起来。金柱赶忙爬到炕上把田凤娥抱在怀里，一边给她擦眼泪一边说："你贵贱不要哭，你一哭我也难受，有啥事咱吃了饭再商量，先吃饭。"

田凤娥哽咽了几声才止住了泪水。她下了炕，洗了脸，李金柱就把饭送到了她的手里。

昨夜，同样没有睡好的还有他们的娘。尽管她知道自己说的那些话不合适，但还是硬着头皮说了。这种话金柱说不出口，银柱说不出口，金柱的爹更说不出口，那么，就只能是她说了。她说的这些话是家里人提前商量好的，已经在她的脑子里盘算了好长时间，尽管话很简单，但要从嘴里说出来太难了。但为了银柱，也为了这个家，她还是鼓足了勇气，把自己的老脸卸下来装进裤裆，昧着良心说出来了。当她说出那些话后，她感觉自己就是一个恶霸，一个强盗，一个逼迫人去犯错，甚至犯罪的刽子手……想到这里，她的心一阵钻痛，一整夜睡不着觉，一遍又一遍地谴责自己，一遍又一遍地咒骂自己。

金柱就更不用说了，心里头比谁都难受。人世一场有哪一个男人愿意把自己媳妇让出来的？恐怕只有傻瓜二楞才会这么干。但是，他有什么办法呢？这件事是全家人定好的，他如果不同意，肯定会违背全家人的意愿，更不好和家人相处。何况，银柱是他的兄弟，是从一个娘肚子里生出来的，这些年，银柱为了帮他娶媳妇也出了不少力，受了不少苦，到现在也没个媳妇，他作为银柱的亲哥，不能光顾着自己享受安然而不顾兄弟的痛苦吧，如果那样，那还是兄弟吗？

李金柱的村庄叫蝎子沟村，地处关陇地区一个偏僻的角落。这里山大沟深、地广人稀。虽然有一条狭长的柏油马路与外面的世界连接着，但一直跟不上时代的脚步。自古以来种地为生，粮食是他们赖以生存的根本。当然，这些年，也有一些后生翻过了大山，闯进了外边的世界。但更多的人还是守在这里，过着和过去一样的生活。因为穷，村子的大多数女孩子都不愿待在这里，早早嫁到山外去了，剩下的是一些形象不太好的，或者其他方面不如意的，只能寻个家儿凑活过着。而山外的姑娘更不愿进来了，即便有那么一两个，二十多万元的大彩礼就把人吓住了。正因为此，村上至今有几个男人没结婚。当然，这里边更多还要看自己的命了，如果一个家里有两个女子，那么，这个家的事情就比较好办，父母既不操心盖房，也不用娶媳妇，女儿的彩礼加上自己种的粮食，差不多就够他们生活一辈子了。如果这个家里有一儿一女也用不太愁，只需要把女儿所得的彩礼又转付给儿子媳妇的家里就行了，家里顶多收拾一个房子，办一场喜事而已。怕就怕这个家里没有生下女子，全是光葫芦，既没钱又没本事，这下麻烦就大了。按照一个媳妇二十万元的彩礼计算，娶两个媳妇就得四十万，这还不算盖房子和置家具和过事等其他的开销。这样的支出别说一个山沟里的农民家庭，就是放在城市里，也会让这个家的人大伤脑筋的。金柱的家就属于后一种，父母没有女儿，自己就没姐妹，为了给他娶个媳妇，一家人勒紧裤带，省吃省穿，就这还借了一屁股外债。但话又说回来，不管费了多少事，受了多少罪，总算给他把媳妇娶回来了，单就这一点，比村子里有些家强得多。可是，银柱呢？银柱又怎么办呢？眼看父母年岁都大了，挣不回也拿不来了，就算把他们的老骨头榨干也榨不出几两油了。但银柱也是个男人，也到了娶媳妇的年龄，儿子没有媳妇，当父母的能安生吗？

十多天过去了，金柱依然没有去田凤娥身边睡觉。他白天给田凤娥端吃端喝，夜里就窝在沙发上蜷缩着。与此同时，他的娘也不再提这件事了，整天守在厨房里变着花样做好吃的，做好后也不吭声，打发金柱直接给田凤娥端到屋子去。

头几天，田凤娥恨金柱，恨娘。后来，她又恨起了自己，恨自己眼里无珠，脑袋进水，稀里糊涂嫁到了这个没有眉眼的家里。她有时想，自己上辈子到底欠了谁的，老天爷怎么这样对她？后来她不想了，她知道想也是白想，没有啥用，反正后悔也来不及了，她只能静静地待着，静静地等候着。她只有一个期待，就是希望娘能够快快反省，回心转意，收回那些不该说的话……

田凤娥碗里天天翻新，什么臊子面、鸡蛋面、包子、饺子、油茶、油饼一顿一个花样。她知道这是娘为了讨好她，打动她专门为她做的。她一边吃，一边在心里说，娘你不怕麻烦就做去吧，我才不领你的情哩，谁叫你们合伙欺负我呢？你金柱爱睡沙发就睡去吧，反正我没有让你去睡，挨冻受冷是你自个找的，与我没有关系。可人心都是肉长的，时间一长，田凤娥就吃不下了，也躺不住了，她一心急，就隔着窗户朝外看，她看到家里的其他人整天忙碌着，娘在厨房做饭，爹在院子劈柴，金柱和银柱给地里拉粪土，拾掇柴禾，一个比一个忙，唯独自己却坐在热炕上什么也不做，什么也不干，还叫人伺候吃，伺候喝，这像话吗？特别是到了夜里，金柱放着热乎乎的炕不睡，却躺在冷冰冰的沙发上，她作为他的媳妇，心里能好受吗？

慢慢地，田凤娥的心软了下来。她想叫金柱来炕上睡觉，嘴里说不出口，就在半夜里以上厕所或者倒开水为由，故意弄出点响动，或者光着身子在金柱面前晃悠。可金柱却像个木头桩子，一点反应都没有，偶尔看见了，从沙发上爬起来帮助她，帮完了就回自己的沙发上，就是不去炕上睡。田凤娥气坏了，悄悄地在被窝里流泪。

一天晚上，金柱给炕眼里续过柴禾后，早早在沙发上躺下了。田凤娥看在眼里，疼在心上，她想把金柱叫到了炕上去睡。金柱却认真，他告诉田凤娥，不答应娘说的话，绝不上炕。

又过了两个晚上，田凤娥终于答应了。

三

金柱和田凤娥睡了一夜，第二天夜里就把银柱打发了进去。银柱进门后叫了一声嫂子，田凤娥应承了一声。银柱就从水壶里倒了一杯水送到田凤娥面前，然后，坐在炕边不吭声了。田凤娥看了银柱一眼，心里很紧张，毕竟，银柱只是她的弟弟，相互间还不太熟悉。于是，她一直把眼睛放在了电视屏幕上，感觉困了，就不声不吭躺下了。银柱见状，关掉电视，拉灭灯光，像做贼一样，偷偷地钻进了田凤娥的被窝……

因为心怀愧疚，家里人对田凤娥都格外照顾。不管谁带回来好吃的好喝的，娘第一个都送到田凤娥的手里。田凤娥在家里什么也不用做，什么也不用干，连洗碗、扫院子也不用管，她唯一的任务就是吃好喝好，把身子调养好。

为了让田凤娥高兴，家里特意从镇上买回了一只奶羊。这只羊体格好，身子壮，一天能产二斤多奶。爹也不下地干活了，专门当羊倌，每天早饭一吃就把羊赶到山上，到太阳落山才牵回来。他把挤出的羊奶用纱布过滤两遍，然后才倒进锅里煮沸，舀到碗里后加上白糖才让金柱给田凤娥送去。起初，田凤娥以为家里人人有份，后来，她发现自己有，别人没有，就喝不下去了。她拒绝家里为自己搞特殊，亲自把奶端到爹的面前，让爹喝，爹不喝，她又端到娘的面前，娘被感动了，抱着田凤娥哭了起来。

四

金柱和银柱虽说都是一个娘胎生的，但两个人的性格却截然不同。金柱没文化，性子直，做事干脆利落，讲求的是一步到位，他没事喜欢睡觉，睡够了就上山砍柴。而银柱上过学、读过书，虽然只是个初中水平，但骨子里还是有点文化人的气息。过去，家里没电视，银柱就经常跑到村委会翻报纸，看杂志。近几年，手机能上网了，他整天把手机抱在怀里，不停地拨弄着。白天，兄弟俩各干各的事情，到了晚上就按照事先说好的轮流去田凤娥身边。金柱进去后不多说话，更多的都是田凤娥主动问他，两个人说上几句村上的事情，就看电视，电视看累了，就熄灭灯躺下了，兴致一来，金柱一个鹞子翻身骑在田凤娥身上，行使一个当丈夫的权力。他勇猛、强悍、有力，经常让田凤娥有一种晕晕乎乎、死去活来的感觉。而银柱不是这样，他去了后先是嘿嘿一笑，接下来一边看电视，一边和田凤娥聊天。最近国家发生了什么事情，哪个领导人在哪个国家访问去了，那个明星又演了什么电视剧，爆出了什么绯闻，他都是一清二楚。另外，他还在聊天的间隙穿插一些笑话，讲一些荤段子，常常惹得田凤娥"咯咯"直笑。田凤娥爱听银柱讲这些东西，每到这样的时候，她心花怒放，不等银柱出击，会主动把自己手伸过去，套在银柱的脖子上。而银柱却很有节奏感，他不急于求成，而是用一些浪漫的形式先进行一番热身，比如拥抱、亲吻、抚摸等等，循序渐进，水到渠成。这样的过程往往让田凤娥腾云驾雾，飘飘欲仙。

如果要问田凤娥喜欢兄弟中的哪一个？她自己也说不清楚。因为，金柱的勇猛、刚劲她很需要。银柱的温柔、体贴她也非常喜欢，两个人正好优势互补，完美合一。就好像一个人的左手和右手，缺了哪一只也不行，离了哪一个也不好。

眨眼间，田凤娥结婚已一个多月了，这期间，田凤娥享受到了她出生以来最高的生活待遇，这些待遇是她做梦也不曾想到的，也是这个家从来没有做过的。尽管家里依旧很穷，但对田凤娥的特殊待遇没有因为穷和时间的推移发生改变。

一天，娘又要去镇上割肉，被田凤娥拦住了，她拉着娘的手说："娘，你以后就不要花那些没名堂的钱了，家里有啥咱就吃啥！"

娘的眼泪渗出来了："我娃乖，娘对不起你，我一家子都对不起你，你就让娘补一补心吧，只有把你照顾好了，娘的心里才能好受点。"

看到娘伤心，田凤娥也难受起来，她说："娘别难过，我不怪你，我知道这都是因为咱太穷了。"

娘抹着眼睛说："我娃你说对了，娘也不想委屈我娃，可是，娘没办法，谁叫娘命不好，养了两个干棍棍呢？"

田凤娥说："你的两个儿子都好着哩，我会把他们都伺候好的，你放心。"

听了这些，娘当即高兴了，眼睛也亮了，她拉住田凤娥的手说："有我娃这句话，娘死了没有棺材，也能闭上眼睛了。"

从那天以后，娘不再给田凤娥单独做好吃的了。一家人在一个锅里搅勺子，围在一个桌子上吃饭，日子过得和和美美，甜甜润润。而田凤娥也不再当她的专职太太了，除了帮娘做饭、做家务，有时间还跟着家里的男人下地里干活。有田凤娥在身边，家里男人都很高兴，暗地里都照顾她，重活累活不让她沾手，可田凤娥却不在乎，只要她能干动的都抢着去干。

娘心疼自己的儿媳，看着她整天劳累，心里总觉得过意不去，虽然不单独给田凤娥做饭吃了，但偶尔还会给她的碗底里卧两个荷包蛋，或者多放点臊子肉。如果有亲戚送来了点心、蛋糕、水果之类的东西，她都会不声不响地送到田凤娥的屋子里，村里的红白喜事，她随礼后，也都会把田凤娥打发去吃酒席。

银柱也喜欢自己的嫂子，他每次去田野里干活，都会给她采一些野花、摘一些果子带回来。要是去了县城，还会买一些瓜子、糖、水果，甚至纱巾、手套之类的东西，他把东西买回后，第一时间就送到嫂子的手中，并夹带一些浪漫的动作和话语，这样的动作和话语常常让田凤娥阳光灿烂，激动不已。

金柱看不上银柱那种小模小样、花花哨哨的做派，他不做是不做，要做就来实惠的。山坡上的东西他从来不往家里带，等到地里没活了，从邻居家里借一辆摩托直接骑到县城，找一个大商场给田凤娥买一件衣服或者一双皮鞋。他这人性子直，脾气怪，买回东西从不显摆，悄悄地放在田凤娥的柜子里。田凤娥发现后总是甜甜地一笑，心里像吃了蜜桃一样。

一年后，田凤娥生了一个女儿，全家人喜出望外。孩子满月那天，全村子的人都来恭贺，场面异常热闹。田凤娥当然也很高兴，但她心里却始终有个谜无法解开，那就不知这孩子是金柱的还是银柱的。

五

蝎子沟地理偏僻，气候变化无常，每到夏季，经常会遭到冰雹袭击，给农民造成不同程度的损失。这些年，政府在附近的山顶上驻扎了女子民兵防雹连，专门用炮弹驱散天上的冰雹，这样，大家的心里总算踏实了许多。为了让农民早日富起来，在政府的号召下，许多家庭搞过多种经营，他们把原来种麦子、种玉米的土地腾出来，栽上了桃树、杏树、苹果树等，但是，好不容易把树木栽活了，果子却卖不出去。没办法，有些又把树挖了，重新种上了粮食。种粮食虽然收益小，但风险也低，相对稳定一些。

扶贫攻坚战役打响后，一度寂寞的蝎子沟村热闹了起来。这一回政府下了血本，专门派工作组住进了村子，扶贫干部挨家挨户进行调查登记，一个一个做扶持帮助。有些人被安排到山外的企业里打工，有些人用政府的扶贫资金搞创业，做生意。但还有人和过去一样在村子守望着，种自己的地，过安稳的日子。

银柱有文化，脑子活泛，他早就对种庄稼厌恶透顶了，经过扶贫工作组的帮助和开导，他豁然开朗。一天晚上，趁家里人一起吃饭的机会，他把自己的想种菜的想法讲了出来。

"我觉得工作组说得对，咱们不能再抱着老观念走路了，应该把眼光放远一点，赶紧想办法挣钱，我听说了，人家有些农村的人富得流油哩，咱还连炒菜的油都没有，差距太大了！"银柱说。

"谁不想挣钱，可咱上哪里挣哩？要是有钱挣咱都早去了，还用得着坐在这里说！"这是金柱的声音。

"我看咱们不要再种粮食了，改种菜，种菜虽然忙一些，但能挣钱。"银柱继续说。

"前几年栽果树的教训你忘了？种起来容易卖起来难，咱离城里那么远，种出来给谁去卖哩？乡下的人总不会买你的菜吧？"金柱说。

"工作组说了，只要咱把菜种好，卖的问题他们帮忙。"

"他们的话你也信？这些年，上边下来的干部多了，哪一个来不是这样说的？他们都是搞形式，走过场，不信，你看着，过几天连个人影都就不见了。"

夜里，正好轮到了银柱去田凤娥跟前睡觉。他进去后顾不上别的，就把自己想种菜的计划讲给田凤娥听。田凤娥被他说得天花乱坠、睡意全无，索性爬了起来和银珠一起商量。

"种菜确实能挣钱，要是卖不了就把人整住了。"

"工作组的人说他们能帮咱，只要咱把菜种出来，他们可以联系人帮咱把菜卖到县城或者市上去。"

"他们说话能算数吗？"

"绝对算数。你不知道吧，这次来他们要在村上住三年哩，你想，能骗咱吗？再说，银行给咱提供无息贷款，还是他们做担保哩。"

"是吗？那咱就试一试，说不定还能挣下钱呢。"

"我想过了，种少了不划算，卖点钱都给车子加油了，得多种一点。"

"对，咱山里的闲地多，要种就种几十亩！"

"明天我给咱家里人再说说，嫂子你可要支持我哩！"

"我支持你！你放心。"

"嫂子真好！"银柱说着，在田凤娥的脸上亲了一口，紧接着就脱光衣服，像一条鱼，溜进了她的被窝。

第二天早晨，娘把饭做熟后不见银柱，就喊叫起来。银柱懒洋洋地从被窝爬起来，依然是一身疲惫。

娘说："银柱，你夜里得是撵月亮去了？"

银柱回答："没有，我昨晚梦见我在月亮下面犁地哩，地平得很，我一晚上就犁了三亩。"

家里人都笑了，田凤娥的脸却红了起来，她瞅了银柱一眼，低下了头。

吃饭时，银柱又把自己想种菜的事情提了出来。一家人你看我，我看你都不说话，最后，还是田凤娥打破了宁静。她说："我觉得银柱说得对，咱人老几辈子种庄稼，种出啥眉眼了，不是照样穷吗？要我说，咱也该换换脑筋了。"

有田凤娥支持，银柱更有底气了，他说："嫂子说得对，现在都啥时代了，咱们再不抛掉过去的老观念、老传统，不仅这辈子穷，下辈子还是一样。"

这时，一向不太说话的爹终于开口了，他慢慢地放下手中碗，若有深思地说："依我看，种菜也能行，关键是种啥菜哩？叶叶菜肯定没戏，放的时间短，往出送也是事情。"

"这个我已经想好了，咱不种叶叶菜，咱种土豆！"银柱眉飞色舞。

"种土豆！"爹睁大眼睛。

"我在网上查过了，土豆营养高，蛋白质含量大，而且还能减肥，城里人都爱吃，最重要的是土豆耐放，好运输。"

"这个想法好，土豆不嫌地，山坡上、沟底里、田垄上都能种，而且地越薄，长出的土豆还越好。"一直持反对态度的金柱，也来了个大转弯，赞同起来。

"我已经算过了，咱一亩地收八百斤土豆，一斤土豆卖一块钱，八百斤就是八百块钱，种三十亩就是两万四千块钱，要是一年种上两茬，就能挣四万八千多块钱，刨去种子、肥料、工资等成本，少说也能落四万块钱，比种粮食强多了。"银柱分析说。

听银柱这么一算，大家都有点蠢蠢欲动，只有爹的眉头依然紧皱着，他用目光把大家扫了一圈。叹了一口气说："咱庄稼人种啥都不怕，就怕种出来没人要，卖不出去！"

银柱说："爹，这个你放心，只要咱土豆好，肯定能卖出去。"

"那咱就试一试。"爹终于敲板了。

第一年，银柱家种了二十多亩土豆，产了三万多斤，在扶贫工作组的帮助下，拉到城里一个礼拜就卖完了，净赚了四万多元。第二年，他们又把家里所有地都腾出来全部种上了土豆，另外，还把村子一些闲散土地租了过来，一共种了六十多亩，这一年，他们家收入超过了十万元。这下，蝎子沟村的人都眼红了，纷纷效仿他们家种起了土豆。每到春秋季节，漫山遍野的土豆花一如夜空中闪耀的繁星，晶莹、皎洁，把整个蝎子沟照得格外亮堂。

六

蝎子沟在黄土高原上属于寒带，日照充足，昼夜温差大，种出的土豆色泽鲜，品质高，肉质细，而且无污染，无公害，很受市场青睐。

为了把这项产业做强做大，让更多的群众尽快致富，扶贫工作组帮助村上成立了土豆专业合作社，李银柱被大家伙推选为专业合作社的社长。这样，银柱就更忙了，不仅要领着大家把土豆种好，还要帮助大家把土豆卖出去。因此，更多的时间都在合作社的办公室上班，晚上很少回家。这下，家里人就担心起来，生怕他在外边吃不好，穿不暖。其实，最担心的还要数田凤娥了，自从家里种上土豆后，她比以前更忙了，男人家从地里回来，倒在炕头还能躺上一会儿，而她进了门的事还比地里多，照顾孩子，收拾屋子，还要去厨房帮娘做饭，饭做熟还要端到男人的面前。到了晚上，兄弟俩依然轮流去她的身边睡觉，如果谁偶尔外出不在家，另一人会自然而然地顶替上来，等外出的一个回来后，再把遗漏的补回来。

然而，银柱最近一直没有回来，每到晚上，特别是轮到银柱跟田凤娥睡觉的晚上，田凤娥像丢了魂似的心神不定。她现在已经离不开金柱了，也离不开银柱了，她觉得金柱和银柱都是自己的，就是一个人，一个整体，缺了谁都不行。她甚至想到去土豆合作社的办公室去看银柱，或者带上枕头被褥去陪银柱，和他一起聊天，一块睡觉。但是，她终究没有去成，不是她不敢去，而是怕打搅银柱的工作。他知道银柱当社长很忙，全村人辛辛苦苦种出来的土豆都指望着他挣钱哩，她也相信银柱一定惦记着家里、惦记着她，如果不忙了一定会回来的，她还相信银柱离不开她，需要她给他做饭、洗衣服、暖被窝，需要她给他更多的快乐和幸福。可是，这么多的天他都没回来，不但白天没有回来，就连晚上也没有回来，这让她的心里很是不安。

一天夜里，天下了一场大雨。田凤娥打发金柱去合作社给银柱送件衣服。金柱不去，她就和金柱吵了一架，然后，独自睡到了一边。也就在那个夜里，田凤娥做了一个梦，她梦见银柱开着一辆大卡车掉进河里被水冲走了。当时，桥上有很多人，她自己也在桥上，尽管她喊破了嗓子，哭干了泪水，就是没有人跳进河里去救银柱……

其实，土豆专业合作社的工作并不是田凤娥想象得那么忙。种土豆、卖土豆是季节性的，土豆大多时间都长在土里，根本不需要人天天照看，只要按时施肥、按时除草就可以了。银柱之所以待在合作社不肯回家，一方面是想利用办公室的清净多看一些书，多学一些知识。另一方面是有意识地控制自己，回避自己的嫂子。他认为自己的嫂子太辛苦了，承受得太多了，白天要带孩子，下地里干活，晚上还要伺候他们兄弟俩，很少能轻松下来。尽管好几年一直这样，已经成了一种习惯，但他知道她很累，他打心眼里感激自己的嫂子，他认为没有嫂子就不会有自己现在的家，没有嫂子就没有现在的自己。因此，他暗暗决定要克制自己，解放嫂子，不再去折腾嫂子了，他要让嫂子轻松一点，快乐一点，安安稳稳过她的日子。再说了，嫂子是哥哥的媳妇，自己这么长期地占用她，简直太荒唐了，也太不应该了，不但对嫂子不公，对哥哥的也不公。所以，他的内心一直很内疚，很惭愧，甚至有一种负罪的感觉。现在，家里情况变了，和过去不一样了，所有的债也还清了，并且有了一定的积蓄，再不是过去那种穷得吃雪的年代了，所以，他觉得家里的有些做法得变、有些错误也得改，不能再继续下去了。

这两年，银柱每次去城里跑业务、送土豆，都不忘给田凤娥买点东西回来，吃的喝的，穿的用的，碰见啥就买啥，他给田凤娥花的钱不比给爹娘花的少。有一次，他还花了两千多块钱给田凤娥买了一身衣服和一套韩国产的高级化妆品。田凤娥每次拿到银柱买的东西都非常高兴，特别是收到化妆品的那一次，激动得眼泪都下来了。当时，要不是其他人在场，她肯定会扑上去搂住银柱美美地亲上几口。可是，银柱却认为这是自己应该做的，他觉得自己欠田凤娥太多了，根本不是用什么东西可以还清的。但他唯一能做的也就这些，他也只能用这样的方式表达自己，弥补自己。

有一次，银柱去县城办事，碰见了自己的一个好友，通过聊天好友得知他没有成家。不久，就给他介绍了一个女子。

朋友介绍的女子叫凌燕，在县城做建材生意。她和银柱一见如故，再加上有共同经商的经历，三次相会就分不开了。但喜欢归喜欢，说到婚姻这件事上，银柱还是非常冷静的，他认为自己是一个山里的农民，身份贱、命门薄，而且还和自己的嫂子有那种说不清的关系，根本配不上凌燕。而凌燕知道这些后不但没有生气，反而更喜爱银柱了，她觉得银柱真诚、厚道、重情重义，是个靠得住的人。她认为过去的事情并不是银柱的错，也不是父母的错，都是因为穷造成的。她希望银柱放下包袱，抛弃自卑思想，迎接一个属于自己的未来。

银柱心里亮堂了，他觉得凌燕不但长得漂亮，而且善解人意，通情达理，只要和凌燕在一起，他就能感觉到一种说不出的甜蜜和快乐……

银柱迫不及待地回到家里，把自己要结婚的事给家里人说了一遍。大家都很高兴，只有田凤娥没有说话，不等银柱把话说完就扭身回了自己的屋子。

娘觉得奇怪，不知道发生了什么？还以为田凤娥身体不舒，就撵过去想问个究竟。可是，不管娘怎么敲门，田凤娥就是不开。娘急了，喊来金柱打开了门一看，只见田凤娥爬在炕上，眼泪像断了线的珠子，一颗接一颗地往出滚着。

娘问："我娃乖，你哪里不舒服了？走，娘带你寻大夫去？"

田凤娥只是哭，不回答。

娘又说："你到底咋咧些，是不是谁欺负你了？谁欺负你给娘说，娘收拾他！"

田凤娥霍地一下掀开被子，厉声说："你们都欺负我了！"

娘很惊讶："我都欺负你了，咋欺负你了？"。

田凤娥这才从炕上爬起来，一边抹着眼泪，一边哽咽着说："自打我进了你们李家的门，你们就没有把我当人看。"说完，又呜呜呜地哭了起来。

娘越听越糊涂，在她再三地劝解下，田凤娥才止住了哭泣，把心里的委屈掏了出来。

田凤娥说："我本该是金柱的媳妇，但结婚的时候，你们硬把银柱也塞到我的炕上，让我给你家两个男人当了媳妇，这不是欺负我是做什么？我本来不同意，可你家里的人天天求我，天天逼我，逼得我实在没办法，也看着你们一家人可怜的分上，心一软答应了下来……我权当金柱和银柱是一个人，金柱就是银柱，银柱就是金柱，没想到，这才把日子过顺当了，银柱就看不上我了，嫌弃我了，这不是欺负我是做什么？"

娘这时候全明白了，赶紧解释说："我娃乖，这事都怪娘，是娘让我娃受委屈了，娘知道我娃不容易。"

"受委屈我不怕，家里穷我也不怕，我就怕把我不当人。"

"我娃，你这话就说得不对了，这几年，你也看着哩，家里人咋疼你，咋爱你，你心里是明白的，大家恨不得把你供在神堂堂上呢，怎么还把你没当人？。"

"我不管，反正银柱成了我的人，我就不让他离开我！"田凤娥说到这里，一头钻回被窝，大声哭了起来。

七

自从银柱走后，凌燕一直等着他的消息，可是，十多天过去了，她连银柱的一个电话也没等到。凌燕心里着急，主动给银柱拨打过去，可是，她每次打过去的电话不是占线就是关机，编个短信也没有回复。凌燕以为银柱出了啥事，更担心了，决定亲自到蝎子沟跑一趟。

这是三月的一个早晨，阳光早早出来把人间的秘密泄露，大地上所有的生灵都在奔跑。树木急着攀高，麦苗忙着拔节，那些平日里并不起眼的山花花也瞅准了这样的时光，纷纷探出自己的头，寻找属于自己舞台，开放或含苞欲放，一如从浴室里走出的少女，娇嫩、鲜艳，给人无尽的心动和联想。

因为急着赶路，凌燕顾不上欣赏这些景色，她一个劲儿踩着油门，很快就到了蝎子沟村。她把车子停放在土豆专业合作社的院子，合作社的会计告诉她银柱还在办公室睡觉。她不相信银柱有这么懒，趴在窗户往里一看，果然看见银柱在床上躺着，桌子上除了书、报刊，还有泡面桶、花生袋、空酒瓶、塑料袋等，乱七八糟像过了贼一样。凌燕意识到银柱心里不舒服，没有打扰他，而是在外边耐心地等候着。

银柱终于醒来了，他走出门一眼就看到了凌燕。他先是一愣，接着就尴尬起来。

银柱说："咱俩的事情恐怕不得成。"

凌燕问："怎么不成？"

银柱说："家里人不同意。"

凌燕问："谁不同意？"

银柱说："其实，我父母都很高兴，主要是我嫂子不愿意。"

凌燕说："我能理解，你说这都成一家人了，要把你从她身边拉走，放谁都不愿意。"

银柱说："我嫂子是个好人，啥事都灵醒，就是在这个事上有点糊涂，一说她就哭，我们都没办法。"

凌燕没有再说什么，开车返回了县城。次日上午，又来到了蝎子沟村。这一次，她没去合作社找银柱，而是直接到了银柱的家里。

银柱的娘正在扫院子，见到有人进来，就停下手中的扫帚问道："你寻谁哩？"

凌燕说："姨！我是银柱的朋友，叫凌燕，来寻你哩。"

银柱的娘满心欢喜，赶紧扔下扫把，把凌燕迎了进来，又是搬凳子，又是倒水，完了，还要到厨房去做饭。

凌燕拦住说："姨不忙，我吃过饭了，我今儿来就是看看你，咱们说说话就行。"

正在这时，田凤娥从屋里出来了，恶狠狠地指着凌燕说："我说银柱这几天不见回来，才是你把他给勾引去了，你今儿来干啥来了？还想把我金柱勾引去吗？"

凌燕没有生气，赶忙站起来说："你是嫂子吧？我听银柱常说你哩，来，咱坐下慢慢说！"

"我不跟你说，也没啥跟你说的，我只给你说一句，想把银柱从这个家里勾走，没门！"说完，把门一摔，扭身就进了屋子。

银柱的娘似乎被眼前的这一幕吓晕了，半天回不过神来，好在凌燕早有准备，她勉强地笑了笑，说了声没事，说完就朝田凤娥的屋子走去。

田凤娥不开门，凌燕就在门外站着，她对着门说："嫂子，家里的事情银柱都跟我说了，我都知道，这些年你确实不容易，在这个家最难的时候是你把它撑了起来，银柱他一辈子都不会忘记的，你放心。可是，反过来说，咱过去为什么那么苦，那么难呢？不就是穷，没办法吗？现在，你也看到了，这世事变了，大家都有钱了，你也该解脱了，我保证，银柱和我一定会像过去一样对你好的！"

田凤娥没有作声。

凌燕继续说："当然，我也能理解你的心情，过去那么苦，那么难都挺过来了，现在又要分开，放谁也不好受，放谁都不情愿，但是，嫂子你仔细想想，这样的日子能长久吗？能有结果吗？"

田凤娥依然没有作声。

这时，银柱的娘也走了过来，她扶着门说："凤娥，我娃乖，你是个好媳妇，先头的事都怪娘，你要恨就恨娘吧，是娘对不起你。你看，银柱的媳妇今儿来了，还给咱带了那么多东西，我一看就知道她是个有心的人，你就别作难她和银柱了，就算娘求你了。"说着，又"扑通"一声跪在了地上。

凌燕吓了一跳，正要蹲下身子去扶，门突然开了，田凤娥从屋里出来，一把将娘抱住，两个人大声哭了起来……

三天后，田凤娥把银柱放在家里的衣服挨个洗了一遍，晾干后，整整齐齐地叠起来送到了娘的面前。娘接过后，从柜子里取出一沓钱塞到田凤娥手里："这是银柱让我给你的，你拿着，想吃啥就吃啥，想穿啥就穿啥。"

田凤娥没有收，她红着眼睛对娘说："留着给他结婚用吧！"说完，一转身跑回了自己的屋子。

一月后，银柱结婚了。银柱结婚的那天晚上，田凤娥没有让金柱碰她。次日，有人发现她的眼皮肿得和鸡蛋一样。

大哥进城

一

周六，我在家里补觉，妻子突然摇醒我说，大哥来了。我从被窝拔出来走到客厅，见大哥、大嫂和侄女一家人坐了一堆，挨个打了个招呼，便开始倒水泡茶。

和往常一样，大哥他们来时总要带些东西，不用问我也知道是啥。因为，这是他们的习惯，每次来都不空手，什么玉米榛子、小麦仁、黄豆、绿豆、黄瓜、辣子、西红柿应有尽有，好像城市没有这些似的。

妻子最喜欢这些了，每次见到都如获珍宝，喜悦之情从内心洋溢到了脸上，又从脸上传递到手上。她不止一次地给我说，大哥家的东西就是好，没打药，没有添加剂，看起来不好看，其实很好吃，对人也没伤害。就拿西红柿来说，市场上的西红柿看起来光光堂堂，红得像个灯笼一样，可放在锅里炒不烂，味道也不好吃，大哥家的西红柿就不一样了，一入锅很快就烂了，原汁原味，特别好吃。

我给大哥递去一支香烟。大哥尴尬地说："我已经把烟戒了。"我说："你一辈子就这么点爱好，咋舍得戒了呢？"大嫂笑着说："你大哥不是不想抽，而是不敢抽了，去年，他做了两个支架，医生说必须把烟戒掉，所以，就不敢抽了。"我笑着说："做支架的事我知道，抽一根应该没啥问题。"大哥把烟接在手里，看了嫂子一眼，然后，在鼻孔前闻了闻又还给了我。妻子笑了，把茶递到大哥手里说："不抽烟好，省点钱买肉吃，肉比烟香。"她的话还没落地，就把大家逗乐了。看到他们都很开心，我知道大哥来不是坏事，所以，把心放进了肚子。

自我从没电梯的房子里搬到有电梯的高层后，大嫂一直没有来过。我知道，她很忙，既要带孙子，还要给大哥做饭。大哥倒是来过几趟，他来一般有两件事情，一是看我们的老娘，另外是和大嫂生了气跑出躲清闲、散心。两年前，我们的老娘驾鹤西去了，大哥也就再没来了。

寒暄了一阵后，大哥终于把话引到了正题上，他对我说："我们今儿来找你，是想让你帮我们在城里买个房子。"

"买房？"我吃了一惊。

"就是，我们已经看过几回了，就是看不下合适的，所以，才来找你。"大哥说。

"城里一套房子六七十万哩，家里有那么多钱吗？"我的话从嘴里一出来又后悔起来，感觉有点瞧不起大哥似的。

"钱的事情你不用操心，咱先看看有没有合适的，你不知道，咱村里都没人了，除了一些上了年龄的，大多都住到城里了。"大哥说。

侄女媛媛插嘴说："就是，村里的人都跑光了。"

媛媛是大哥唯一的女儿，十多年前，大哥给她招了一个上门女婿，结婚后一直和女婿在温州打工，听说都干得不错，一直在那里待着。

站在旁边的妻子说："依我说，你们忙了多半辈子了，也该到城里买个房，享享福了。"

大哥家的情况我清楚，他和大嫂是地地道道的农民，没开过店面，也没做过生意，唯一的经济来源就是打个零工，挣个零碎钱，但打工的活一般都不正常，今天有，明天不一定有，一年到头也落不下几个。记得在媛媛结婚前，大哥为了把屋子从半山腰挪到川道里，吃了好多力，费了好多工夫，还借了我的钱。后来，媛媛结了婚，生了孩子，大哥又住了两次医院，可以说一事接着一事，连喘气的工夫都没有，哪来的钱在城里买房呢？如果说买房是媛媛拿钱，我觉得也不现实，因为，媛媛结婚时间不长，虽说小两口工作稳定，收入正常，但毕竟都是打工的，挣的钱比较有限，自己花不说，还要供孩子念书，好像也不具备买房的条件。

大哥见我迟疑，便解释说："城里的房子贵我知道，但人家都买下了，咱不买不行啊！这些年，我干点零活、卖点粮食，加上媛媛寄回来的都在信用社存着，交个首付问题不大。"

媛媛说："就是，我们还能挣嘛，先交个首付住上，剩下的钱慢慢再还。"

我把目光移向大嫂，大嫂笑了笑说："想买就买吧，反正我没钱，我也不管。"

我把大哥叫到书房，低声问："家里到底有多少钱？"

大哥说："二十多万！"

我又问："你为啥要买房呢？"

大哥苦着脸说："其实我也不想买，是媛媛打电话天天忽悠，她说我和你嫂子岁数大了，住农村她不放心，万一有个头痛脑热的找个医生都不方便。她还说别人家都住城里了，咱老是待在农村里，别人看不起。"

我的鼻子忽然一酸，眼眶里不由自己……

过去，父母生养了我们兄妹五人，大哥排行第一，我排行老四，我的前边还有个二哥和姐姐，后边有一个妹妹。如今，五个人都各自成家了，也都有了自己的儿女，唯独我和妹妹吃公家粮，领国家工资。其他都在农村里。虽然他们是农村户口，但因为国家的政策好，大家做生意的做生意，开饭店的开饭店，日子过得都很不错，只有大哥家的情况相对特殊一些，也最让我放心不下。小时候，因为家穷，大哥早早扔下书包参加了生产队里的劳动。另外，他的命也不好，当了一辈子农民不说，膝下只有两个女子，媛媛虽说有个女婿，但大部分时间在外打工，所以，尽管大哥六十五岁了，家里的事情都得他操心。

记得在二十世纪六十年代的一个秋天，家里为了给猪攒点过冬的饲料，父母把生产队遗弃的小豆蔓背回来晒在院子。四岁的我玩耍时不小心被小豆蔓绊倒，头磕在石头上血流不止。隔壁的大妈急了，从墙上扣了一块土压细后敷在伤口，说面面土是膏药，可以止血。结果，血不但没能止住，还让我的伤口感染抽了风。娘生产队收工回家，发现我的嘴掉着不能说话，赶紧把我背到了医院，我因患破伤风在医院住了八十三天。当时，为了给我治病，大哥每天用背篓背着麦箕去城里卖钱，姐姐恨不得从鸡屁股掏出鸡蛋。有一次，大哥卖完麦箕去医院看我，买了一个冰棍装在兜里，谁料到医院后，冰棍化成了水，为此，他哭了整整三天。

后来，大哥结婚后把户口迁了出去。不过，大哥大嫂对父母、对我的关心和照顾从来没有间断。

二

为了多看几个楼盘，我开着车把大哥他们拉上。大哥坐在副驾的位置，摸了摸车上的内饰问我说："你这车多钱？"我说："二十多万。"大哥说："这么贵呀？"我说："这还贵呀？人家的车都七八十万哩。"大哥说："车再贵也就坐个人么，花那些钱不划算。"我笑了笑没有吭声。坐在后排的大嫂发话了，她对大哥说："你知道个啥，人家这叫享受，你没钱才这样说，有钱也买去了。"大哥瞪了大嫂一眼说："我有钱也不买，我不信坐里边能高了。"大嫂说："高是高不了，好车坐着就是舒服。"大哥说："要舒服睡炕上去，坐车上能舒服到哪里去。"我听两个人开始打铁，赶忙圆场子说："车就是个代步工具，坐上都差不多。"大哥板着脸说："我过去骑自行车在城里干活，一天一个来回，没见把人累死去，照样活得好好的。"大嫂却不屑地说："活和活不一样，人家城里人就是比咱活得好、活得轻松。"大哥说："活得好是一辈子，活得不好也是一辈子，我没见过谁栽在人世上不死。"我笑着说："其实，坐好车的人不一定比咱活得好，活得轻松，人世上每个人都有自己的难，自己的苦，只是别的人不知道罢了。"媛媛也接着我的话说："就是，我三爸说得对，人都有难处，都不容易，别看有些人穿着名牌衣服，开着高级小车，其实晚上连觉都睡不着。"听我和媛媛这样一说，大哥和大嫂才消停了。

走到十字路口，我问大哥："去哪里看呢？"大哥说："我也不知道。"媛媛说："我几年没回来了，也不知道在哪里的房好，哪里的房价便宜，你是城市通，你说去哪里就去那里。"

我把车直接开到新福路找了一个停车场放下，大哥下车说："这地方我熟着哩，两年前还给这儿的楼房上砌过墙呢。"我问："这地方咋样？"大哥说：

"不咋样！"我问："为啥？"大哥说："太偏，没意思。"我说："你是不是想找个热闹点的地方？"大哥说："住城市不就图个热闹吗？"我正在琢磨大哥这句话的意思，大嫂瞅着大哥一眼说："你老了，心里还花哨得不行。"我笑着说："大哥说得也对，住城市不就是图热闹嘛。"大哥说："就是，要不人都花那么多钱住城市里有病哩吗？"

我见大哥不喜欢这个地段，也没有耽误太多的时间，把他们拉到了店子街。之所以要拉到这里，是因为这里新开发了几个楼盘，其中有一个正在电视上做广告。另外，这里的房价相对便宜一些，很适合农村人购买。

进售楼部，工作人员非常热情，先招呼我们坐下，接着就送来了饮料。大哥把饮料端起来送到嘴边，突然问我："这饮料多少钱？"我说："不要钱。"大哥说："那咱得买人家的房子。"我说："看上就买，看不上就不买。"他把饮料放到茶几上，让我在车上给他取一瓶矿泉水。我说："你都端上了就喝吧，管它要钱不要钱哩。"大哥说："那不行，万一咱不买人家的房，不知道给咱要多少钱呀，这年头，没有白吃白喝的。"我没办法，只好去车上给他拿了一瓶水。

工作人员简单给我们介绍了一下楼盘所处的位置和周围环境后，就问我们需要什么样的户型？多大的面积？我把目光转向大哥，大哥说："买个三室的。"工作人员又问大概想住多少层呢？大哥想了想："低一点，低一点方便。"我说："现在的楼房都有电梯，高低都一样。"大嫂说："还是高一点好，高了光线好，空气新鲜。"我正要为大嫂点赞，大哥又开口了，他问工作人员："你们的房子最高多少层？"工作人员说："二十八层。"大哥说："二十八层太高了，就按十八层先算。"大嫂推了大哥一把说："不要十八层，算十六层吧。"大哥说："就十八层，十八，十八，天天都发，这数字吉利。"大嫂说："你懂个啥，十八层是地狱！"我忽然想起买房子好像有这个讲究，就劝大哥就选十六层，六六大顺！大哥想了想再没说话。我们几个人瞪大眼睛，静静地等着工作人员计算房价。突然，大哥又问工作人员："你们这里的学校在哪里？""工作人员说："小学很近，坐公交车三站路就到了，中学要远一些，得坐五个站牌。"大哥脸色一阴，立马站起来说："不买了。"我问："咋啦？"他说："这里没学校，以后孙子上学不方便？"我说："不是有学校吗？"

他说："三站路太远了。"我说："你想买个学区房吗？"大哥说："啥是学区房？"我说："就是离学校近的房子。"大哥说："离学校近了当然好，孙子念书方便。"我觉得大哥说得有理，农村人在城里买房，真正为了自己的不多，大多都是为了孩子入托和上学。

大哥转身走了。我们几个也跟着走了。工作人员见状，连忙塞给我一张名片，嘱咐我找不到合适跟她联系。

三

我们一连跑了三个地方，进了五家售楼部，大哥一个房子也没有看上。他没看上的原因很多，归纳起来主要有四个理由，一是价格贵，买不起。二是位置不好，距离市中心远。三是周围没有学校或医院。另外，房子的结构看不上，公摊面积太大。大哥的毛病虽然多，但我并不厌烦，反而有点敬佩，因为，这证明他是个心细的人，办事不马虎。

有家楼盘地段好，房子结构不错，价格也不贵，大家看了都很满意，正准备谈其他的辅助的协议，突然，窗外传来了咔嚓嚓咔嚓嚓的声音。我们不约而同走向阳台，只见不远处有一列火车正在穿过，声音越来越大。大哥眉头皱了起来，他说："火车这么吵，晚上能睡着吗？"工作人员说："火车路过这里还有一百米呢，不碍事。"大哥说："一百多米还不碍事？"工作人员笑着说："这看您咋说哩，如果反过来讲，经常能看到火车，听到火车的声音，其实也是一种风景和乐趣！"大哥瞪了工作人员一眼说："我是买房子住的，不是听火车叫喊的。"说完，拉着我走了。

到了中午，我建议先吃饭，吃了饭再继续看。大嫂和侄女都很赞成，唯独大哥不同意。大哥说："房子都没看好，吃啥饭哩？"我说："先吃饭吧，吃了饭再慢慢看。"大哥说："咱再到别的地方看一看再吃。"我说："城市房子都差不多，位置好的价就高，位置不好的价格低一些，没有位置好、价格又低的房子，开发商精得要命，他们是干啥吃的，能不知道这个道理吗？"大哥想了想说："你说得对，那咱们吃一碗扯面算了。"我笑了笑说："你们来一趟不容易，又跑了那么多路，怎么也该吃像样点，这样吧，我带你们吃

226

火锅咋样？"大嫂和侄女都很高兴，大哥却反对说："吃火锅太费时间，不如吃面省事。"我说："扯面你天天吃，今儿就换个胃口。"说完，不容他分辩，就连拉带扯把他推到了车上。

大哥虽然进了火锅店，但嘴里还在嘟囔，他看到服务员端上菜就说："我说吃火锅不划算，你们偏要吃，你看看几片红芋，一捏鸡毛菜就给人算几块钱，心太黑了，这要是放在家里提一篮子都要不了这么多钱。"大嫂反驳说："照你说这火锅就没人吃了，我看大街上吃火锅的人还多得很！"大哥瞅着大嫂说："我知道你的嘴馋，经常欠吃。"大嫂说："你不欠吃你别吃。"大哥说："我不吃就不吃，你往死里吃。"说着起身要走，被我按在了座位上。就这样，一顿火锅在大哥和大嫂相互嘴斗中总算吃完了。

四

我们把目标从城市的西边转向了东边。到达行政中心后，我给大哥和大嫂介绍说："这里是市委书记办公的地方。"两个人把目光探出窗外，过了一会儿，大嫂收回头说："怪不得呢，这地方这么排场。"大哥问我："你进去过吗？"我说："经常进去。"大哥又问："你见过市委书记吗？"我说："见过。"大嫂说："你厉害，连市委书记都见过，我连咱镇上的书记也没见过。"我笑了笑说："当领导都忙，见不到也很正常。"大嫂转过身对媛媛说："你以后要好好供娃娃念书，让娃将来也当个官卖牌卖牌。"我扑哧一声笑了。大嫂问我："笑啥？"我说："当官有啥卖牌的？"大嫂说："牛么！"

我在行政中心附近的一个楼盘前停下车。进售楼部前，我告诉大哥，这里是全市最好的地方，繁华，热闹，有超市、有学校，每年还搞花展、灯展、环城赛、马拉松赛等文体活动。大哥听了很高兴，但很快又冷静了下来，他问我："这么说房价怕贵得很吧？"我说："肯定比新福路和店子街贵。"他又问："有多贵？"我说："进去就知道了。"

进了售楼部，大哥畏畏缩缩不敢往前走。我问他："咋咧？"他说："这售楼部豪华得像皇宫一样，看着腿就发软。"我让他不要紧张，大胆走。他正要迈步，一位美女工作人员迎了上来，她先朝我们鞠了一躬，接着便做出一个"请"的手势。我刚要点头，大哥拉住我的胳膊说："这里有厕所没？"我说："有。"我正准备带大哥去卫生间，美女工作人员拦住了我们，她先把我、大嫂和媛媛安排在沙发上，然后，让大哥跟着她走。大哥见美女要带他去厕所，夹着腿往后退。我知道他害羞，只好谢绝了美女的好意，带他到卫生间去。

大哥从卫生间出来，悄悄地对我说："这厕所太高级了，有空调还有地毯，过去皇上的家里恐怕也就这样子吧。"我说："皇上的家里不一定比这儿好，最起码没有空调。"大哥点了点头又说："把这么好的地毯铺在厕所太可惜了。"我说："这就是大嫂所说的享受。"大哥撇着嘴说："我看是胡整，上个厕所么，又不是当状元去呀，用得着这么卖派吗？有这些钱还不如给清洁工多发几个，我看那个清洁工和我差不多，也是农民。"我笑着说："那个清洁工可能还不如你，你来买房子，是他的上帝，他只是个清洁工。"大哥回头朝清洁工又看了一眼，笑着摇了摇头。离开卫生间前，我让大哥去水龙头洗个手。他洗完手对我说："这龙头上的水怎么还是热的？"我说："这有啥奇怪的，水管子装个热水器不就行了。"大哥没再说啥，他把手擦了擦跟我回到沙发上，一边喝水，一边听美女介绍。

美女介绍说："我们的楼盘地处市行政中心，也是咱们市重点打造的示范性建设项目。目前这里有小学、医院、大型超市、休闲广场，未来还将建一所幼儿园和一所中学，无论是居住还是投资都很划算。"

我说："你们在这里共开发了几栋楼房？房子的面积都有多大？"

美女说："我们这个小区共规划了三十六栋楼房，这一次建了十二栋，属一期工程，以后还要分两期开发，预计五年内开发完毕。这一期的十二栋楼房都是三十三层，全部是板式混凝土结构，能抗八级地震，质量没得说。房子面积最大的一百六十八个平方米，三室两厅两卫，最小的是一百零九个平方米，三室两厅一卫，还有一百三十六平方米的房子。另外，我们还根据房子面积的大小赠送八到十二平方米的阳台。"

我仔细看了一下楼盘的布局和宣传单后说："价格是多少？"

美女说："我们的房子是一房一价，八千元起步，均价九千五百元左右。"

我们商量了一下，选择了一套一百零九平方米的让售楼美女计算，并强调说要十六层的。

美女用计算器麻利算了一下，把单子递到我的手里说："大概一百一十多万吧。"

大哥看都没看抬屁股要走，被媛媛拦住了。媛媛说："这价格放在咱这里是贵了点，放到别的城市也不算贵，先问问有啥优惠活动没有？"

大哥说："别说咱住不起，就是住里边也睡不着觉。"

媛媛说："爸，你的观念要改哩，咱买就买个好房子，要不过几年又后悔了，买东西千万不能图便宜。"

大嫂也开口了，她说："我觉得这房子就是太贵了，咱村里人买的房子都六七十万块钱，这先一百多万哩，把咱杀了也住不起，咱还是在别处看走吧。"

媛媛还想争辩，大哥已经从售楼部出来了。

坐回车上，大家脸都绷着。我问大哥："你到底想买个咋样的房子？"大哥说："不买了。"

"不买了？"这是媛媛的声音，"我从浙江这么远跑回来就是买房子的，怎么说不买就不买了？不行，今天贵贱都得买下。"我被媛媛的这份孝心感动了，心想，大哥这辈子虽然命苦，但养了这么一个孝顺的女儿也算知足了。可大哥却说："要买，你们去买，我回家！"大嫂看了大哥一眼没有说话。我知道，此时，他们三人都在斗气，稍微有点火星就燃起来了，所以，我也没有吭声。

路上，我把车上音乐放开，有意识缓解大家的情绪，看到他们的心里都放松了一些才劝解说："买房子是个大事情，一定要考虑好，考虑周全，千万不能着急。咱农村不是有句话叫'吃饭穿衣量家当'，我看咱还是实际点，花多少钱？买多大面积？选什么地段？要什么结构？把这些都考虑好了再买也不迟。"大嫂接过我的话茬说："对，咱不急，慢慢看，城里的楼房又不是今天盖，明天不盖了，急啥呀？"媛媛却反对说："这些年房价涨得太快了，有时候一天一个价，说不定明天又要涨多少了，所以，咱们得抓紧，不能再拖了。"我说："媛媛说得也有道理，你们要回就先回去，快点商量，快点决定。"大哥说："赶紧回，我乏得很。"

我把大哥他们送到回老家的汽车站，媛媛从包里拿出一张银行卡塞到我的手里说："三爸，买房的事就拜托您了，这里边有三十万块钱您先带着，碰到合适的就定下。"我说："你把卡给你爸吧，有合适的我和你爸联系。"媛媛说："不要征求我爸意见了，他这人事太多，看了又得出岔子，你看可以就行了。"大哥狠狠地剜了媛媛一眼，头也不回地登上了回家的班车。

五

说来也巧，不到一月时间，朋友就给我推荐了几套房子。我从中选了一套城中村改造的安置房叫大哥和大嫂看。大哥看过后跟我说："这房子我看上，价钱也便宜，可不知道有没有房产证？"我说："安置房一般没有房产证。"大哥说："那就不能要。"我问："为啥？"大哥说："没法卖。"我说："你住人哩，卖它干啥？"大哥说："房子没房产证，就和一个人没户口一样，没地儿承认，将来我和你嫂子一死就说不清了。"我没想到大哥考虑得那么长，那么周到，心里不禁有点凄然。稍微调整后还是安慰大哥："你今年才六十五岁，以后的日子还长着哩，别想那么多，先住上再说。"大嫂也说："对，咱住着再说，谁知道以后的政策咋变呀？"大哥却很坚定，他说："那不行，做啥事都得把沟子擦干净，不然吃亏的是咱自己，以后想哭连坟头都找不着。"

后来，我暗暗告诫自己，大哥家的事情再不管了，他这人本事不大，毛病却不少，干啥事都爱较真，抬杠。可是，嘴上这么说着，心里却过不去，特别是当自己走在宽阔明亮的城市街道上，坐在安逸舒适的城市楼房里，感受着城市的美好、享受着城市的红利时，脑海里不由得浮现出大哥在古老的家乡、田野，日复一日，年复一年地遭受烈日暴晒、风雨吹打的情景……是啊！大哥就是那么一个人，脾气犟，性子直，爱钻牛角，一辈子都是这样，我作为他的兄弟不替他操心，还有谁替他操心呢？

过年的时候，媛媛从温州打回电话，先给我拜年，接着又谈起了买房的事情。这让我又一次忧愁起来。

六

开春后，城里的房价又涨了。

我把消息告诉大哥，大哥说："涨了好，涨了就不买了，省得劳神。"

大嫂却不依了，她跟我说："既然咱都张扬出去了，砸锅卖铁也要买一套，要不，叫村里人用屁股就把咱就笑了。"

我跟大嫂说："还是和大哥商量好再说吧。"

大嫂说："我一辈子都听他的，今儿我做主了，这房子买也得买，不买也得买，反正我豁出去了。"

我说："其实，住在城市也有坏处，车多人挤不说，空气也没有农村好。"

大嫂说："这些我都知道，但城里繁华、方便啊！你要是不愿意帮这个忙，我另想办法。"

我被大嫂说得脸上发烫，只好答应下来。

朋友就是生产力，这话一点不假。不到两月时间，朋友又给我发来了一大堆房屋出售的信息。我经过仔细筛选，最后，把位于东风路一套三室两厅的房子锁定下来。

大哥起初还不想买，但一看地段热闹，房子的结构也不错，又是一家单位的团购价，周围还有学校、医院、超市等就同意了。一年后便住了进去。

有天晚上，我去大哥的新房子看他，他跟我说："住城市就是好，没苍蝇，没蚊子，可就是太闲了，闷得慌。"

我说："你多住一段时间就习惯了。"

大哥说："要不，你给我找个看大门的活，我去干干？"

我说："你都这年纪了，谁敢要你啊！"

大哥挠了挠头说："就是，人家还怕我添乱子。"

我说："没事了和嫂子去街道上转转。"

大哥说："家里还有一条狗哩，我想回家去看看，顺便把地里的庄稼拾掇一下。"

我笑着说："心急了就回去看看吧，完了早点下来。"

大哥点头。

第二天，大哥果然回老家了。三天后他来我家，提来了一袋子自己种的蔬菜。

活出个人样

一

　　韩小强原本是个山棒洋芋头，谁也没有料到，他来城市里不到半年就把身上的山皮蜕了，搭眼一瞧白白净净，玉树临风，俨然一个刚从大学毕业的学生。

　　韩小强所在的城市叫渭阳市，虽不怎么发达，但在大西北这块土地上还是很有些名气。韩小强的职业是饭店的帮厨，工资不高，待遇却不低，吃香的喝辣的不说，活路轻松，穿得也体面。另外，还有一个好处就是每天能看到很多美女。

　　韩小强能走出大山，多亏了他的小姨。他小姨在渭阳市的一个集贸市场摆菜摊，人活泛，腿脚勤，挣了钱不说，还认识了一大堆的朋友。这年头，朋友就是财富，关系就是生产力，他小姨就是靠着朋友和关系，让自己的生意顺风顺水。但他小姨对自己并不满意，特别羡慕那些吃公家饭坐办公室的，原因是那些人风吹不着，雨淋不到，冬天有暖气，夏天有空调，每周还有双休日。他小姨经常给人说，人要活得滋润，就得好好念书，只有把书念成了，才能吃轻松饭，挣轻松钱。可以肯定，这些话是发自她内心深处的声音，到渭阳二十多年，她目睹了这座城市日新月异的变化，感受到了知识给人们带来的红利。远的不说，光从她的身边长大的孩子就是个例子，有的读成了书，不到几年就当了政府的官员，有的通过知识学到了本事，一瞬间就发了财，这些人穿的阔气，吃的营养，走路像风吹，花钱像消雪。不像她，一年三百六十五天都要摆摊子，起早贪黑不说，天天看人的脸色，经常为一根菜、一毛钱跟人计较。夏天热死，冬天冻死，碗端在手里，饭却吃不到嘴里。可以说，她兜里的每一分钱都是用辛苦换来的，用汗水和泪水换来的。

也许，韩小强的小姨太能干了，拔走了姊妹间的脉气，韩小强的妈却有点过于老实。他妈老实，还跟了一个更老实的男人，过了半辈子窝囊的日子，两口子钻在大山沟里啥都不知，啥都不懂，只知道黑了睡亮了起，吃过饭刨土地、刨完地回家里。韩小强从小在这样的环境中生长，小学时穿着开裆裤子，初中毕业后就回家放羊，偶尔跟大人们也犁个地，种个麦，收个玉米。

韩小强在山里待了几年，没有其他出息，却长了个大个头，他没事的时候爱玩手机，总觉得手机上的那些花花绿绿的世界是假的，不存在，去不了，更没打算去。

一天，韩小强去镇上逛集市，无意间碰见了自己的一个同学。当时，他的同学刚从大城市回来，开着小车，穿着西服，和他站在一起，简直就是两个世界的人。韩小强羡慕极了，拉着同学的手不放，非让他给讲一讲城市的故事。同学没有推辞，就把城市多么多么好，世界多么多么大，绘声绘色地给韩小强讲了一遍。韩小强听了后热血沸腾，回到家里把羊鞭子一扔，立马要到城市去。他的妈执拗不过，一个电话把韩小强托付给了他的小姨。他小姨二话没说就应承下来。是啊，姐的儿子是她的外甥，哪有不帮之理？可是，他小姨应承下后却犯难了，因为韩小强不但没念下书，啥手艺也不会，做生意没本钱，进工厂没技术，这可怎么办呢？她思来想去，决定让韩小强去烹饪学校学个厨师，学成后开饭店，稳稳当当挣钱。可韩小强是个犟包，压根不爱进学校，说自己一看见"学校"两个字就头疼。没办法，他小姨只好把他带到渭阳市里，托人安顿到一家饭店里。

韩小强刚到渭阳市后感觉什么都好，什么都新鲜。他除了按时间上下班，有空就去大街上溜达。他喜欢城市里的高楼大厦，喜欢宽阔的柏油马路，还喜欢大路上奔驰的车辆，就连路边的灯、座椅和垃圾桶都觉得新奇。其实，他最喜欢的还是人群中的姑娘，一个个那样漂亮，简直和花儿一样，有些比花儿都要好看，让他怎么也看不够，怎么看也看不完。

韩小强溜达惯了，心也就野了，一下班就往外跑，连雨天也不例外，好像一天不出去逛一圈晚上就睡不着觉似的。过了没多久，他竟然把渭阳市的大部分街道都溜达到了，有些近一点公园、广场他已经逛了几次，甚至十几次。

为了更快地融入城市，韩小强用第一个月的工资给自己买了一身衣服，从头到脚刷新了一遍。另外，他每天洗头，在发丝上喷上发胶，给脸蛋上涂点化妆品。可别说，经过收拾，这小子还真有点人五人六，加上天然高挑的个头，瞧上去很是英武。

一天傍晚，韩小强踩着晚霞在大街上溜达，不小心还交了个桃花运。当时，他正在没有目的地走着，突然，前面有一个女子顾了看手机，不小心撞在了路边的树上，人虽然没事，但胳膊却蹭破了，渗出了血。韩小强第一个走了过去将女子扶起来，紧接着从兜里拿出一片创可贴，贴在女子的伤口上。女子很感动，不但表示感谢，还加上了韩小强的微信。此后，两个人就认识了，没事的时候就在微信上聊。

韩小强以前很少跟女孩子聊天，更没有谈过恋爱。他知道自己家里穷，没有钱，尽量不跟女孩子接触，遇到漂亮的女子，在远处看看就满足了，至于别的什么他不敢想，更不敢做。他还知道现在的女孩子都很具体，要相处就得用钱去糊弄，不管最后结果如何，先得带她们吃几顿饭，逛几回电影院再说。有些，还得给买衣服，买化妆品。但自从认识这个女子后，韩小强的魂就守不住了，他成天把手机抱在怀里，一会儿不聊几句心里就发慌，好像一顿饭没吃一样。很快，韩小强知道那女子叫冯小淑，冯小淑也知道了他叫韩小强。

冯小淑的伤疤好了，约韩小强见面。韩小强激动得不得了，下班后先把自己梳洗了一遍，换上得体的衣服，早早就赶往约定的地点。路上，韩小强很是紧张，他不知道见面后应该说啥？要不要吃饭？要吃饭应该在哪里吃？吃什么饭？韩小强之所以这样想，是因为他知道男孩和女孩在一起，所有的消费都得由男孩买单，女孩子只管陪伴就行了。想到这里，他更怕了，他怕他们在一起消费太高自己承担不起，又怕消费低了自己没面子。这确是实情，别看韩小强平常每天去街道上溜达，其实他都是瞎逛，乱逛，根本没啥目的，确切地说只是给眼睛过过瘾而已，更不是什么实质上的娱乐和消费。街道上那些婀娜多姿的美女，超市里那琳琅满目的商品与他没有关系。当然了，这是指他一个人的时候，如果与朋友和同事走在一起，他有时还会硬着头皮消费一些，但顶多只买一瓶饮料或一包烟，至于下馆子、进饭店之类的事情他从来没有过，也不可能有。没有，并不等于他不吃饭，这里边有两个方面的原因，一个是他本身就是饭店的帮厨，吃饭都是免费的，根本用不着自己掏钱。另一个是他没钱，不敢在外边胡吃。那天他送给冯小淑的创可贴也是饭店的，之所以随身带着，是为了防止在工作时被菜刀弄破手指准备的，没想到在那种场合派上了用场。

韩小强远远看见冯小淑坐在广场的一条石凳上，黄色的 T 恤，粉红色的裙子，晚霞照在她的身上，花儿一样。

冯小淑也看到了他，朝他招手。

"你能来我很高兴。"冯小淑笑着说。

"我也是。"韩小强有点羞涩。

"咱们去吃饭吧？"冯小淑挑起眉毛。

"好啊。"韩小强点头。

"你喜欢吃啥？"冯小淑问。

"啥都行！"韩小强回答。

"咱们去吃海鲜，咋样？"冯小淑建议说。

"可以！"韩小强又点头。

于是，两个人就找了一家海鲜店坐了下来。服务员拿过菜单，冯小淑也不客气，一次就点了四个菜和一盘海鲜，还要了两瓶饮料。

韩小强表面平静，但心里却不停打鼓。因为，他担心这些菜太贵了，自己的钱不够结账。

冯小淑倒很爽朗，一边吃，一边找话题和韩小强聊，高兴时，还不忘给韩小强的碟子里夹点菜，杯子里添饮料。两个人聊着聊着就聊到了各自的兴趣和爱好上去了。

"你平常有什么爱好？"冯小淑问。

"爱旅游。"

“那你都去过哪里呢？”

韩小强被问住了，嘴里支吾了半天也没支吾出个啥名堂，心里一慌，头上的汗就冒出来了。是啊，自己去过哪里呢？说透了，哪里也没去过。从小到大，他一直在农村的山沟里待着，不管是念书还是放羊，都没有离开家乡的大山，就是这座城市，要不是他的小姨帮忙也没有来过，更别提其他地方了。但是，既然他已经把话撂出去了，就不能收回，于是，脑子一转，回答说：“其实，我去的地方不多，就在周边的一些城市和景区逛了逛，别的地方我很想去，但工作太忙，脱不开身。”

冯小淑兴奋地说：“我也喜欢旅游，每年要出去几次，只不过每次去都是和爸妈一块去，自己一个人没有去过，不是我不敢去，而是爸妈不放心。”

“你家很有钱吧？”韩小强睁大眼睛。

“爸妈都是做生意的，凑合吧！”冯小淑回答说。

“现在的社会是有钱人的社会，没有钱，什么也做不成。”韩小强说完，就低下了头。

“是啊，现在就是钱的社会，没有钱寸步难行。”

韩小强又一次感觉到自己的低贱和卑微。

吃完饭，韩小强要去买单，被冯小淑拦住了，她说：“谢谢你那天给我的创可贴，现在，我的伤已经好了，约你吃饭，自然得由我买单。”说着，特意把胳膊举起来让韩小强看了一下，说完就朝吧台走去。

韩小强既如释重负，又觉得羞愧。

男女一旦有了接触，心中就会燃起一种火焰，这种火焰常常使人兴奋、紧张，甚至慌乱。医学认为这是一种人性的本能，也叫天生的，每个人的骨子里都会存在着。也许，韩小强也是一样，大概是因为和冯小淑在一起的感觉太好了，他开始胡思乱想起来，而且所有的胡思乱想都和冯小淑有关，这种想不但让他激动，甜蜜，还让他提心吊胆。

可是，几次约会后，冯小淑就知道了韩小强的底细，知道他不仅没钱，也知道他没有房子，于是，也不再与他来往了，聊天的次数也稀疏了。韩小强很痛苦，却没有办法，所以，他只能把一肚子的怨恨埋在心里，默默地承受着。

二

韩小强辞职了。辞职前，韩小强没有和任何人商量，包括他的父母和小姨。他认为帮厨这工作没前途，挣不到钱，所以，想换一个能挣钱的工作。他听说深圳是我国改革开放最前沿的城市，经济发达，到处是钱，于是，就坐上火车去了。

到达深圳后，韩小强才发现眼前的情景并不是他听说的那样，除了城市比内地的大、楼房比内地的漂亮之外，人们的生活节奏跟内地不一样，快，太快，几乎叫人眼花缭乱。他在大街上转了几天，不但没拣到一毛钱，还花了一摊子钱。他有点不知所措，更有点后悔，眼看身上钱快花完了，连一个落脚的地方都没找上。无奈，他只好求助中介给自己找工作。但是，深圳虽然很大，真正缺少的并不是人，而是人才，尤其缺少技能型的专业人才。韩小强什么也不会，什么也不懂，只能被介绍到建筑工地当普工。

当普工就当普工吧，好歹比没有工作强。韩小强这么想，也这么干了。但深圳每天三十度以上的气温，加上少盐没醋的饭菜让他很不习惯。

韩小强生在北方，吃麦子长大，一天不吃一碗面肚子难受、心里发慌。这样，他在建筑工地只干了一周就溜之大吉了。他不好意思面对工地上的领导，索性连工资也没去要。后来，他又在一家网吧当了几天的网管，虽说轻松了许多，但工资太低，养活不了自己。

一天晚上，韩小强再次来到深圳最繁华的一条街上，他望着缤纷灿烂的夜景，看着川流不息的人群，不由得流下了伤心的泪水。次日，他返回了渭阳。

韩小强在深圳碰了个鼻青眼窝肿，回渭阳后不但没有反省，反而感觉自豪。他先在城中村租了一间民房住下，接着用一些花里花哨的服装把自己打扮得神采飞扬，没事了继续在街道上溜达。因为没钱，他尽量不去商场或饭店，更多的时候用馒头和方便面度日。他做梦都想发财，走路都想捡几张钞票，他甚至连偷人、抢银行的念头都有。但是，这种事情不但要有胆量，还得有一定的本领。韩小强哪有这种胆量和本领啊。所以，他只能在梦中想，不敢实际去做。

有天上午，韩小强正在网吧玩游戏，手机突然响了，打来电话的是他的妈，沙哑的声音中还带着微微的颤抖。

"小强，你爸把胳膊摔断了，你赶紧回来！"

"咋摔的？"韩小强吓了一跳。

"咱房上几片瓦破了，漏雨哩，你爸上去换瓦时滚下来了。"

"去医院了吗？"

"拉到县医院都三天了，医生说要接骨哩！"

韩小强放下电话，心里像猫爪一样。他知道做手术需要钱，但家里没钱，自己也没钱，这些钱从哪里来呢？他忽然在心里恨起了自己的爸，恨起了这个没有用的东西，他觉得自己的爸太笨了，啥事都干不了，给房上换个瓦还掉了下来，简直不可思议。可是，他也知道，事已至此，恨起不了作用，也解决不了问题，最主要的还得想办法弄钱才是。

韩小强从网吧出来，一边往走，一边考虑钱的问题，差一点撞在路边的电杆上，他没好气地瞪了电杆一眼，也就是这么一瞪，让他的眼睛亮了起来。原来，电杆上贴着一张"无抵押贷款"的广告，上面写着："贷款无抵押，打电话就可以办理。"韩小强非常高兴，像看到了一个救星，当即按照上面留下的电话不假思索地拨打了过去。对方很快进行了回复，问他需要多少钱。他说两万。对方告诉他先在银行办个卡，开设一个保证金账户，存入贷款金额的百分之二十，也就是四千元，然后，双方在网上签订一个合同，钱就打到他的卡上了。

韩小强哪有四千元啊，他现在连四百元都没有，肯定不会去做这种抵押。没办法，又给自己的一个朋友打去了电话。朋友很仗义，当即答应借给他一千元。有了这一千元钱，韩小强多少有了点底气，他回到自己租住的屋子，穿上西服，系上领带，搭了一辆班车朝老家的县城而去。

县医院的骨科病房里，韩小强的爸愁眉苦脸地躺在床上，看见韩小强就哽咽起来："小强，爸这辈子没有本事，尽给家里添负担，爸对不起你！"

"爸！你别这么说，这是个意外，谁也不怪。"韩小强说。

"你出去要好好学本事，好好挣钱，家里这以后就靠你了。"爸说。

"爸，你放心，我要是干不出个人样，就不回咱的坡头村。"韩小强说。

韩小强安慰了自己的爸后，又从兜里掏出了一千元钱递到妈的手里。

"妈，我前阵子去了一趟深圳，把钱花光了，这点钱你先拿着给我爸看病，回头我再想办法。"

"我知道你在外边不容易，能回来看看你爸就不错了。"妈说。

"我爸的手术啥时候做？"

"医生说明天。"

"那手术得多钱？"

"咱交了五千块钱，医生说不够，还让咱再准备两万块钱。"

"钱咋办呢？"

"你舅说他有点钱，明天就拿来了，你不管了。"

韩小强不吭声了，他觉得自己的心很痛，像针扎一样。

手术后第三天，韩小强的爸就下床了。他虽然把一只胳膊摔骨折了，可腿脚都没问题，另一只手也能给嘴里送饭。韩小强觉得自己待在医院没多大用处，就回了渭阳。

韩小强依然没有找到满意的工作。他原本想去以前的饭店里继续当帮厨，可不好意思给人家领导开口，所以，继续流浪着。

三

人一辈子很难预料，运气好时，走在路上都有钱掉进怀里，活得背了，喝一口凉水也塞牙缝。韩小强就是这样，也不知他祖上谁积了德、行了善，烧了高香，竟然把好运降到了他的头上。

连续多日的阴雨终于停了，天空中艳阳高照。

一天吃过早饭，韩小强想趁着这个难得好天气散散心，吸点新鲜空气，于是，早早地出了门。走着走着，就看见远处熙熙攘攘地围着一堆人，走近一看，才发现是一家彩票站的门口贴着一张大红喜报，喜报上这样写着："恭喜本站彩民的双色球中十万元大奖"。韩小强再看，还有一名中年男子站在门前，乐呵呵地给大家介绍：这是我这里一周时间中的第二次大奖，一些零零碎碎的小奖就不说了，也许，下一个大奖就是您的，有兴趣的朋友请进来试试手气。

人群中立马躁动起来，有人进去了，有人还在门口观望。韩小强想，反正自己没事干，看了看也无妨，于是，就跟进去了。

老板见韩小强面生，微笑着问道："第一次来？"

韩小强点头。

"从面相上看你的财运不错，玩几注，碰碰运气？"老板说。

"我没玩过，不会玩！"韩小强说。

"一注只有两元钱，玩起来很简单，你可以先少买点试试。"老板说。

"咋选号哩？"韩小强说。

"选号有自选和机选两种，自选就是由你自己选定号码进行投注，机选是由投注机器代替你随机产生号码投注。"老板说。

"机器也可以投注？"韩小强问。

"可以啊！"老板回答。

"那我试试。"韩小强掏了二十元钱买了十注，他不会自选，就选用机选投注，没想到中了个十万元大奖。

得知这个消息，韩小强高兴得差点晕过去，他同时又有点恐慌，有点怀疑，当彩票站的老板再三证实了这个消息后，他的眼睛湿润了，一肚子的憋屈与兴奋如决堤的洪水浩浩荡荡地倾泻了出来。

韩小强把中奖得来的钱存到卡上。为了表示对彩票站的老板感谢，还买了一条烟和两瓶酒送给了老板，自己也找了一家高档的餐厅美美地犒劳了一顿。

怀揣着装着十万元的银行卡，韩小强几宿都没睡着，他不时地把卡从兜里掏出来看看，生怕不小心丢了。走在大街上，他感觉所有的人都和贼一样，都盯着自己的口袋。回到屋子，他也不怎么放心。他想在屋子找个地方把卡藏起来，可找来找去也不知哪里安全。他先把卡压在床铺下，过一会儿又取出来放在枕套里，再过一会儿又塞在袜子里……总之，他感觉放在哪儿都不安全，塞哪儿都不放心。最后，他干脆连门都不出了坐在屋子里，天天守着，吃饭时叫个外卖，买东西时叫个跑腿。

韩小强再也不吃馒头和泡面了，他认为自己已是个有钱人了，不能和过去一样再委屈自己了。他甚至觉得凭自己的身份不应该再住这简陋的民房了，应该住一个好一点房子，最起码是个单元房。但他知道，仅凭他手中十万元要想在城里买个单元房是不可能的，租一套绰绰有余。于是，他当机立断，很快租了一套两室一厅的房子。尽管房子的租金贵了点，但里面的床铺、沙发、电视机、衣柜、空调、煤气灶一应俱全，他感觉值。

搬进新屋子的那个晚上，韩小强又睡不着了，他感觉自己像做梦一样，从无到有，从地狱到天堂一瞬间就转换过来了，而且是那么地快，那么地突然，简直不可思议。

韩小强开始回忆自己的过去，开始梳理记忆里那些难忘的时光。他猛然觉得城市人和农村人没有区别，要说一定要区别开来，那就是所住的地方不同，城市人住楼房，农村人住平房。现在，自己就住在城市的高楼上，自己也就是城市人了。想到这里，他忍不住雀跃起来。

天亮后，韩小强先把自己洗漱了一下，然后，穿戴整齐去外边吃了个早餐。回到屋子，他依然兴奋不已，就泡了一杯茶，一边喝茶一边看电视。忽然，他感觉屋子里还缺点什么，于是，就拿着遥控器轻轻一按，随着一股清凉的风徐徐吹来，他的脸上洋溢出从未有过的满足和笑容⋯⋯

为了炫耀自己，韩小强给朋友挨个打了个电话，邀请他们参观自己的新居。

不多工夫，朋友到齐了。进了门，大家都很惊讶，都不知道韩小强遇到了哪路的财神，一下子发了。

有个叫李大壮的和韩小强走得最近，里里外外地转了一圈后疑惑地问："你小子不会是抢了银行吧，怎么一下子就成暴发户了。"

韩小强淡淡地一笑，回答说："抢银行，我敢吗？如果真去干，还不得把你带上！哈哈哈⋯⋯"

"那你的钱是从哪里来的？"李大壮迫不及待。

"不瞒你说，我最近做了一点小生意。"

"啥生意？"大家伸长脖子。

"前阵子我不是去了一趟深圳吗，在那里认识了一个南方老板，我们合伙做了一次药材生意。"

"赚了多少？"

"不多，十多万吧！"

"十多万呀，太厉害了！"所有的人都睁大了眼睛。

“不说了，不说了，今儿叫大家过来没有别的意思，就是让大家认个门，以后路过时进来喝口水，歇一歇。”

“咱们的小强真有本事！”

“一点小运气吧！大家先吃点水果，中午我请大家喝酒，咱可说好了，不醉不散！”

屋子里一片欢腾。

四

有道是，富居深山有远亲，贫住闹市无人问。自从韩小强发了一笔横财之后，他朋友也多了起来。以前，他在渭阳市的朋友加乡党一桌都坐不满，现在，与他称兄道弟的哥们几乎有了一个排。他的身份变了，说话的口气变了，就连走路的姿势也变了，除了从头到脚的牌子服装之外，走路的步形也成了“八”字。他去驾校学了个驾照，又到二手车市场买了一辆小面包，白天除了去附近的彩票站买彩票之外，剩下的时间就驾着车去郊外兜风。多半年过去了，他天天买彩票，天天中不上大奖，最多的一次也只中了一千元。韩小强有点沮丧，他认为自己没有中奖原因不是手气不好，而是附近的这家彩票站的风水不好。于是，他开着车跑到过去中过奖的那个彩票站购买彩票，但两个多月下来，结果还是一样。眼看手中十万元没有几个了，他依然不肯死心。

这天，韩小强找李大壮借钱，说自己做生意资金周转不开。李大壮问他借多少。他说借五万。李大壮说自己只有五千，韩小强虽然心里不悦，还是把五千元的钱接了下来。

回到住处，他又给另外一个朋友打电话，没想到另一个朋友比李大壮还抠，不但一分钱没有借他，还说自己也想找人借钱花。后来，韩小强终于找到了解决问题的办法，那就是找银行贷款。拿定主意后，他开着车回到了自己的镇上，以搞创业的名义很快从当地的农村信用合作社贷出了五万元的现金。拿到现金后，韩小强回老家了一趟。他妈见儿子回来高兴得不得了，专门从地里摘了点菜，准备做一顿手擀面，可是，等他的妈把面擀在案板上，菜炒到了盘子里，韩小强却转身走了。理由是朋友来电话了，找他有急事，得马上回市上去。

其实，韩小强根本没有什么事，而是不愿意待在家里。在他看来，他已经是大城市的人了，他的家在城里，不在农村里，根本没必要待在这里，在他看来，这个村子这么偏僻、这么落后，这个家这么烂、这么穷，根本与他的身份格格不入。所以，他一刻也不想留，一分钟也不想待，他认为待得久了，脸上的灰尘就多了，身上的泥土就多了，就不是城里人了……

五

一天中午，韩小强从彩票站出来准备吃饭，刚进一家餐馆就听见有人喊他，定眼一看，原来是丫丫姑娘。

丫丫是韩小强两天前在朋友聚会时认识的。当时，丫丫是跟李大壮在一起，虽然跟韩小强没有话语，但一直在含情脉脉地看着韩小强。韩小强也有意识地看了丫丫几眼，只是因为人太多，事太忙，无暇交谈，但彼此都心生好感。丫丫对韩小强的印象是英俊、洒脱，有本事。韩小强对丫丫的感觉是清纯、质朴、善良。韩小强清晰地记得，他见丫丫的那个晚上，丫丫上身穿着一件体恤，下身穿着一件短裙，一双又白又圆的腿从裙子内掉下来，仿佛两根鲜嫩的水萝卜，曾让他的心里颤了几次，因此，印象颇深。

"哦，是丫丫呀！"韩小强笑着说。

"是我，韩哥你也来吃饭啊？"丫丫很有礼貌地站了起来。

"是，这家的刀削面不错。"韩小强说。

"就是的，很筋道，味道也好！"丫丫一边笑，一边叫服务员替韩小强也要了一碗。

"你怎么会在这儿？"韩小强坐在丫丫对面。

"我在旁边的商场上班呀。"

"哦，我还不知道，每天在这里吃饭吗？"

"有时候吃，有时候也不吃。"

"你在商场干啥呢？"

"给老板卖服装。"

"还可以吧？"

"别提了，我挣的那点钱还不够你遗的多哩。"

"哈哈，话不能这说，付出不同，收获也就不同，你说是吗？"韩小强神气地说。

正聊间，服务员把饭送来了。丫丫准备付钱，被韩小强一把拦住，他从兜里掏出一沓"红铁皮"，抽出一张塞到服务员手里说："再来两个拼盘，两瓶啤酒。"

"韩哥，你的钱真多！"丫丫羡慕地说。

"我有多少钱呀，比起那些大款爷们差远了。"韩小强乐了，眼睛挤成了一条线。

"咱不能跟人家比，你在咱们中间是最棒的。"

"是吗？"

"大家都这么说，你以后肯定能成为大老板。"

"那就借你的吉言，将来做个大老板。"韩小强给自己和丫丫的杯子里都倒上啤酒，举起来说，"来，咱们喝一个！"

丫丫也不客气，举起杯子就迎了上去。

放下杯子，韩小强一边招呼丫丫吃菜，一边说："这人啊，一定得朝前看，朝远处看，要干就干大事，要挣就挣大钱，只有干大事，才能挣大钱？"

"韩哥你说得对，我第一次见到你，就知道你是个干大事的人！"丫丫说。

"来，再喝一个。"韩小强又举起酒杯。

"韩哥，谁这辈子嫁给你，肯定把福享尽了！"丫丫喝了一口啤酒，放下杯子说。

"是吗？那你就嫁给我吧，保证你天天享福。"韩小强风趣地说。

"我，我恐怕没这个福。"丫丫脸红了，她看了韩小强一眼，赶忙把头低了下去。

"哈哈，我跟你开玩笑哩，你别介意，我知道你跟李大壮好！"韩小强说。

"我跟他只是一般的朋友，韩哥你别误会。"丫丫的脸更红了。

"没事，大家都是朋友。"韩小强说。

自从那次在餐馆里和韩小强不期而遇后，丫丫的心里就不能平静，她总是自觉不自觉地回想起和韩小强一起聊天、一起吃饭的情景，而且每回想起来脸上就有点烫，心就有点慌。她期盼这样的机会能够出现，哪怕只是说一句话、打一个招呼也可以。可是，一连好多天过去了，她连韩小强的影子也未能见到。

六

韩小强又中奖了，虽说只是五千元的小奖，但他也很高兴，毕竟，算是一个好的兆头。

晚上，他约了几个朋友去 KTV 里唱歌，丫丫也参加了。韩小强显然是歌厅里的主角，异常活跃。他一会儿举着话筒大吼，一会儿扭着屁股欢跳，偶尔还摆一个造型制造点尖叫，得意的样子，仿佛整个歌厅都是他的。丫丫已经从李大壮身边挪到韩小强身边，她主动和韩小强接近，主动和韩小强跳舞，两个人每次跳舞或合唱都会迎来大家的掌声。李大壮是个实在人，心里憋屈说不出口，一生气提前离开了。最后，送丫丫回家的任务就自然落到了韩小强的身上。

月光在高楼上滚动，仿佛要掉下来一样，路面上零零碎碎的阴暗，让城市的深夜既宁静又安详。

也许是因为胆怯，丫丫一直紧挨着韩小强走路，两个人的手也有意无意地撞在一起，这样的碰撞不仅给韩小强带来了一阵细腻和肉麻的触觉，也让韩小强又一次领略到了女孩子独特的香和温柔。一路上，两个人走得很慢，却聊得很多，丫丫告诉韩小强，自己是从农村出来的，因为没有考上大学，读了两年民办技工学校后，被学校送到外地一家企业里打工，一年后就被企业辞退了，原因是这家民办学校和企业私下有个约定，学校每给企业送进一批新生，上一批的老生就得辞退，不然，新生没有岗位。这样，她没办法只能回家。再后来，就跑到渭阳打工来了。韩小强告诉丫丫自己也是从农村出来的，经历基本上一样。但不同的是，丫丫说自己的父母是农民。韩小强却说自己的爸妈一直在新疆做生意。

有人曾对农村进城打工的女孩子进行过心理调查，结果显示，大多数女孩子进城打工的目的并不是奢望挣多少钱，给家里创造多少财富，而是期望自己能多见一些世面，多认识几个朋友，早早地融入这个五彩缤纷的世界当中。当然，最好能遇到一个如意的郎君，获得一个理想的归宿。毕竟，城里的年轻人多，选择的余地大。她们中的大多数对工资待遇要求并不高，能维系自己的生活就可以了。她们宁肯让自己的嘴受穷，也可让住的条件差一点，绝不让自己形象丢人。所以，更多的女孩子会把自己辛辛苦苦挣来的钱用在了购买服装和化妆品上，以此来装扮自己，提升自己，达到引人注目、受人关注的目的。在她们的眼里，谁穿得好，打扮得漂亮，谁就高贵，追求的人就多。

丫丫当然也不例外，为了省钱，她和另一个从农村来的女孩子合租在城中村的民房里。房子没有空调、没有暖气，条件还不如农村老家，但她愿意。她已经在这个民房里住了很长时间，早晨出了门，晚上才回来。因为忙，她很少做饭，更多的时候用一盘面皮或者一碗米线打发肚子，但对待自己脸面却从不含糊，据她说，她用的化妆品一套就是半个多月的工资。

李大壮和丫丫认识半年多了，两个本来处得很好，正朝恋爱的目标阔步前进，可是，韩小强愣是在中间插了一杠子。其实，这事不能怪韩小强，是丫丫主动往韩小强身上靠的，她认为韩小强比李大壮好，人长得帅，本事也大，只见了三次，她的魂就被韩小强勾走了。因此，对李大壮自然就失去了感觉。

丫丫起初只是和韩小强并肩走着，越走也挨得紧，越走越靠得近，最后，她干脆把韩小强胳膊挽住，一路上都不松开，她怕自己的手松开了，韩小强就飞了，再也找不回来了。韩小强当然不会错过这么好的机会，他大胆地把丫丫邀请到自己的住处。干柴遇见烈火，一个谁都能想到的故事就发生了。

事后，丫丫把头贴在韩小强的胸脯，认真地说："韩哥，从今儿起，我就成你的人了，你可不能把我甩了。"

韩小强一边抚摸着丫丫的头，一边说："怎么会呢，等我再做成一笔生意，咱们就结婚。"

丫丫哭了，她一边流泪一边说："韩哥真好，没想到我这辈子能遇到你这样好的人。"

韩小强轻轻地给她丫丫擦去眼泪，又深情地在她的额头吻了一口，然后说："你别急，咱们好日子还在后头哩。"

丫丫又一次流下了泪水。此时此刻，所有的甜蜜和幸福汇聚在了一起，让她对未来的憧憬不断高涨，就像那穿城而过的渭水汹涌澎湃……也就是那一个夜晚，她暗暗地把自己的一生寄托在了韩小强的身上。

次日，丫丫退掉自己租住的民房，直接搬过去和韩小强住在了一起。

七

三个月后，丫丫发现自己有了身孕一下子慌了。韩小强让丫丫去医院把孩子做了，丫丫不同意，两个人就担心起来，整天愁眉苦脸，闷闷不乐，晚上连觉都睡不好。

"韩哥，咱们结婚吧？"一天晚上，两个人经过一番暴风骤雨般的亲近后，丫丫终于道出了自己的心声。

"结婚？"韩小强吃了一惊。

"我不能没结婚就把孩子生下来吧？"丫丫呜呜地哭了起来。

"可是……"韩小强犹豫起来，"结婚这事太突然了，我得和家里人商量。"

丫丫没有说话，继续哭。

韩小强把丫丫揽在怀里，安慰说："你别哭，我明天就给爸妈打电话，让他们早点回来！"

其实，韩小强原本只是想和丫丫交个朋友，玩玩而已，没想到这一玩不要紧，竟玩出了个孩子，而且这么快，这么突然。从内心讲，他不是不喜欢丫丫，不是不想和丫丫结婚，而是根本没办法结婚，也结不起婚。结婚是件大事，最起码应该有自己的房子，新的家具，还应该举办婚礼，更重要的是得给女方的家里付一定数额的彩礼。他知道，这所有的事情都需要钱去说话，钱去办理，那么，他的钱在哪里呢？不但他本人没钱，他的家里也没钱。前阵子，他爸收拾屋顶掉下来把胳膊摔成骨折，在医院花的三万元大多还是从亲戚家里借来的，到现在没有还呢。自己虽然在信用社贷了五万块钱，可这段时间买彩票、交房租、吃喝穿用基本上没有几个了，即使有也不够结婚啊！别的不说，恐怕连给媳妇家的彩礼都不够！

自中了那个大奖后，韩小强的运气一直不好，为了再能中个大奖，他费了不少心思，也伤了不少的脑筋。刚开始，他去彩票站一般只买五六十块钱的彩票，后来，为了争取到更多的中奖机会，他把数额增加到二百甚至三百多元，最多的一次还投了五百多元。遗憾的是这些钱就像肉包子打狗一去都没回来。特别是从民房搬进了小区的单元房后，所有的费用都翻了几倍，就连放个车、扔个垃圾也得交钱。最近一段时间，丫丫又和他住在一起，开销比以前更大了。

韩小强忽然怀念起自己的家乡，怀念起自己的坡头村。在那里，哪会有这么多的忧愁和烦恼啊？随便什么地方都是那样地宽阔、那样地清净，不管走在哪里都能拔一把青菜，摘几个豆角。至于自己车想放哪里就放那里，谁也管不着，谁也不愿管，闭着眼走路，买个驴倒着骑更没人说，哪像城市这鬼地方干啥都就要钱，做啥都讲钱，没钱就出不了门，没钱一步都走不成。

韩小强有点后悔了，他后悔中奖后没有把钱存起来慢慢去花，慢慢享受，还后悔自己骗了丫丫，编造了爸妈在新疆做生意的谎言，但是，他又想，自己当初要是不那样说，不那样做别人能看得起自己吗？丫丫能躺在自己的怀里吗？韩小强心里清楚，他现在之所以活出点所谓的人样，都是因为自己编造的那些故事带来的，丫丫之所以愿意和自己住一起，也是冲着自己的钱来的，自己既然已经背上了"有钱"的名声，就必须装出有钱人的样子，也绝不能把这个幌子扔掉，硬着头皮也得硬撑下去。

韩小强继续往彩票站跑，而且比以前跑得更勤了，他已经把所有的希望都寄托在彩票上，他想，他的真诚、他的行动一定能感动上天，上天也一定能再给他一次中大奖的机会，这样，他就有钱和丫丫结婚，丫丫也就能把孩子顺顺当当生下来，以后，他一定把买彩票的手辞了，再也不受这种游戏的煎熬和折磨了。

为了让自己能中个大奖，韩小强给屋子里请了一座财神，供奉在客厅最显眼的位置，出门时磕头，进屋后作揖，一天到晚香火不断。

以前，韩小强去彩票站只买福利彩票，现在他还买体育彩票，什么"七乐彩""刮刮乐"等各种类型、各种玩法的彩票他都尝试过，可是，就是中不了大奖。

一天晚上，丫丫又哭了起来："肚子的孩子都六个多月了，你打算啥时结婚？"

韩小强还是老话："再等等，等这笔生意成了，咱就有钱了，有钱咱就结婚！"

丫丫的眼泪噼里啪啦地下来了："等，这得等到啥时候？肚子里的孩子早都等不及了。"

韩小强看了看丫丫，又在客厅走了好几个圈圈，最后，终于答应丫丫尽快安排结婚的事情。

这天，韩小强和丫丫一起去了丫丫的娘家。丫丫的父母听到女儿领回一个女婿非常高兴，提前把屋子里收拾得干干净净，并在镇上跟了一回集，买了点肉和菜，做了一桌饭。

吃过饭，丫丫的父亲言归正传，将当地有关婚嫁的乡俗全部说了一遍。在谈到彩礼时非常爽快，只要了十万元。韩小强知道这个数目在山区农村已经很低了，可他还接受不了。但韩小强毕竟是个聪明人，他知道丫丫怀上了自己的孩子，这门亲事板上钉钉无法更改，丫丫的父亲不论提出什么条件都要答应，也必须答应，至于如何兑现那是以后的事儿，眼下最紧要的得和丫丫把结婚证领了，这样，一旦丫丫把孩子生下来就名正言顺了。想到这里，韩小强装作一副无所谓的样子，并说自己爸妈在新疆做生意，过几天就回来了，回来后彩礼立马就送来了。这时，丫丫也帮韩小强说话，并重复了韩小强的承诺。丫丫的父母看在女儿一心一意的分上就同意了。第二天，两个人带着户口簿进行了结婚登记。

回渭阳市后，韩小强又不提结婚的事情了。丫丫实在等不及了，就问他原因，韩小强说自己爸妈在新疆出点事，暂时回不来了。

"那咱们的婚礼不办啦？"

"不办了，我父母没回来，没法办。"

"孩子，孩子怎么办？"

"孩子该生就生吧，反正咱们领过证了，也没人说什么。"

丫丫虽然很不高兴，但也没有办法，她想，再闹下去对孩子也不好，所以，只好忍气吞声，干巴巴地等待着。

丫丫终于生了，而且生一个大胖小子。丫丫的母亲为了帮丫丫照顾孩子，从乡下赶到渭阳。韩小强也因为丫丫住院生产，又借了一笔外债。孩子半岁后，韩小强实在养活不动了，决定把丫丫和孩子送回农村的老家。

这是一个隆冬的晚上，韩小强在门外一连抽了三支烟后，进门告诉丫丫："爸妈回来了。"

　　"是吗，在哪里呢？"丫丫喜出望外，高兴得像捡到了钱。

　　"回老家了。"

　　"太好了，这次他们回来一定带了不少钱吧？"丫丫皱在一起的眉毛终于舒展开来了，脸上也露出了灿烂的笑容。

　　"见面就知道了！"

　　"好啊，咱明天就去见爸妈。"

　　那一夜，丫丫激动得好久都睡不着，她的脑海里波涛汹涌，一遍又一遍地想象着爸妈的高大形象，猜测着他们带回来的钱的数量。

　　第二天，韩小强一大早就拉着丫丫和孩子回到了老家。当丫丫抱着孩子跨进韩小强的家门后一下子傻了，她发现眼前的这个家太简陋了，两个老人也和自己想象的完全不同，不但不像做生意的，就连身上的衣服也那样朴素和陈旧。她问韩小强这是咱的家，是咱的爸妈吗？韩小强低着头没有回答。丫丫"哇"的一声哭了，差点把孩子也掉在地上。

　　一个星期后，丫丫和韩小强办理了离婚手续。那一日，天空飘着雪花，地上铺着雪花，树上挂着雪花。

　　丫丫把孩子塞到韩小强的怀里，头也没回走了，她没有哭，韩小强也没有哭，只有孩子在大声哭着，那哭声凄惨、悲凉，在空中久久回荡……

图书在版编目（CIP）数据

今年冬天没有雪 / 王宝存著 . -- 北京 : 中国文史
出版社，2023.9
（"锐势力"中国当代作家小说集）
ISBN 978-7-5205-4293-7

Ⅰ . ①今… Ⅱ . ①王… Ⅲ . ①中篇小说－小说集－中
国－当代②短篇小说－小说集－中国－当代 Ⅳ .
① I247.7

中国国家版本馆 CIP 数据核字（2023）第 177104 号

责任编辑： 全秋生

出版发行：中国文史出版社
地　　址：北京市海淀区西八里庄路 69 号　　　邮编：100142
电　　话：010 － 81136602　　81136603　　81136606 （发行部）
传　　真：010 － 81136655
印　　装：北京温林源印刷有限公司
经　　销：全国新华书店
开　　本：787 毫米 ×1092 毫米　　　1/16
印　　张：16
字　　数：252 千字
版　　次：2024 年 2 月北京第 1 版
印　　次：2024 年 2 月第 1 次印刷
定　　价：58.00 元
